제주를
그리며

제주를 그리다

제주를 그리며
제주를 그리다

1판 1쇄 펴냄 2025년 9월 15일

지은이 이현미
펴낸이 정현순
인쇄   ㈜한산프린팅

펴낸곳 ㈜북핀
등록   제2021-000086호(2021. 11. 9)
주소   경기도 부천시 조마루로385번길 92
전화   032-240-6110 / 팩스 02-6969-9737

ISBN   979-11-91443-43-1 03810
값   16,800원

제주를
그리며

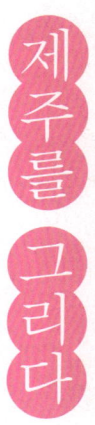

제주를 그리다

계절마다 달라지는 바람의 냄새를 아는
제주 토박이 작가의 그림 에세이

이현미 글 · 그림

북핀

Prologue

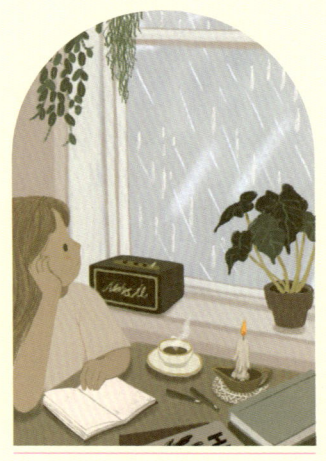

사실 글쓰는 것을 좋아했습니다.

누가 시키지 않아도 늘 일기를 쓰는 아이였어요.

그림 작가가 되고 나서는 글보다는 그림으로 마음을 풀었던 거 같아요.

그래서 제 글이 낯설면서도 반갑습니다.

5년 전, 파랗고 까만 새벽에 집필 의뢰가 담긴 메일을 읽으며 온 맘이 시큰

하게 두근거리던 느낌이 아직도 생생합니다.

15년간 그림 작가로 활동하면서 많은 프로젝트를 진행하고 열 몇 권의 책

을 집필했지만, 저의 감정이 정제되지 않은 상태로 담기는 책은 이번이 처음입니다. 그래서 마치 첫 출간을 하던 때처럼 긴장되고 설렙니다.

그림을 그리고 글을 쓰며 마음을 녹이는 이 시간이 지나는 것이 아쉬워 글도 그림도 오래도록 천천히 담고 싶었어요.
그렇다고 이렇게나 오래 걸릴 줄은 생각도 못 했지만 말이에요.

이 책은 제주에서 나고 자라 책을 쓰고 그림을 그리며 살고 있는 저의 사적인 기록입니다.
그렇기에 한밤중에 쓴 일기장을 보여주는 것 같아 부끄러운 마음도 들어요.
부단히 노력했지만, 그럼에도 정돈되지 않은 글을 출간해도 될까 걱정이 앞서지만, 그래요. 저는 그림작가니까 글은 조금 성글어도 될 거예요.

저의 기억의 그림이 여러분 안에 잠들어 있는 기억을 불러온다면 몹시 기쁠 거예요.

제주에서 이혜미

목차

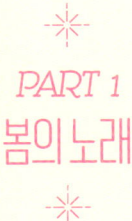

PART 1
봄의노래

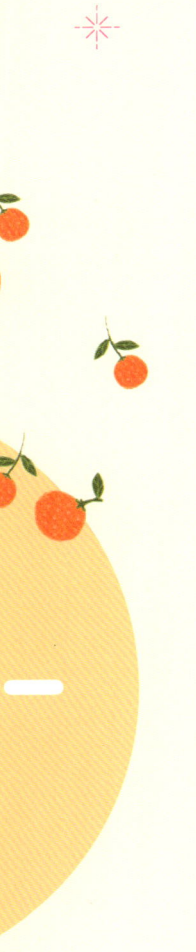

평범한 호사 · 12

귤꽃 향기 · 14

삼춘 · 16

파종 · 19

아이가 있으면 좋겠다고 생각한 순간 · 22

비밀의 숲 · 24

청보리 · 26

마음은 액체 · 29

첫 만남 · 31

함께하는 밤 · 34

봄의 노래 · 36

고사리 장마 · 39

달빛 소나타 · 42

하얀 노루 · 46

우리의 시간 · 48

손바닥선인장 · 50

마음이 흐르는 밤 · 52

제밤나무 위에서 · 54

작업실 · 56

마음의 블랙홀 · 58

서울 나들이 · 60

직업이 뭐예요 · 62

벚꽃 비 · 64

바비큐 · 66

아들 · 68

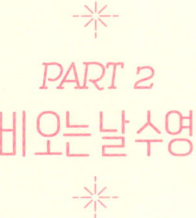

PART 2
비 오는 날 수영

여름의 문턱 · 72

수국 · 76

자욱한 계절 · 78

아빠의 바다 · 80

조개 캐기 · 82

캠핑 · 85

반짝반짝 빛나라 · 88

저자 소개 · 91

엄마 · 94

태풍 · 96

출산 · 98

달콤한 잠 · 100

동네 바닷가 · 102

풍요의 바다 · 105

숨죽인 꿈들 · 108

카페 투어 · 111

윤슬 · 114

비 오는 날 수영 · 116

깊고 멋진 밤 · 118

비파나무 · 121

여름 밤바다 · 124

청춘 · 126

먼지 같아 보이는 날 · 130

스노클링 · 132

잔잔한 파도처럼 · 135

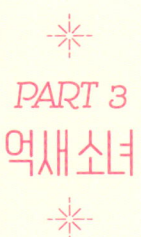

PART 3
억새 소녀

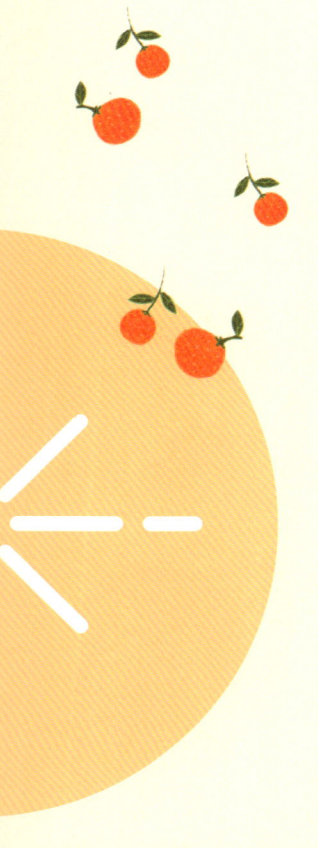

광합성이 필요해 • 140

가을 • 142

억새밭 • 144

계절 맞이 • 146

어린 그림 • 148

텅 빈 날 • 152

남 편 말고 내 편 • 154

귤 농사 • 156

감귤 창고 • 159

억새 소녀 • 162

제사상에 카스텔라 • 164

혼자서, 또 같이하는 일 • 167

매일매일 사랑해 • 170

추석이 되면 • 172

일상 • 174

일의 연 • 177

오름 • 180

기차 • 183

그림을 그린다는 것 • 186

감귤밭 • 189

열여덟, 열아홉 • 191

행복하게 • 194

맞붙은 날씨처럼 • 197

달빛 샤워 • 200

그깟 호캉스가 뭐라고 • 202

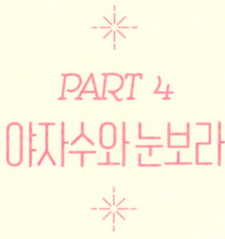

PART 4
야자수와 눈보라

이불 밖은 위험해 • 206

겨울 만나기 • 208

노루 • 211

겨울 속 봄 한 조각 • 214

늙은 그림 • 216

야자수와 눈보라 • 219

굴색 헤드라이트 • 222

제주 사투리 • 225

빙떡 • 228

여기도 사람 사는 곳 • 232

적응의 척도 • 234

시린 밤 • 236

책 만드는 일 • 238

한라산 • 241

겨울 일상 • 244

아이 러브 온수 풀 • 246

기다림 • 249

읽을 수 없는 책 • 252

메리 크리스마스 • 255

이사하는 계절 • 258

숲속 황구 • 262

겨울 삼나무 • 266

적당히 나른하게 • 270

안녕, 사랑해, 고마워 • 272

NOT TODAY • 276

PART 1
봄의 노래

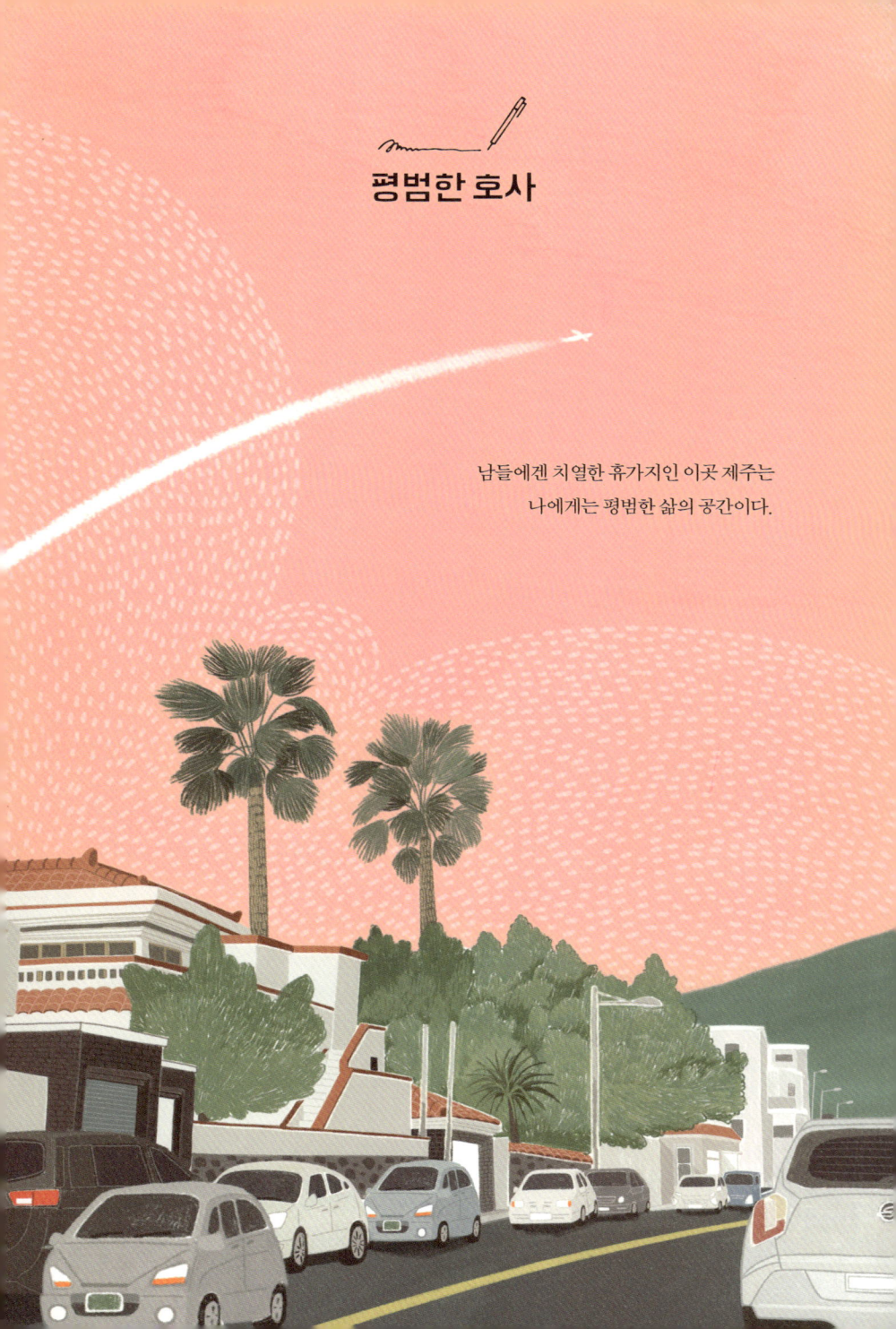

평범한 호사

남들에겐 치열한 휴가지인 이곳 제주는
나에게는 평범한 삶의 공간이다.

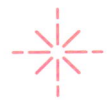

제주에서 누군가를 처음 만났을 때 가장 자주 듣는 말은 '제주에 오신 지 얼마나 되셨어요?'이다.

엄마는 어릴 적에 가족들과 함께 제주에 내려와 정착했고, 아빠는 성인이 되어 제주에 내려왔다가 돌아갈 여비가 없어서 눌러앉았다는데, 몇 번을 물어도 같은 말을 하는 걸 보니 진짜인가 싶을 때도 있고, 말도 안 되는 이야기라고 생각될 때도 있고 알쏭달쏭하지만, 부모님은 여기서 쭉 시간을 훑어나가고 있고 나도 여기서 태어났다.

늘 보는 것이 나무이고, 바다이고, 숲이고, 오름이었다.
계절이 바뀌면 하늘이 높아지고, 바람의 냄새가 달라지는 것도 자연스레 알게 되었다.

그냥 태어나 보니 제주였고,
남들에겐 시간을 쪼갠 한 달 살기와 치열한 휴가지가 되는 이곳이
나에게는 일상이 벌어지는 평범한 삶의 공간이라니,
이 얼마나 호사스러운 평범함인지!

귤꽃 향기

제주의 봄에는
쉽게 그 근원지를 파악하기 힘든
특별한 향기가 있다.

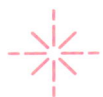

제주의 봄에는 특별한 향기가 있다.

어디서 나는 건지 알 수 없는 부드럽고 달큰한 향기가 바람의 방향에 따라 흘러오는데, 누구나 발길을 멈추고 진원지를 유추해 볼 만큼 기분이 좋아지는 향이 온 동네에 퍼진다.

향기는 생각보다 멀리까지 퍼지기에 근처에 나무가 보이지 않을 때도 있다. 때문에 처음 맡아보는 사람들은 향기의 정체를 쉽게 파악하기 어렵다. 작고 흰 5개의 꽃잎을 가진 꽃. 감귤나무의 꽃이다.

누군가 귀엽게도 귤꽃에서도 귤 향이 나느냐고 물었다. 한 번도 생각해 보지 못한 문제였는데, 마치 토마토 모종의 잎에서 토마토 향이 나는 것과 비슷한 느낌이었던 걸까?

아쉽게도 꽃에서는 귤 향이 나지 않는다.

무해한 것들이 공기를 가득 채운 봄밤에 부서진 별 조각이 희미하게 쏟아내는 빛을 받으며 동네 산책을 하노라면 마음이 말랑해진다.

제주를 가득 채운 향이, 나도 가득 채운다.

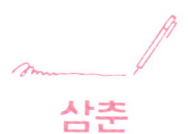

삼춘

다정하게 불러보자,
이름을 몰라도 친근하게 부를 수 있는
마법의 단어, 삼춘!

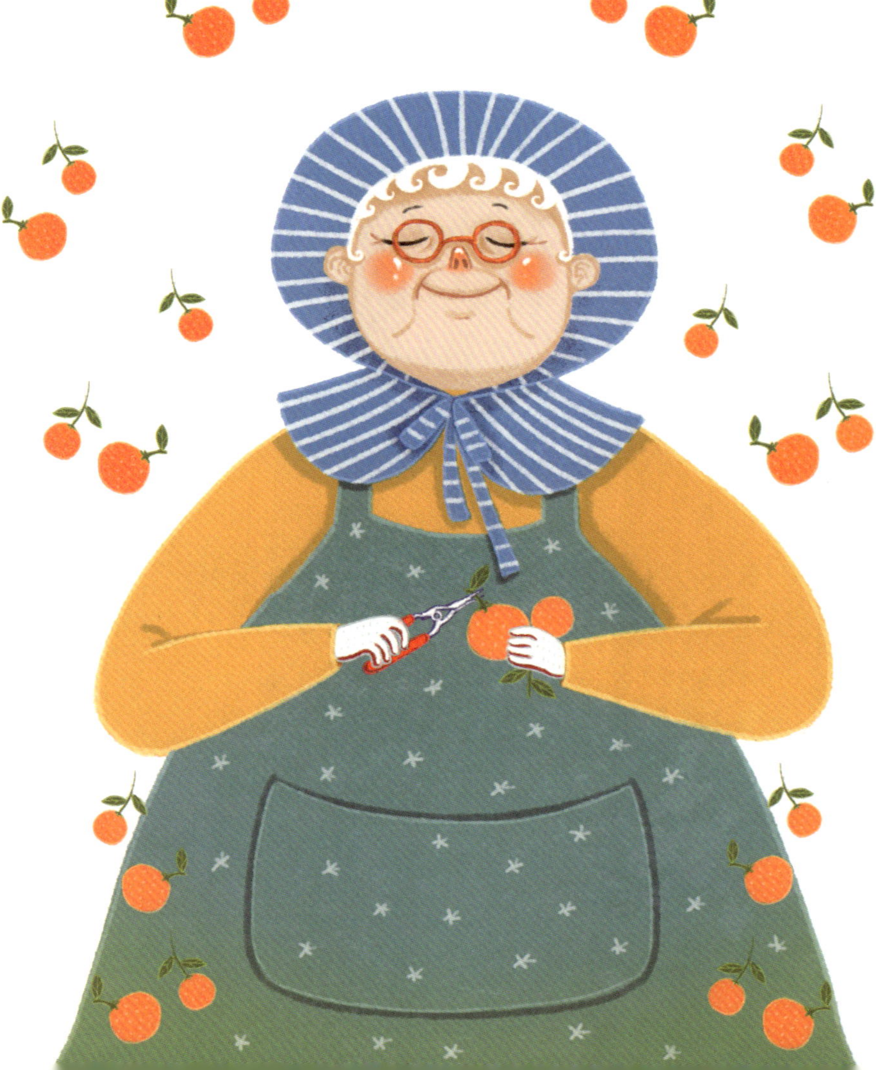

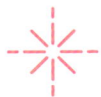

삼'촌' 아니고 삼'춘'.

제주에서는 나보다 윗사람이면 남녀 구분 없이 '삼춘'이라고 호칭한다. 씨족사회의 흔적이 남아 있어 동네 모두가 친척뻘인지라, 가까운 관계가 아니라면 굳이 친척 관계를 하나하나 따지지 않는 거 같다.

고숙, 당숙에 익숙한 전라도 가정(나는 제주에서 태어났지만, 부모님은 전라도 출신이시다)에서 자란 나는 결혼 후 이런 호칭법에 적잖이 놀랐지만, 이 얼마나 편한지 모르겠다.

간혹 손아랫사람들이 할머니를 '할망'이라고 부르는 경우가 있는데, 이 '할망'이라는 호칭은 본인이 상대와 비슷한 또래이거나 나이 차이가 위아래로 크게 나지 않는 경우에 쓸 수 있다. 즉, 젊은 사람들이 누구누구 할망이라고 부르는 것은 표준어로 누구누구 할머니라고 부르는 것과는 다른 것이라 무례한 일일 수 있다. 이때는 누구누구 삼춘이 맞다.

삼촌은 나이를 따지지 않는다. 성별을 가리지도 않는다. 심지어 존칭의 의미도 있다.

호칭이 애매할 때 어이~, 여보세요~, 저기요~,라고 부르지 않을 수 있어 얼마나 좋은지 모르겠다.

다정하게 한번 불러보자.

이름을 몰라도 친근하게 부를 수 있는 마법의 단어,

삼촌!

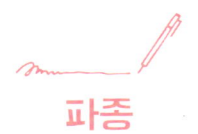

파종

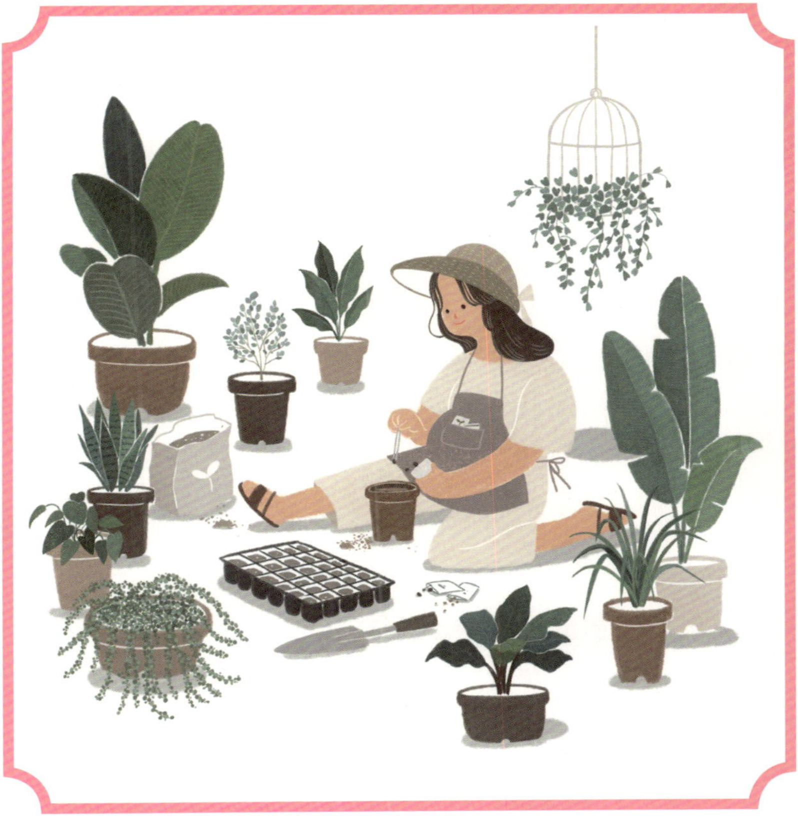

입춘이 지나고 3월이 되면
봄 파종 준비를 한다.

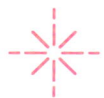

따뜻한 남쪽의 겨울이라지만 겨울은 겨울인 것으로, 마당의 식물은 흙 안에 뿌리만을 남긴 채 바삭하게 말라 있다.

우리 집은 2층으로, 1층 창고로 사용하는 건물 위의 공간을 '마당'이라 부르며 텃밭 상자를 만들어 두었다. 풍성한 잎을 자랑하는 작약과 품종이 있는 장미가 몇 그루 심겨 있고, 블루베리 나무가 매해 자리를 지키고 있으며, 계절에 따라 그 시기에 맞는 꽃을 심는다.

양배추나 브로콜리, 고추와 옥수수처럼 식재 간격이 넓어야 하거나 흙의 깊이가 깊어야하는 작물은 창고 뒤편의 노지 텃밭에 심고, 방울토마토와 상추처럼 공간이 많이 필요하지 않은 작물은 마당에 심는다.

입춘이 지나고 3월이 되면 봄 파종 준비를 한다. 한 뿌리씩 심기 편하도록 모종판에 상토를 담고 씨앗을 두 개씩 심는다. 작은 씨앗은 젖은 신문지를 덮어 날아가지 않게 한다. 직사광선 아래는 피하고, 비가 많이 오거나 추운 날엔 집안으로 들인다.

떡잎이 올라오고 본잎이 두 쌍 정도 올라오면 그때 흙에 옮겨 심어주는데, 바로 씨앗을 뿌리면 자라다가 녹아버리는 경우가 많아 이렇게 키워 옮겨 튼튼한 작물로 성장시킨다.

텃밭의 절정은 5월과 6월에 찾아온다. 온갖 작물들은 제각각 허락된 키만큼 덩치를 키워 열매를 매달기에 분주하고, 향기 나는 꽃들은 만발한다. 3층 높이의 광나무가 텃밭 안으로 가지를 드리우고, 반대편에서는 뽕나무에 오디가 주렁주렁 달린다. 블루베리도 짙은 보랏빛으로 변해 잘 익은 것들을 찾아 그 자리에서 따 먹는데, 우리 집 작은 사람 입에 넣는 것이 보기 좋아 먹고 싶은 마음을 꾹 눌러 담는다.

딸기나 방울토마토가 익어가면 가장 붉게 되는 시점에 수확하려고 아껴 두다가 민달팽이나 새의 습격으로 못 먹게 되는 경우도 왕왕 있다. 열매가 적게 열리지만 수확했을 때 만족감이 너무나 큰 딸기는 열매가 맺힌 순간부터 방충망으로 둘레를 쳐 보호해 둔다.

건물로 둘러싸인 동네이기에 주변에 큰 나무가 없어 우리 집 마당으로 새들이 찾아온다. 가장 많이 보이는 것은 직박구리. 온갖 것을 다 파먹는 녀석이다. 가끔 찾아오는 동박새도 작은 몸집으로 열심히 파먹는다. 까마귀나 까치는 뭘 먹는 것 같지는 않고, 주로 나무 위나 전봇대 위에서 우리를 관찰하고 있다. 어디서 오는 건지 꽃이 피면 벌과 나비도 나타난다. 자연의 신비란.

입춘이 지났다.

긴 겨울을 뚫고 봄이 올라온다.

아이가 있으면 좋겠다고 생각한 순간

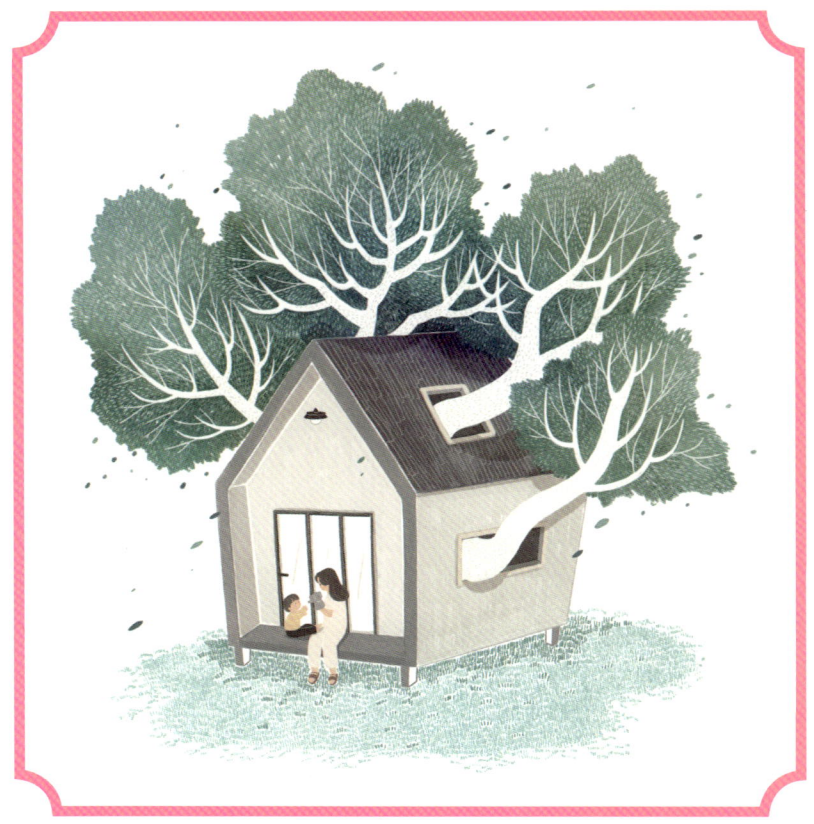

이 적막함을 아이로 채울 수 있다면
나의 삶이 조금 더 나아질 거 같았다.

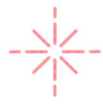

가드닝을 시작한 건 마음이 지쳤을 때, 마른 식물처럼 마음이 바짝 말라가고 있던 때였다.

씨앗을 고르고, 흙에 심고, 자라나는 과정을 지나면서 나의 몸에도 수분이 흐르기 시작했다.

아이가 있으면 좋겠다고 생각한 건 공황장애를 앓던 순간이었다. 이 적막함을 아이로 채울 수 있다면 나의 삶이 조금 더 나아질 거 같았다.

식물이 자라는 것과 아이가 자라는 것은 많은 부분이 닮아 있다. 지속적인 보살핌이 필요하고 때로는 지지대를 받쳐줘야 하며, 깊은 관심을 가져야 하지만 지나친 관심은 성장에 방해가 된다.

언젠가 좋아하는 책°에서 '씨앗 하나는 작물 하나가 된다'는 구절을 본 적이 있다. 아주 작은 씨앗도 제 몫을 해서 결과물(열매)을 만들어내는 어엿한 작물로 성장한다는 뜻이다.

작은 아기도 무럭무럭 자라, 한 사람 몫을 하는 성인이 될 것이다.

° 민승지, 『농부의 어떤 날』, 노란상상, 2018

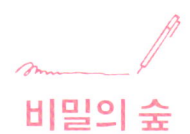

비밀의 숲

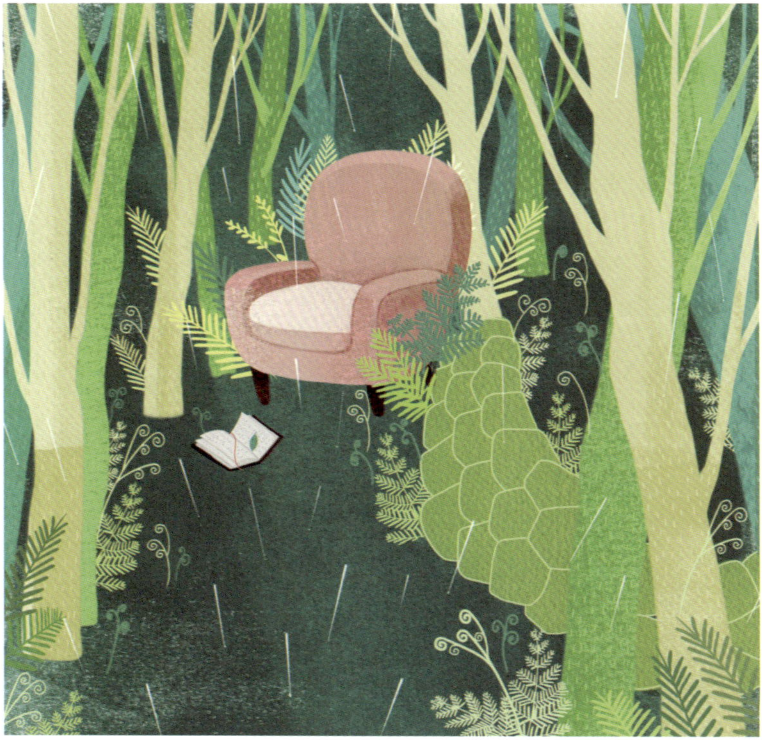

재주는 원시림과 같은 짙은 숲을 품고 있다.

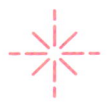

푸른 바다는 제주를 품고 있고,
제주는 원시림과 같은 짙은 숲을 품고 있다.

열대식물과 한대식물이 공존하는 제주 특유의 지형인 곶자왈에는 고사리와 덩굴 들이 침엽수와 함께 바윗덩어리와 뒤엉켜 있다.
눈 속에 파묻힌 날이나 폭염 속에 가둬진 날에도 늘 같은 온도를 유지하는 땅속과 이어진 구멍인 '숨골'은, 가슴을 한껏 부풀려 뱃속 깊은 곳에서부터 진한 숨을 끌어 올린다.

습한 공기가 사방을 에워싼 날에 숲에 들어가는 것을 좋아한다. 발밑의 흙은 좀 더 푹신해지고, 흙과 풀이 섞인 숲의 냄새는 농밀해진다. 주변을 감싸는 공기는 기분 나쁜 축축함이 아닌, 잘게 부숴놓은 맑은 얼음의 입자 같다.
숲에 들어섰을 때 한두 방울 내리던 비는 숲의 한가운데에 이르러 묵직한 무게감으로 나뭇잎을 치기 시작했다.
빗소리,
새소리,
숨소리,
진한 초록의 공기.

어느새 비밀스런 숲의 경계 안쪽에 들어와 있다.

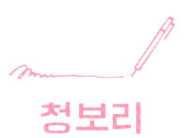

청보리

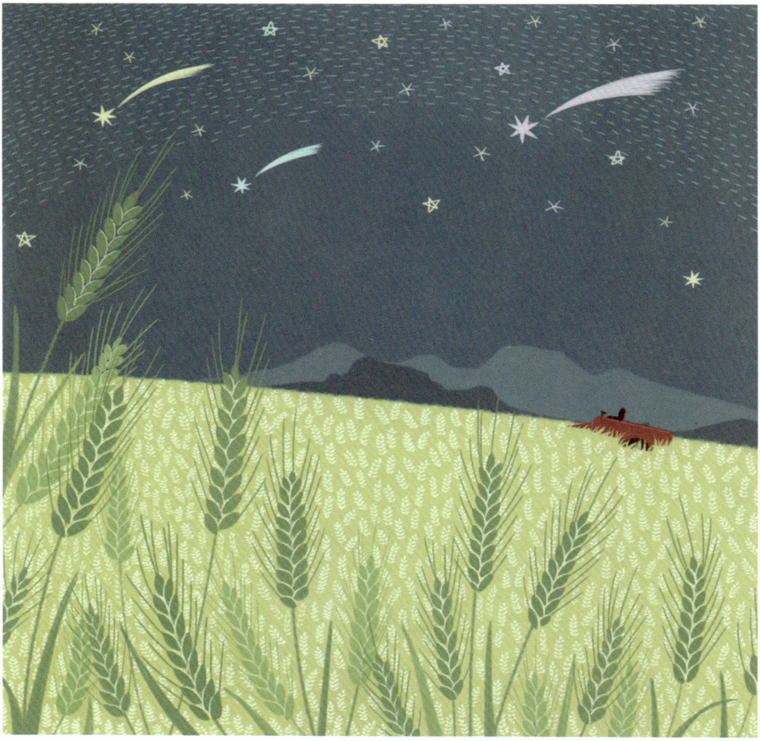

한순간 바람에 흔들리는 보리밭의
풀 파도가 시야에 가득 찼다.

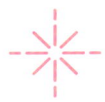

제주의 남쪽에 있는 모슬포. 그 모슬포의 다시 남쪽 바다.
가파도에 가본 것은 어른이 되고 나서였다.

아무리 서귀포 촌이라고는 하지만 우리 집은 높고 낮은 건물로 둘러싸인 시내에 있기에, 정말 제주다운 돌담이 있고 주황색이나 파란색의 슬래브 지붕을 얹은 단층 짜리 집이 있는 동네를 가면, 나도 모르게 '제주스럽다!'는 표현이 흘러나온다. 가파도도 그런 동네다.

시멘트로 포장된 도로는 하얗게 빛났고, 그 위로 파란 하늘과 이어진 바다가 있었다. 배에서 내린 항구에서 자전거를 빌렸는데, 섬은 생각보다 넓어서 자전거는 정말 신의 한 수였다.

한참 페달을 밟고 바람을 느끼며 달리다가 해안가 커브를 돌 때 차오르는 숨을 애써 고르며 언덕을 올라오자, 한순간 바람에 흔들리는 보리밭의 풀 파도가 시야에 가득 찼다.

보리를 본 것도 처음인데 그렇게 넓은 보리밭을 이렇게 갑작스럽게 만나다니! 나는 미동도 없이 멍하니 서 있었다. 아마 내가 무언가에 집중할 때 늘 그러듯이 입도 헤 벌리고 있었겠지.

정신을 차리고 보니 그러고 있는 것이 나뿐만은 아니었다. 내 옆에서 짝꿍도 멍하니 멈춰 서 있었다. (입은 다문 채)

지금은 제주에서 보리를 재배하는 곳을 보기가 어렵고 귤밭이 많지만, 전에는 대부분 보리밭이었다고 한다. 우리 감귤밭의 귤나무는 50년이 넘은 것인데, 그 이전에는 역시 보리밭이었다고 한다.

그런데 가파도는 아직도 온 섬이 보리밭인 것이다.

나에게 가파도는 조용하고 흰, 보리의 바람으로 기억되고 있다.

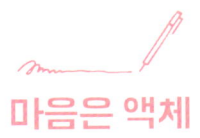

마음은 액체

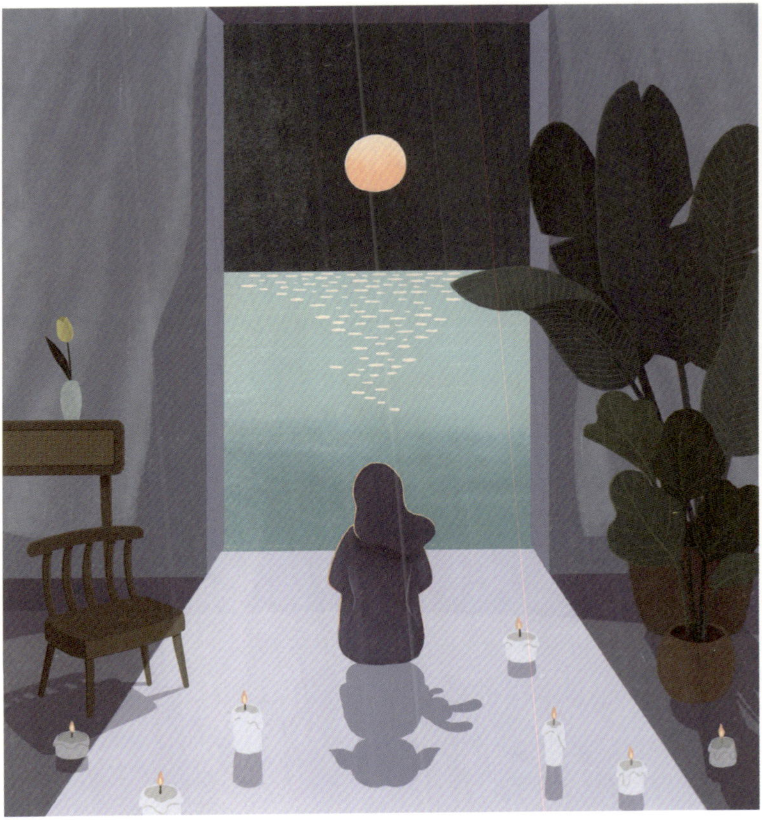

마음은 물컹거리고 녹아내리며,
때로는 울렁이고 흘러넘친다.

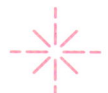

진한 꿈을 꾸고 일어난 날은 온종일 멍한 상태가 지속된다. 마음이 몸에서 5cm 정도 떨어져 있어, 몸을 움직이면 시간 차를 두고 이내 생각났다는 듯 마음이 출렁 하고 따라온다.

지난밤의 그것은 현실인가 싶다가 역시 꿈이었나를 반복하며 세세한 부분까지 머릿속에서 되감기로 재생된다.

꿈속에는 흘러간 시간들이 박제되어 있어, 그리운 순간과 공간이 주는 달콤함과 멍든 곳을 꾹 눌렀을 때 같은 둔한 아픔이 공존한다. 등장인물 중에는 지금도 가까이 있는 이도 있고, 연락은 닿으나 그전만큼 친밀하지 않은 이도, 어디서 무얼 하는지 알 수 없는 이도 있다.

모든 게 예전 같지 않지만, 내 마음속에 있던 많은 그대들아, 이 밤 행복하기를 바라.

마음은 액체인 것이 틀림없다. 딱딱하게 굳었다가 물컹거리고, 슬쩍 녹아내리기도 하며, 때로는 울렁이고 흘러넘친다.

무언가가 그리운 밤이다.

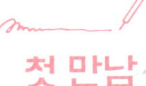

첫 만남

추웠던 겨울 아침,
강아지를 데리러 가자는 전화가 왔다.

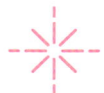

초콜릿색이라서 초코,

코코아색이니까 코코.

눈 오는 한라산을 통과하는 내내 초코, 코코를 수백 번 불러보며 결정된 이름 '코코'

추웠던 겨울 아침, 강아지를 데리러 가자는 짝꿍의 전화가 왔다. 몇 달 내내 유기견 카페를 들락날락하더니 한눈에 반한 강아지가 있었던 모양이다. 사진으로 본 강아지는 유난히 순한 눈망울에 얌전히 포즈를 취하고 앉아 있는, 조그맣고 눈이 벌어지지 않은 시츄.

보호하고 있던 동물병원에서 그 아이가 의사 선생님의 품에 안겨 나왔을 때 나는 한순간에 사랑에 빠지고 말았다(내가 키울 건 아니었지만). 우리 집에서는 줄곧 몰티즈만 함께 해와서, 시츄가 그다지 예쁘다는 생각은 하지 못했었는데 웬걸, 그 아이는 반짝반짝 빛이 나는 '개 천사'였다.

덩치는 생각보다 컸고, 말을 하지 못하는 거 같았다. 그러면 어떠랴, 이렇게 사랑스러운데.

한참 후에 안 사실이지만, 말을 못 하는 건 아니고 다만 말수가 적은 아이였다. 성대에는 아무 이상이 없고 자기가 아쉬우면 목청껏 불러댄다.

짝꿍과 결혼하면서 자연스레 코코도 같이 살게 되었다. 처음부터 짝꿍보다는 나를 좋아하는 아이였고, 매일 껴안고 잘 수 있어서 행복했다.

예쁜 코코, 사랑하는 코코, 소중한 코코.

우리 코코.

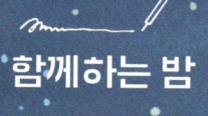

함께하는 밤

눈을 가린 내 손을 잡고 그가 데려간 곳은
바다가 보이는 작은 예식장이었다.

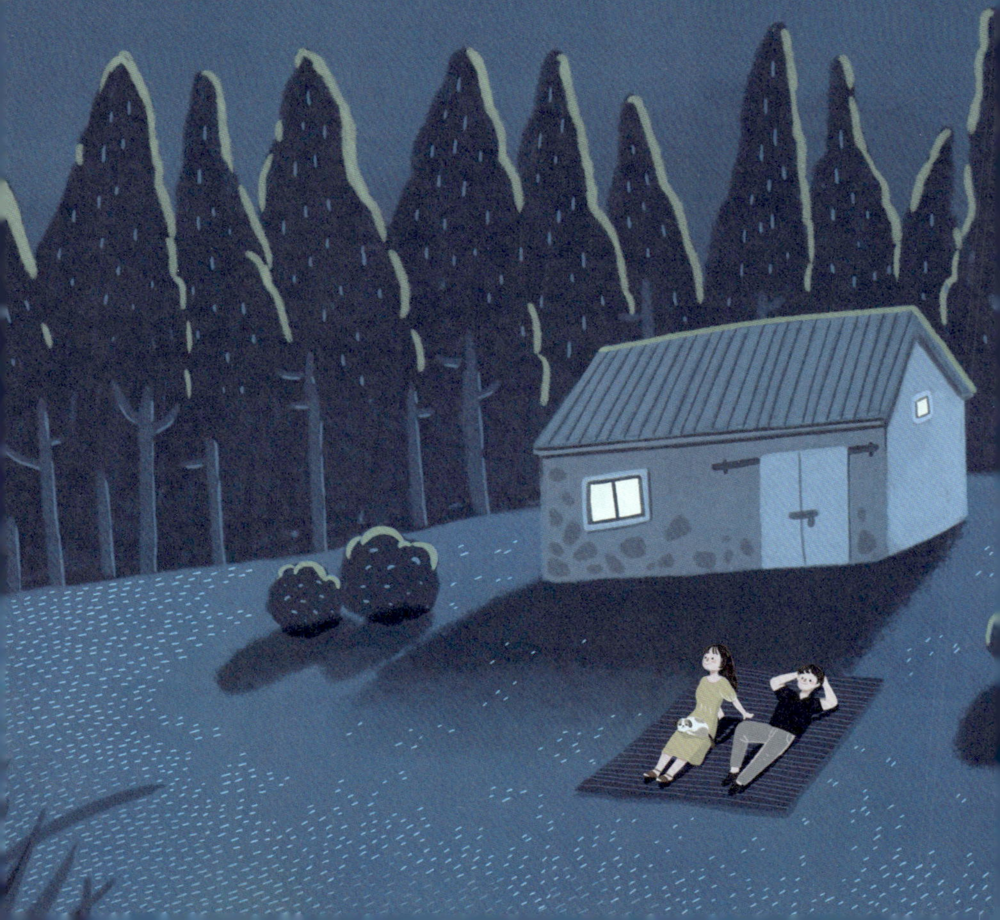

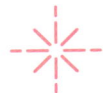

8년을 만나고 11년 전 5월, 결혼했다.

눈송이가 날리던 크리스마스이브.

눈을 가린 내 손을 잡고 그가 데려간 곳은 바다가 보이는 작은 예식
장이었다. 바다는 반짝이고 별은 가득 찼으며, 음악이 주위를 돌며 우
리를 감싸고 있었다.

짝꿍은 한쪽 무릎을 꿇고 반지를 내밀며 '결혼해 줘.'라고 말했다.
순간, 짝꿍의 눈에 글썽이는 눈물 때문에 나는 웃음이 터지고 말았다.

슬플 때나 기쁠 때나 외로울 때나 화날 때나
같이 있어 줘서 고마워요.
내 소중한 사람.

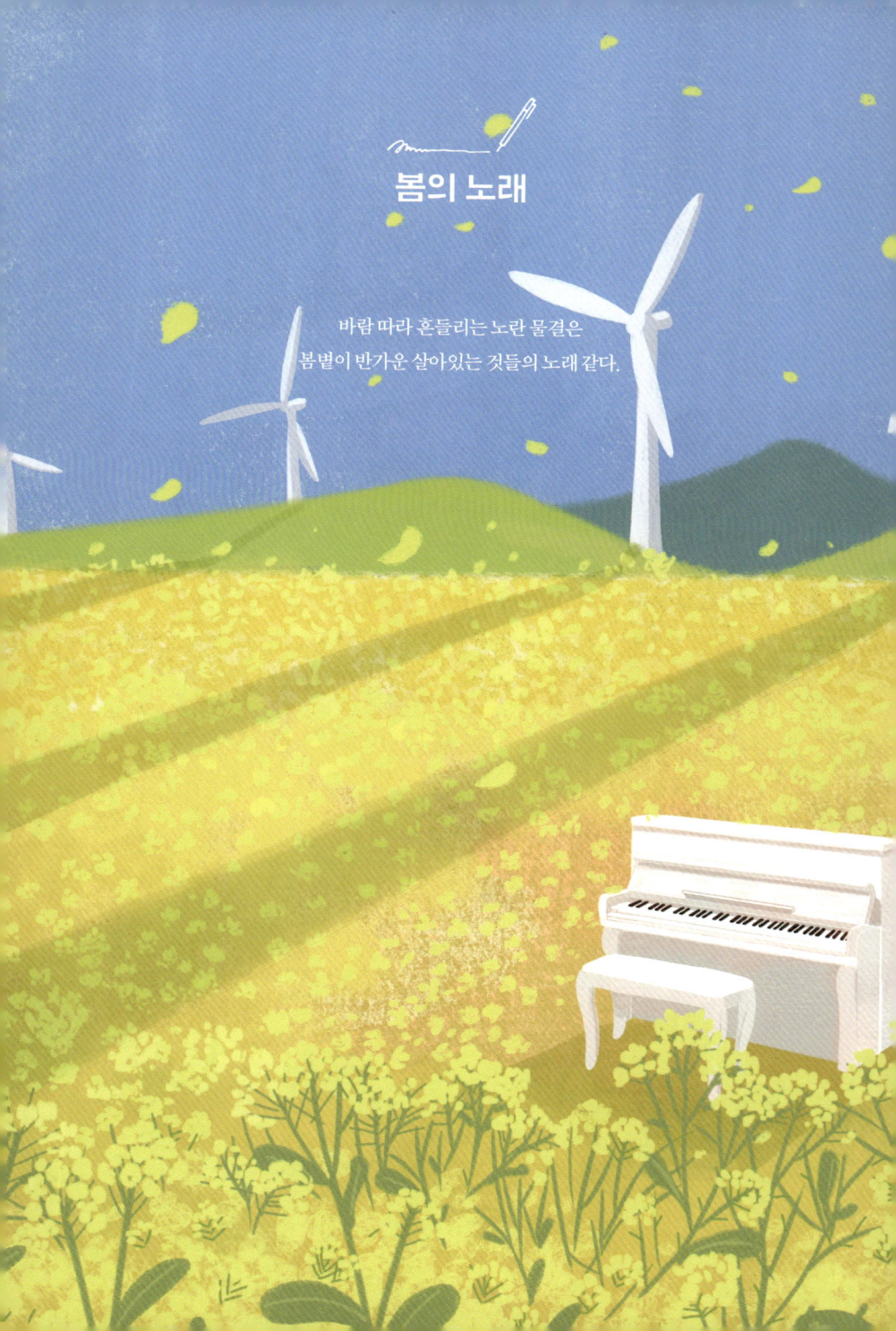

봄의 노래

바람 따라 흔들리는 노란 물결은
봄볕이 반가운 살아있는 것들의 노래 같다.

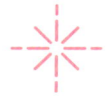

3월.

볕은 따뜻하지만, 바람은 아직 쌀쌀한 초봄. 제주는 노란색 옷을 입는다.

1미터 남짓 되는 키에 올망졸망 노란 꽃을 무수히 달고 있는 유채꽃. 유채는 보통 관상용으로 인식되지만 사실은 식용작물로, 제주에서는 식탁에 흔히 오른다. 잎을 뜯어 나물로 무쳐 먹으면 담백하고 부드러운 식감이 아주 좋다. 봄철 제주의 식당에서도 자주 접할 수 있다.

꽃이 지고 나면 유채 씨앗을 받아 기름을 만드는데, 우리가 많이 사용하는 카놀라유의 원료가 유채 씨앗이다. '지름(기름)'이라고 하면 유채 기름을 지칭하는 말이었고, 유채 나물을 '지름(기름) 나물'이라고 부를 정도였다고 하니 예쁘기만 한 것이 아니라 제주의 삶에 깊숙이 연관된 꽃임이 분명하다.

내가 생각하는 제주는 바람이 세고 척박해 '검정에 가까운 갈색'의 이미지를 갖는다. 그런 바탕 위에 계절에 따라 옷을 바꿔 입는데, 화사한 봄의 노랑은 희망의 이미지를 떠올리게 한다.

바람 따라 흔들리는 노란 물결은, 봄볕이 반가운 살아있는 것들의 노래 같다. 노란빛의 선율은 섬 전체로 흘러 새로운 일 년에 대한 희망을 부른다.

샛노란 봄같이 따뜻한 날들이 계속 이어지기를.

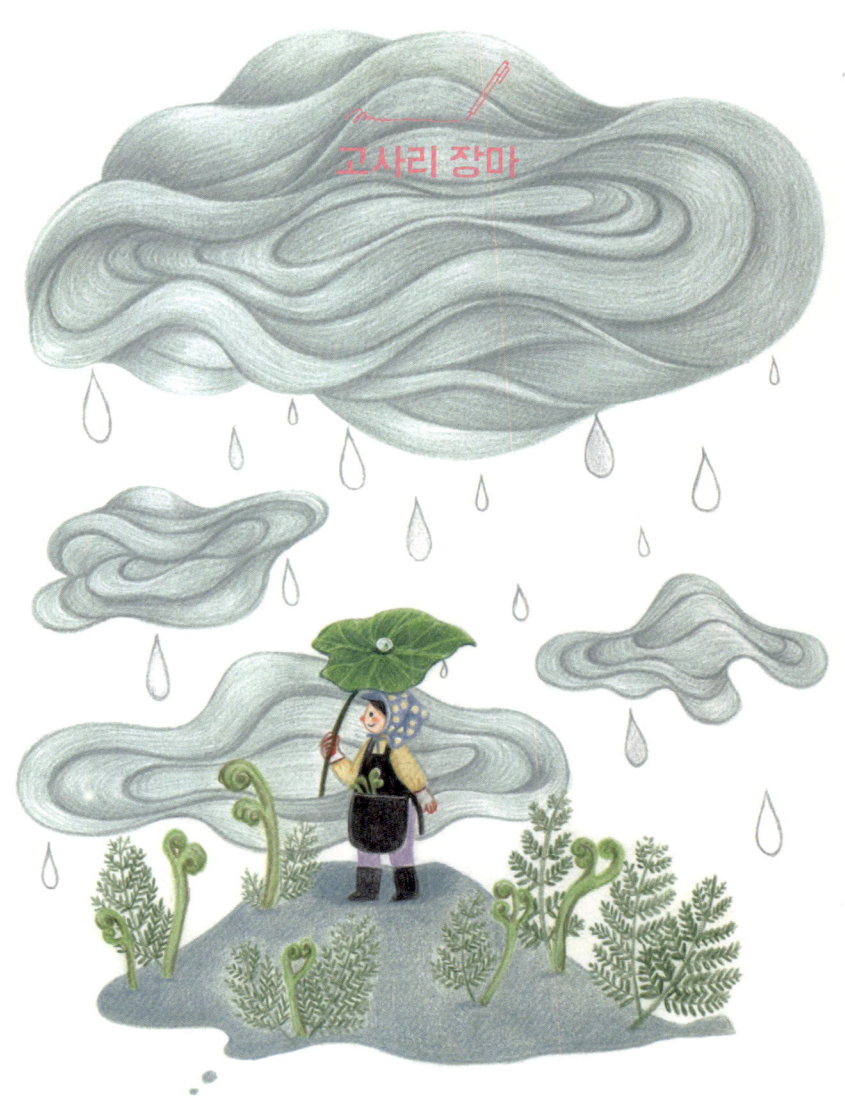

고사리 장마

온 제주가 습기에 침식되는 짧은 장마 시기에
제주 사람들은 고사리를 채취하느라 분주해진다.

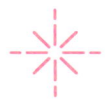

본격적인 장마가 찾아오기 전 4월쯤, 온 제주가 습기에 침식되는 짧은 장마를 맞는데, 이 시기에 사람들은 고사리를 채취하느라 분주해진다.

'고사리 장마'이다.

고사리는 뿌리를 뽑는 것이 아닌 줄기의 아랫부분을 꺾어서 채취하므로, 고사리는 '따러' 간다고 하지 않고 '꺾으러' 간다고 표현한다. 고사리를 꺾은 자리에는 금세 또 고사리가 자라나 며칠 지난 후에 가보면 '우후죽순'이 아닌 '우후고사리'라고 해야 할 판이다.

고사리 채취에 관한 TMI를 살펴보자!

고사리는 줄기 하나가 올라온 상태에서 위에 몽우리가 져 있는 것을 꺾는데, 하나의 몽우리가 져 있는 것을 가장 좋은 것으로 치고, 두세 개 정도 갈래의 몽우리가 있는 것도 채취한다. 잎이 난 고사리는 먹지 못한다.

고사리는 주로 들판에 있는데, 가시덤불 속에 있는 경우도 많아서 고사리를 꺾으러 갈 때는 밑창이 단단한 신발과 살갗이 드러나지 않는 긴바지, 장갑이 필수이다. 비가 오고 난 후나 비 오는 날 채취하러 가기 때문에 습기에 몸이 젖지 않도록 방수가 되는 옷이면 더 좋다.

사유지를 침범하지 않도록 주의하고 묘지 근처의 고사리는 채취하지 않는 것이 불문율이다. 고사리는 채취한 후에는 보통 말려서 보관하지만 삶아서 냉동보관 하기도 하는데, 고사리에는 독성이 있기 때문에 오래 삶아야 한다.

마지막으로 안전을 위하여 꼭 알아 두어야 하는 것이 있다. 한 발 앞의 고사리를 따라가다 보면 자신도 모르는 사이 숲속 깊숙이 들어가게 된다는 사실이다. 해마다 고사리 채취로 인한 실종 사고가 끊이지 않는 이유다. 따라서 고사리를 꺾으러 갈 때는 반드시 2인 이상이 함께하는 것이 좋고, 휴대폰 통신상태가 좋지 않을 때를 대비해 호루라기 같은 신호를 보낼 수 있는 장비를 갖추어야 한다.

그럼, 올해도 안전하고 즐거운 고사리 장마의 계절을 맞기를!

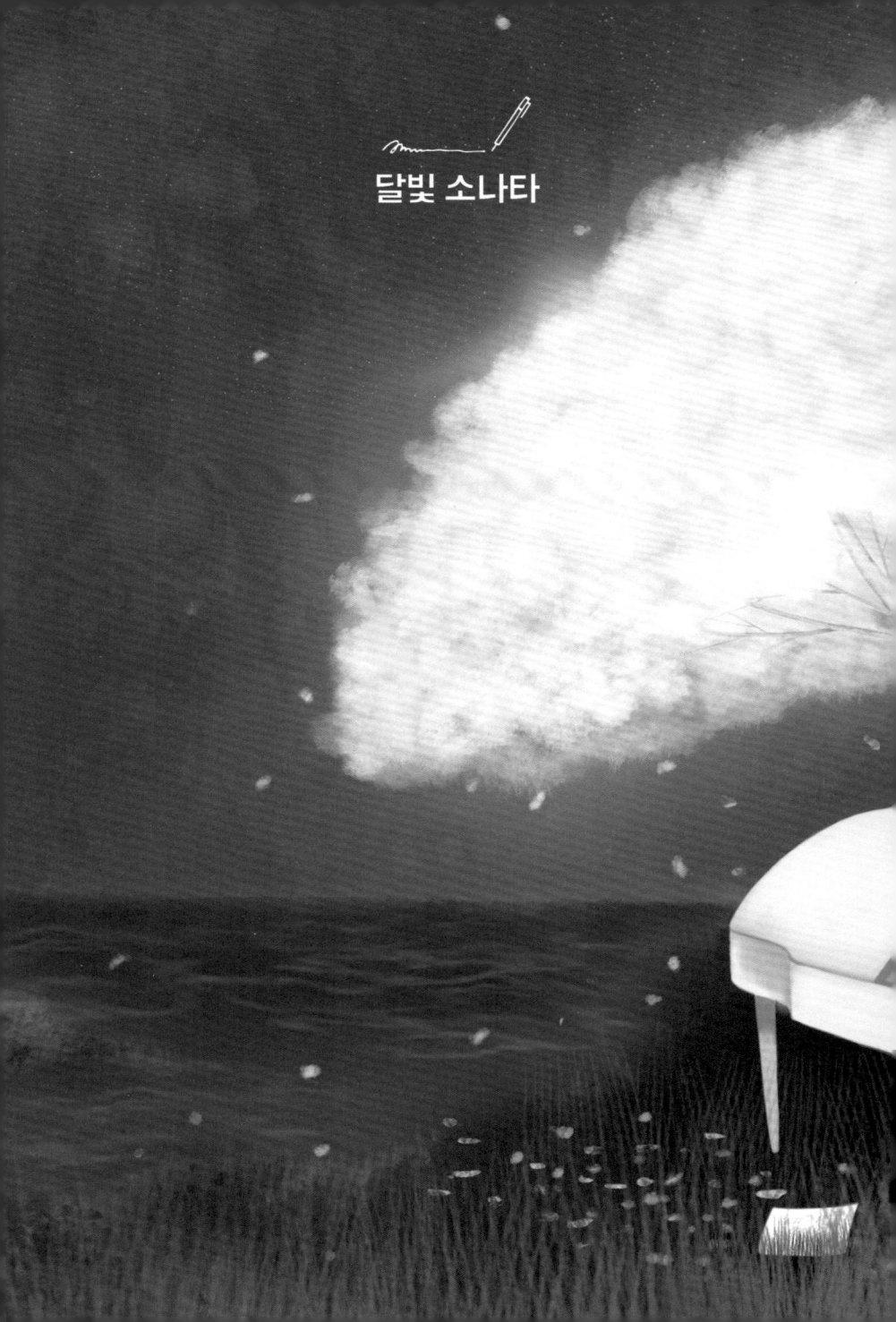

달빛 소나타

음악은 신기한 힘을 가져 전조도 예고도 없이
단번에 '어느 순간'으로 떨어트려 놓는다.

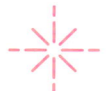

도입부 전주 한 마디가 들려왔는데, 그대로 얼어붙었다.

음악은 신기한 힘을 가져 전조도 예고도 없이 단번에 '어느 순간'으로 떨어트려 놓는다.

가족과 떨어져 처음으로 혼자 살게 된 스무 살 봄의 기억들이 파편처럼 떠오른다.

눈부시게 하얀 날씨 때문에 풍경에 여백이 많아 보이던 초여름의 날 어느 집 담장에 피었던 붉은 장미, 터미널에서 집까지 걸어가는 도중에 있던 초등학교 운동장, (지금도 여전히 가장 친한 친구인) 가장 친한 친구에게 반짝이는 밤에 처음 건넸던 말, 끝날 것 같지 않은 언덕을 올라야 도착하던 학교, 낮보다 밤이 익숙한 강의실에 와글대던 동기들.

휴대용 카세트 플레이어를 분신처럼 들고 다니며 귀를 가득 막는 헤드폰으로 음악을 들었다. 테이프는 몇 개씩 달그락 소리를 내며 가방 안에서 부딪쳤다.

김현철의 '춘천 가는 기차', 유재하의 '내 마음에 비친 내 모습'이나 '우울한 편지' (내가 기억하는 버전은 유재하 본인의 것이 아닌 추모 컴필레이션 앨범이다), 전람회와 토이의 음악들.

B급 유희열 시장님이 이렇게 유명해지리라고는 상상도 못 하면서, 난시청 지대라는 열악한 환경을 극복하기 위해 베란다로 나가 자정부터 새벽 2시까지 'FM 음악도시'를 청취했던 열성 시민이었다.

록과 펑크도 좋아했다. Linkin Park나 Muse, 빼놓으면 섭섭한 Green Day. The Offspring의 <Americana> 앨범은 자꾸 잃어버려 3번을 구입했다.

이제는 찾아 듣지 않게 된 음악들.

잊었다는 사실조차 잊고 지냈는데, 갑자기 찾아온 기억에 당황스러울 만큼 마음이 벅차다.

음악은 그 시간에 나를 꼭 붙잡아 두고 있다.

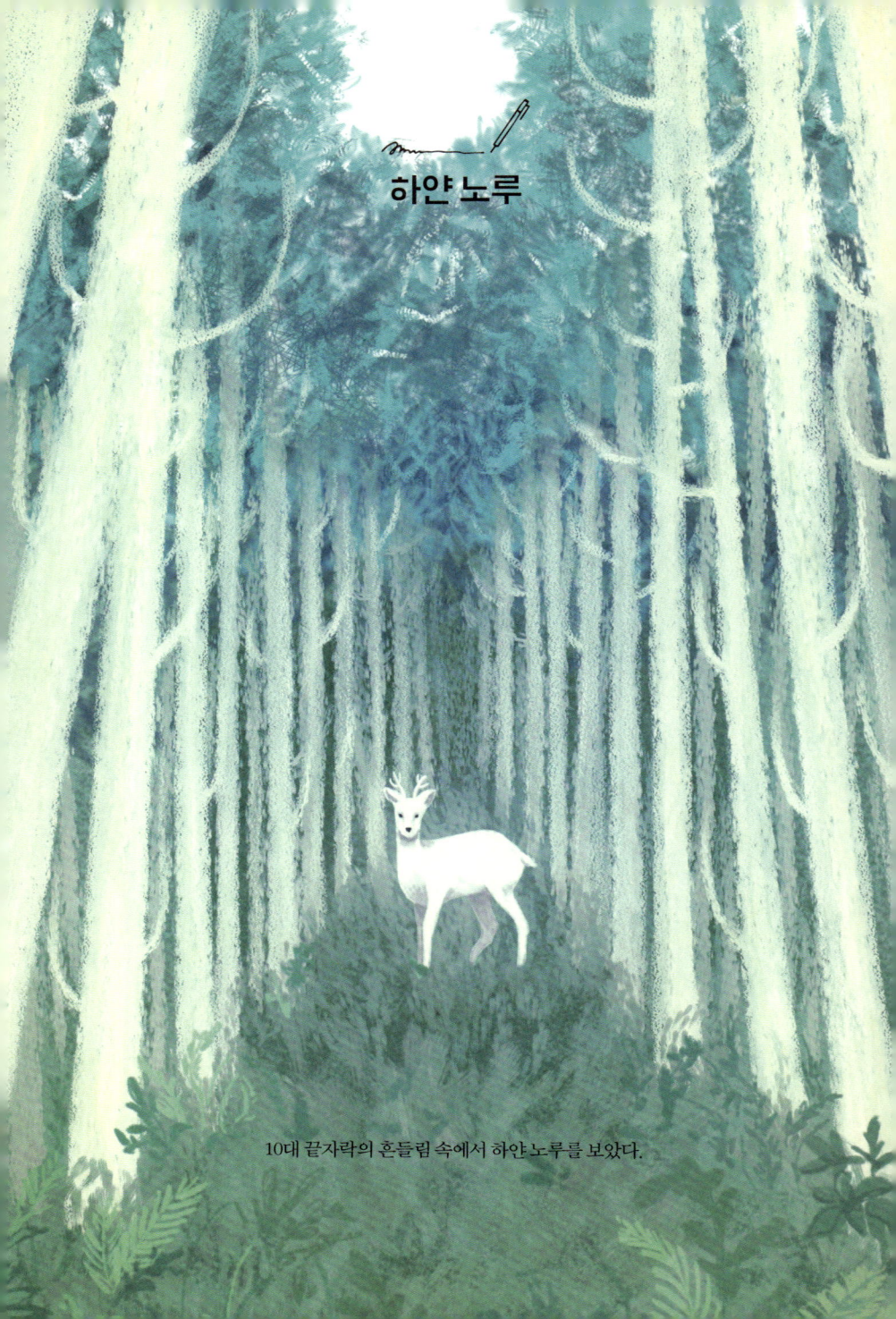

하얀 노루

10대 끝자락의 흔들림 속에서 하얀노루를 보았다.

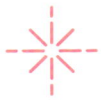

나의 열아홉은 대부분의 열아홉이 그렇듯이, 눈을 뜨면 매일 비슷한 하루가 반복되는, 그런 시기였다.

큰 소란을 피운다거나 심각한 문제를 일으키는 아이는 아니었다. 다만 어른들의 말을 안 듣고, 학교를 잘 오지 않는, 애매하게 골치 아 픈 학생이었던 것 같다.

인문계 고등학교 3년 내내 밤 10시까지 했던 야간자율학습을 혼자 만 하지 않았다. 나에게 야간자율학습은 무의미하다고 선생님을 설 득(의 형태를 띤 일방적인 통보)했다.

10대 끝자락의 흔들림 속에서 하얀 노루를 보았다. 쉽게 눈에 띄지 않아 형태를 세세하게 묘사하긴 어렵지만, 틀림없이 존재함을 느낀다.

내 나이 서른이 넘은 어느 날, 엄마가 그랬다.

나, 인간 구실 못 할 줄 알았다고.

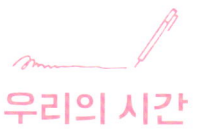

우리의 시간

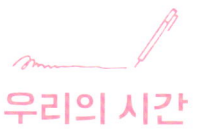

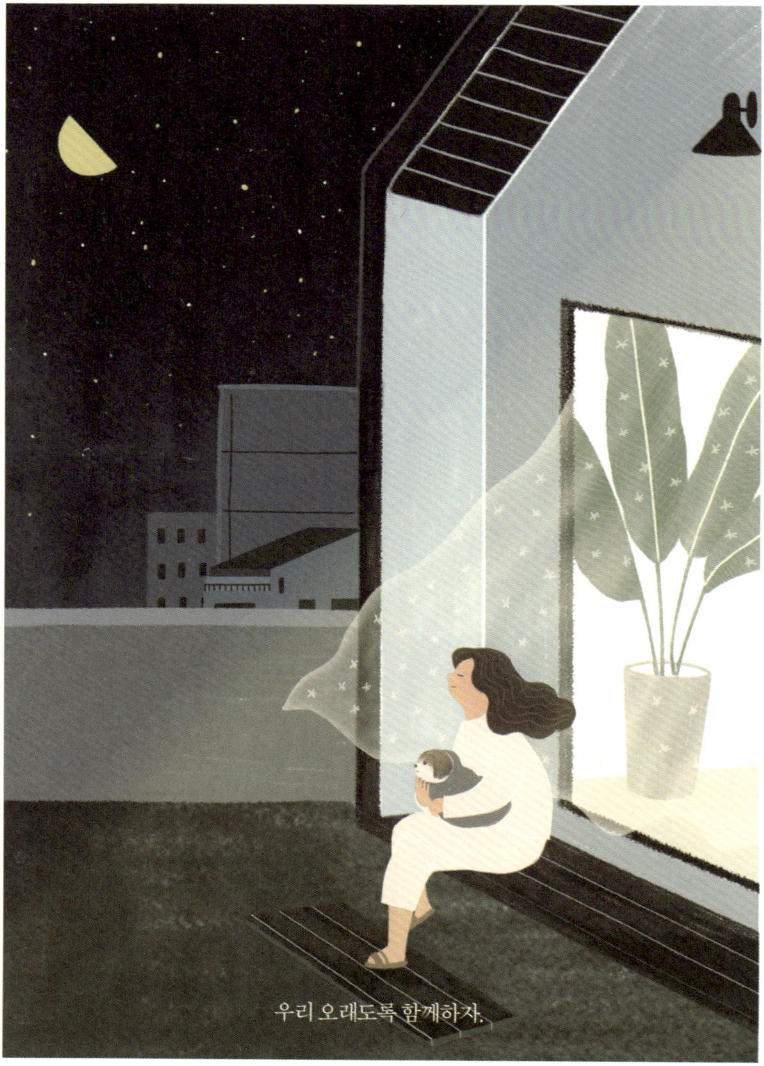

우리 오래도록 함께하자.

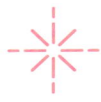

마음이 복잡할 때 말랑이는 너를 안고 있으면
마음이 평온해져.

따뜻하고, 푹신하고, 보송보송한 너의 몸, 짧고 납작해서 뽀뽀하기
좋은 입술과 손에 꼭 들어오는 텀텀한 발, 길쭉한 꼬리와 얇은 귀, 복
숭아 같은 엉덩이는 또 어떻고.
마음속에 화가 가득 차 어찌할지 모를 때도 너를 안으면 마음이 진
정돼.

우리, 오래도록 함께하자.

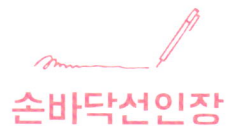

손바닥선인장

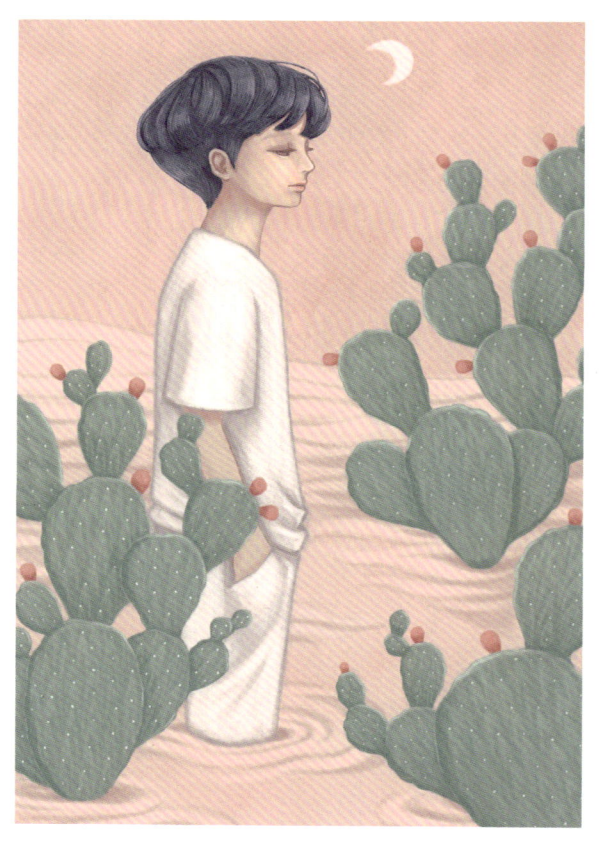

매끈하고 포슬포슬한 흙도 많거늘
선인장은 꼭 돌과 모래가 섞인 험한 땅에 자란다.

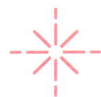

제주의 손바닥선인장은 해안으로부터 유입되었다고 전해진다.

어느 먼 중남미의 나라로부터 떠내려온 선인장은 넓은 바다를 돌고 돌아 제주의 어느 해안가에 멈춰 서게 되었고, 그 한 알의 씨앗은 오랜 시간을 지나며 월령리를 선인장 마을로 만들었다.

제주에서는 선인장 한 포기 정도는 집 마당에 심어두고 약으로 썼다. 화상을 입었을 때 알로에를 갈라서 붙이는 것처럼 선인장을 잘라서 환부에 붙여 두었다. 상처가 나거나 관절이 아플 때도 선인장을 붙였다. 마당이 없는 집에서도 화분에 심은 선인장과 알로에는 흔히 볼 수 있었다.

어릴 때는 선인장의 길고 굵고 뾰족한 가시가 무서웠다. 일부러 만지지 않는다면 가시에 찔릴 일은 없을 텐데, 그 앞에서 넘어지기라도 하면 어쩌나 하는 과한 걱정까지 하면서 두려운 마음이 든 것이다. 사실, 그 마음은 어른이 된 지금도 마찬가지다.

선인장이란 참 묘한 식물이다. 매끈하고 포슬포슬한 흙도 많거늘 꼭 돌과 모래가 섞인 험한 땅에 자란다.

그것도 보란 듯이 아주 크게, 아주 탐스럽게 말이다.

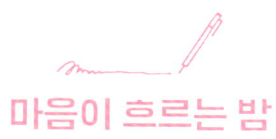

마음이 흐르는 밤

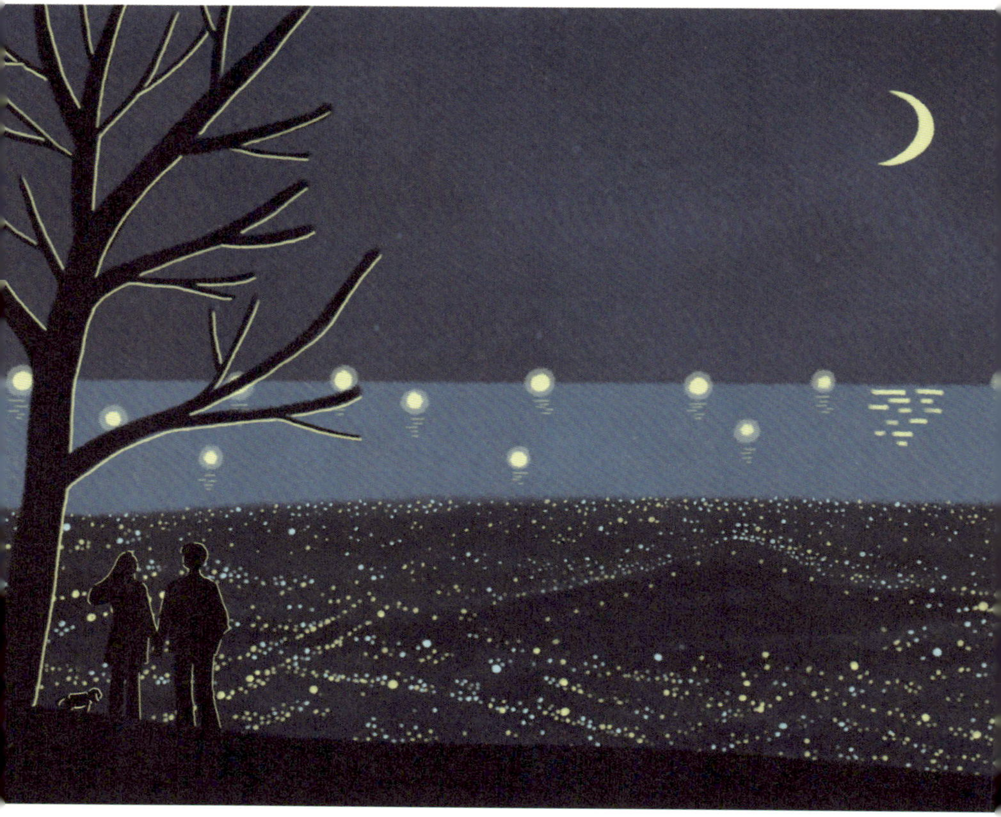

마음이 달싹이는 날에는
창문을 열고 매끄러운 음악을 흘리며 드라이브를 가야지.

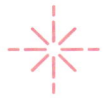

아무 일도 없는데 괜히 밤공기가 좋아서 마음이 달싹이는 날.

창문을 열고 매끄러운 음악을 흘리며 드라이브를 가야지.
손을 살짝 창문에 걸쳐. 손끝을 타고 바람이 온몸에 흘날리도록.

이런 날엔 반짝이는 것들을 보면 마음이 더 출렁일 거 같아. 위로,
위로 올라가보자.
파란 밤과 투명한 공기와 반짝이는 마을과 그 멀리 빛나는 바다.
마음이 계속 흐르는 밤이야.

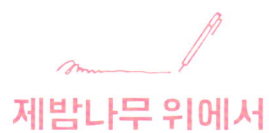

제밤나무 위에서

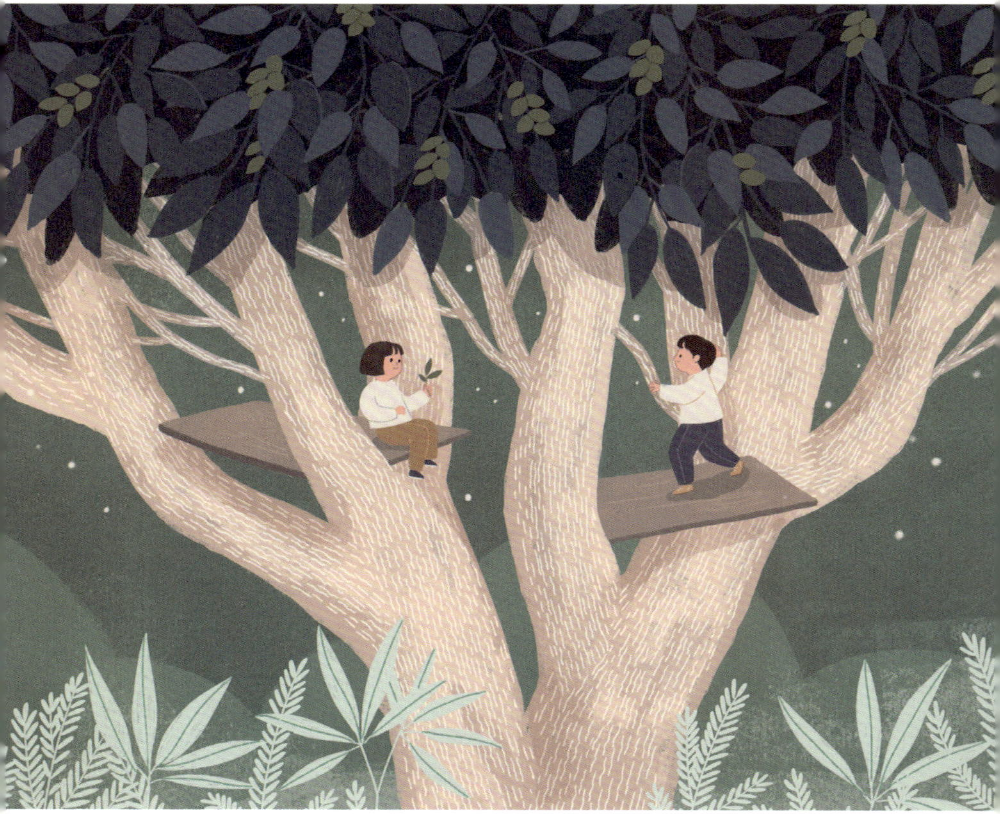

어릴 적 나는 합판을 가지고 올라가
'나무 위의 집'에서 시간을 보냈다.

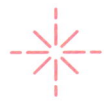

짝꿍의 집은 내가 졸업한 초등학교 근처라 자주 학교로 산책을 다녔다.

학교 운동장은 오래된 제밤나무들로 둘러싸여 있어서 크기가 작고 끝이 뾰족한 제밤을 종종 주워 까먹곤 했다. (친근한 제밤나무가 제주 사투리라는 사실을 어제서야 알았다. 이런…. 표준어로는 '구실잣밤나무'란다.)

서쪽 출입구 끝에는 다른 나무들보다 유난히 굵은 제밤나무가 있는데, 어릴 적 근처에 살던 나는 남동생과 함께 합판을 가지고 올라가 '나무 위의 집'이라며 책도 읽고 소꿉놀이도 하며 시간을 보냈다.

언제나 동생과 나 둘이서 놀았지만, 어느 날엔가 딱 한 번 남자아이 두 명이 우리를 따라 합판을 가지고 옆 나무에 올라와 같이 놀았던 적이 있다.

짝꿍과 그 나무 앞을 지나며 어릴 적 생각이 나서 나무 위에서 놀았던 이야기를 했는데, 어머, 세상 참 좁기도 하지. 그 아이 중 한 명이 내 짝꿍이었던 것이다. (다른 한 명은 동생의 고등학교 동창이 되었다.)

우리의 별은 태양의 주위를 몇 번이고 돌았고, 그 시간 동안 각자의 시간을 살다가 우리는 다시 만났다.

친밀한 시간을 끌고서.

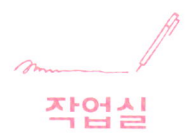

작업실

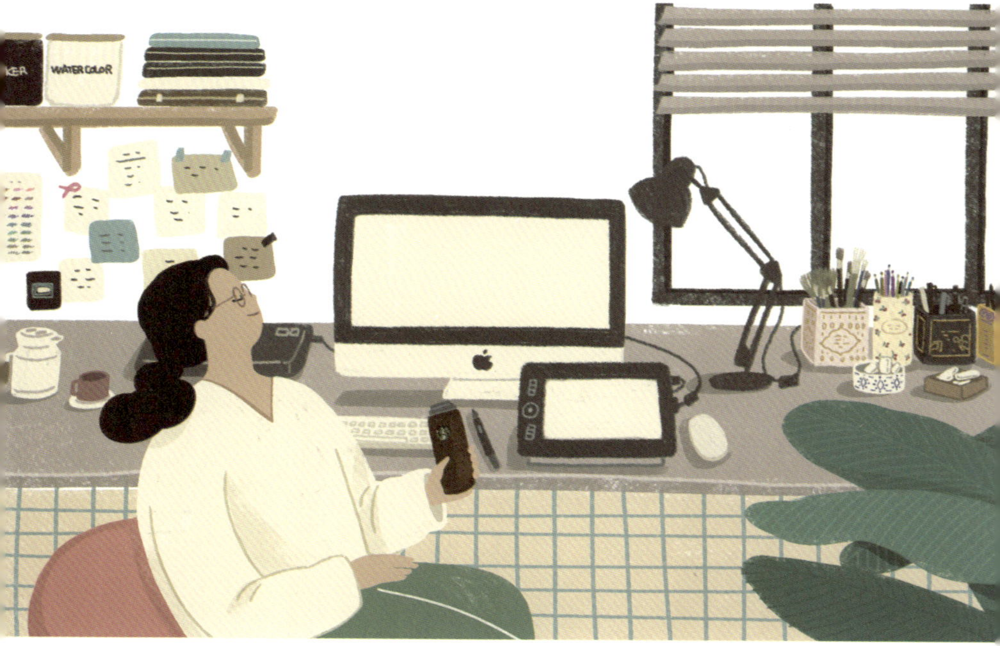

똑같애. 잘 그렸다.

오, 잔다.
아니, 입을 벌려야지.
등치가 떡대네~.
똑같애. 잘 그렸다.

이상,
오늘 그림에 대한 짝꿍의 감상평.

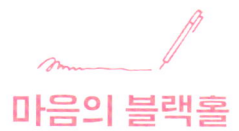

마음의 블랙홀

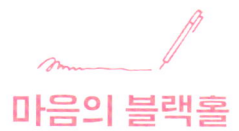

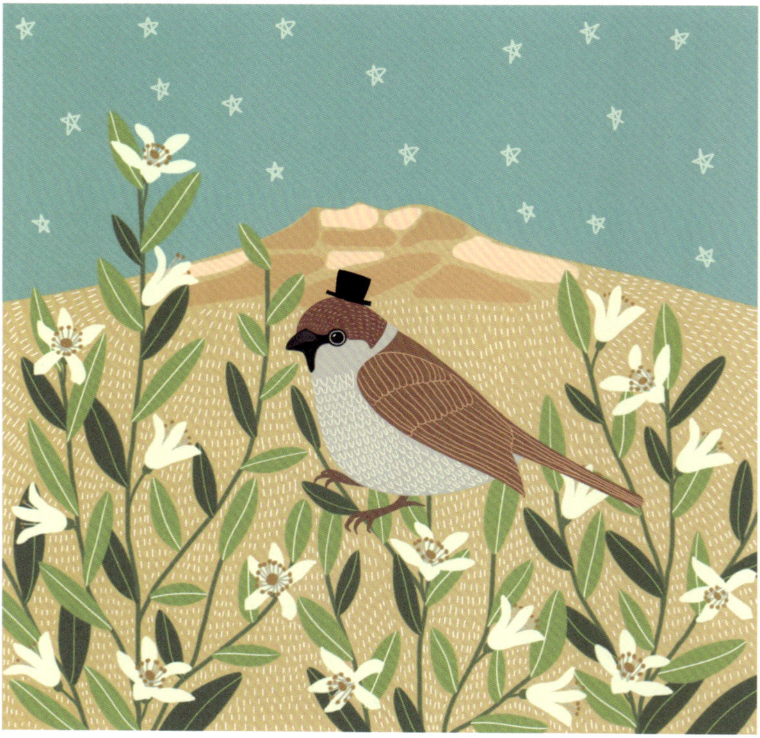

민둥민둥했던 겨울 한라산이 푸른색으로 바뀌어가던 풍경을 바라보다가
나는 문득 큰 의문에 휩싸였다.

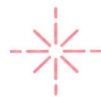

중학교를 입학하고 회색의 민둥민둥했던 겨울 한라산이 봄 볕에 푸른색으로 바뀌어가던 풍경을 바라보다가 나는 문득 큰 의문에 휩싸였다.

"저기까지 가면 어떻게 될까?"

내가 사는 서귀포에서 한라산은 북쪽에 있었고, 그곳이 북한이라는 생각을 막연하게 했던 것 같다. 한라산의 중산간 근처에 듬성듬성 보이는 집들은 북한군 초소라고 여긴 것이다.

'저기까지 가면 총을 맞는 걸까, 월북을 하게 되는 걸까.' 하며 진지하게 몇 날 며칠을 생각했더랬다. 산을 넘어 제주시도 가고, 비행기를 타고 다른 지역으로 이동할 일도 많았는데, 중학생씩이나 되어서 저런 생각을 했다는 것이 지금으로서는 믿어지지 않지만, 사실이다.

가끔 사람의 마음속에는 어이없는 블랙홀이 생기는 거 같다.

내 친구 중에는 홍합이 커서 홍학이 되는 줄 알고, '조개가 커서 새가 되다니 엄청난 자연의 신비다!'라고 하는 녀석도 있었다.

유유상종이라고 하지 말아주었으면 좋겠다.

제발.

서울 나들이

저녁 무렵 도착한 제주공항.
달과 같던 해와 수면에 반짝이는 햇빛의 조각들이
괜찮다고 말해주는 것 같았다.

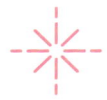

오랜만에 짧은 서울 나들이를 다녀왔다.

서울은 여전히 크고, 복잡하고, 사람이 많았다.

사람들 뭉치가 일렁인다.

내가 걷는 건지, 주변이 걷는 건지. 내가 가려는 방향이 아니라 사람들 뭉치가 흘러가는 방향으로 떠밀려 가버리는 것은 아닌지.

각자가 생각과 의지를 가지고 움직이는 것일 텐데, 사람들 뭉치는 그저 한 덩어리의 일렁대는 물결처럼 느껴지는 것이 묘했다.

아마도 맛집이라고 알려진 게 분명한 가게 앞에는 사람들이 질서정연하게 줄을 서 있다. 제아무리 대단한 맛집이런들, 줄을 서라면 절대 가지 않는 나에게는 즐겁게 기다리는 그들이 대단해 보였다.

미로와 같은 지하 쇼핑몰을 헤매면서 제주의 바람을 생각했다. 머리카락을 쓰다듬고 손가락 사이를 가늘게 스쳐가는 부드러운 바람의 냄새. 젊은 지난날, 촌에서 태어나 성장한 청년들이 그러하듯 도시를 꿈꿨던 내 모습이 믿기지 않았다.

저녁 무렵 도착한 제주공항. 짙은 구름에 가려져 달과 같던 해와 수면에 반짝이는 햇빛의 조각들이 괜찮다고, 이제 여기에 왔다고, 걱정할 것 없다고 말해주는 것 같았다.

나, 촌사람이라 참 다행이다.

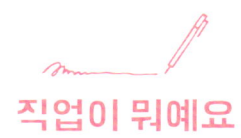

직업이 뭐예요

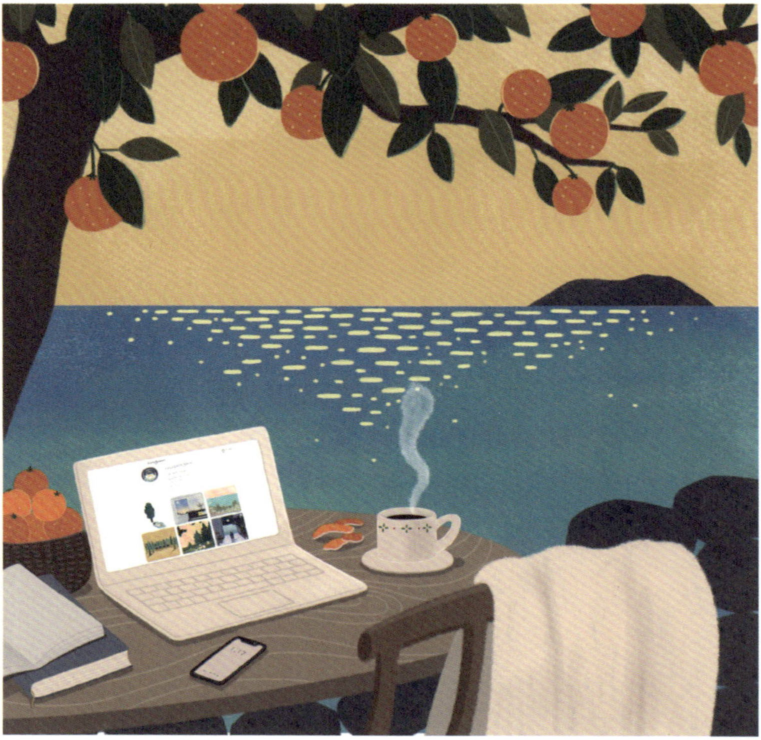

작가라는 호칭에 대한 승인을 내려주는 기관이 있다면,
아마도 승인 도장을 찍어주리라 생각한다.

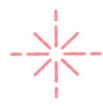

누군가가 나에게 '무슨 일 하세요?' 하고 물으면 나는 약간 어버버 하게 된다. 그림과 관련된 직업을 연상하는 것을 어려워하는 사람들이 많기 때문이다.

"그림 그려요." 하면 그냥 '취미'로 그린다고 생각하고, "일러스트레이터예요." 하면 젊은 사람이 아니면 알아듣지 못한다. 괜히 그럴싸한 말로 포장하는 거 같아서 좀 쑥스럽기도 하고.

특히 상대방이 나이가 있는 경우에는 일 자체를 이해하지 못하는 경우가 많아서 구구절절 설명해야 하는데, 이게 참 쓸데없이 말이 길어지는 터라 끊을 타이밍을 찾는 것이 어렵다.

"책이나 광고 같은 데에 들어가는 그림을 그려요. 서점에 가면 책에 그림들 많이 들어가 있잖아요? 그런 그림들이요. 책도 쓰고요."

이렇게 이야기하고 나면, 나는 그 순간부터 '만화가'로 소개된다.

더 적절한 설명이 없을까 고민하다가 요즘에는 그냥 "그림 작가예요." 한다. 고민한 보람이 있었는지, 다행히 어느 정도 잘 전달되는 것 같다. 사실 '작가'라는 말을 스스로 붙이는 것도 쑥스럽기는 마찬가지다. 하지만 작가라는 호칭에 대한 승인을 내려주는 기관이 있다면, 그간의 경력을 보아서 아마도 승인 도장을 찍어주리라 생각한다.

나에게 직업을 물었을 때 약간 어버버 하더라도 넓은 마음으로 이해해주시길 바란다.

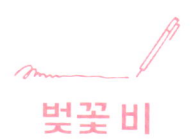

벚꽃 비

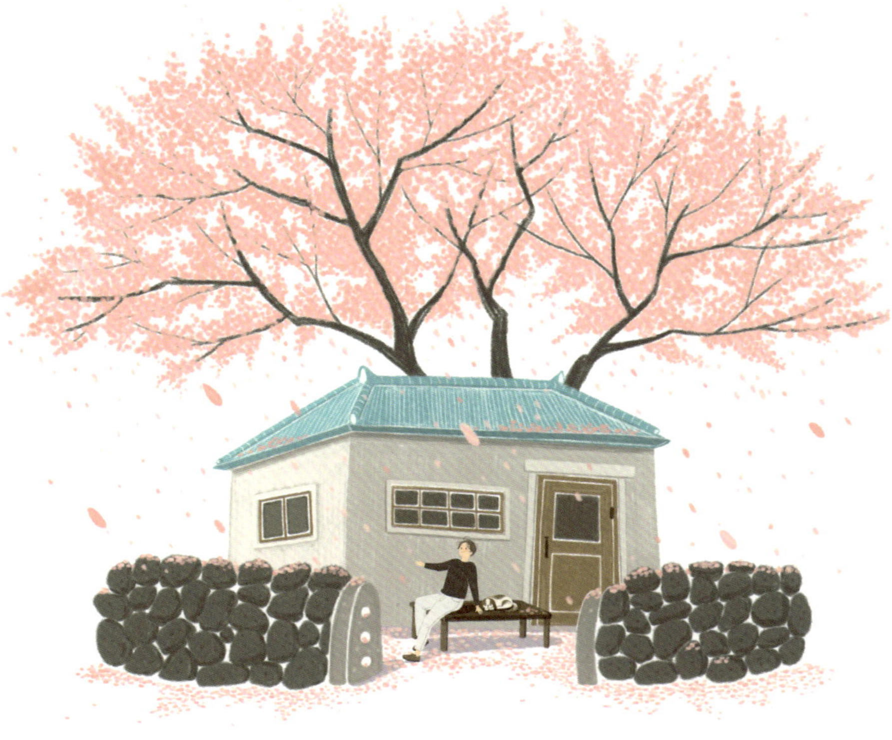

벚꽃이 피는 계절이면
평범한 마을이 영화의 한 컷처럼 화려해진다.

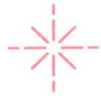

전국에서 가장 먼저 벚꽃을 만날 수 있는 제주에서도 남쪽에
위치한 서귀포 우리 동네.

곳곳에 한두 그루 멋진 나무가 있지만, 조금 오래된 마을에는 길 양
옆으로 벚나무가 멋지게 늘어서 있어서 벚꽃이 피는 계절이면 평범
한 마을이 영화의 한 컷처럼 화려해진다. 그럴 때면 꽃구경을 가야지.
한적한 곳에 차를 세우고 천천히 바람 따라 걷는다. 따뜻한 빛에,
내리는 꽃잎에 마음이 말랑해져서 평범한 돌담도, 담장 안으로 보이
는 세발자전거나 널브러진 장화도, 시골 마을다운 낡은 간판까지도
모두 다 특별해 보인다.

꽃비가 내리는 계절에 이만큼 닿아 있어 기쁘다.
주말의 비가 꽃잎을 모두 훑고 가기 전에 이 봄을 만끽해야지.

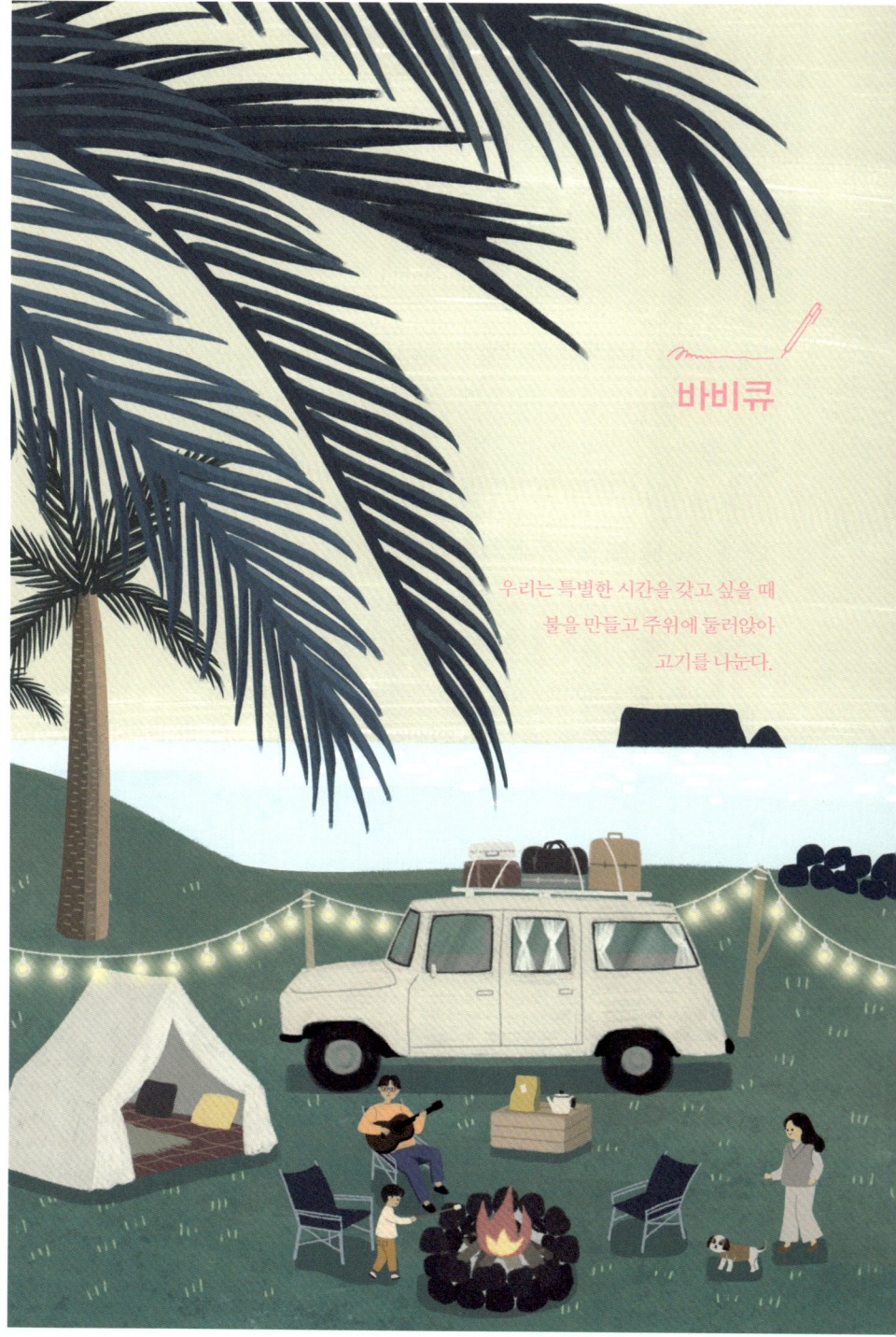

바비큐

우리는 특별한 시간을 갖고 싶을 때
불을 만들고 주위에 둘러앉아
고기를 나눈다.

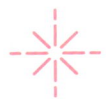

원시사회 때는 모닥불에 둘러앉아 고기를 나누어 먹었고, 현대의 우리들은 특별한 시간을 갖고 싶을 때 그들처럼 불을 만들고 주위에 둘러앉아 고기를 나누는 자리를 만든다.

우리 집 마당에서도 종종 고기를 굽는데, 도심에 있지만 다른 집들과는 섬처럼 따로 떨어져 있는 구조여서 마당에서 고기를 구워도 주변에 피해를 주지는 않는다.

테이블을 세팅하고, 의자를 둘러놓고, 바비큐 그릴에 숯을 올리고 불을 붙인다. 가끔 숯 다루는 것이 귀찮을 때는 기다란 버너를 준비하기도 한다. 고기는 역시 제주산 냉장으로 준비하고, 때에 따라 석화굴이나 새우, 소라 같은 해산물이 곁들여질 때도 있다.

인원이 너무 많으면 차리고 치우는 게 일이 돼버리기 때문에 적당한 수가 좋다. 어떤 때는 오랜만에 친구들과 만나는 자리가 되고, 어떤 때는 부모님을 모시기도 한다.

해가 떠 있을 때 시작한 바비큐 파티는 어둠이 깔릴 때까지 이어진다. 굉장한 요리나 특별한 음식을 먹는 것도 아닌데, 한 끼의 식사는 따듯하고 친밀한 자리가 된다.

원시시대의 그들이 그랬듯이 오늘의 우리도 조금 더 돈독해졌을지도 모르겠다.

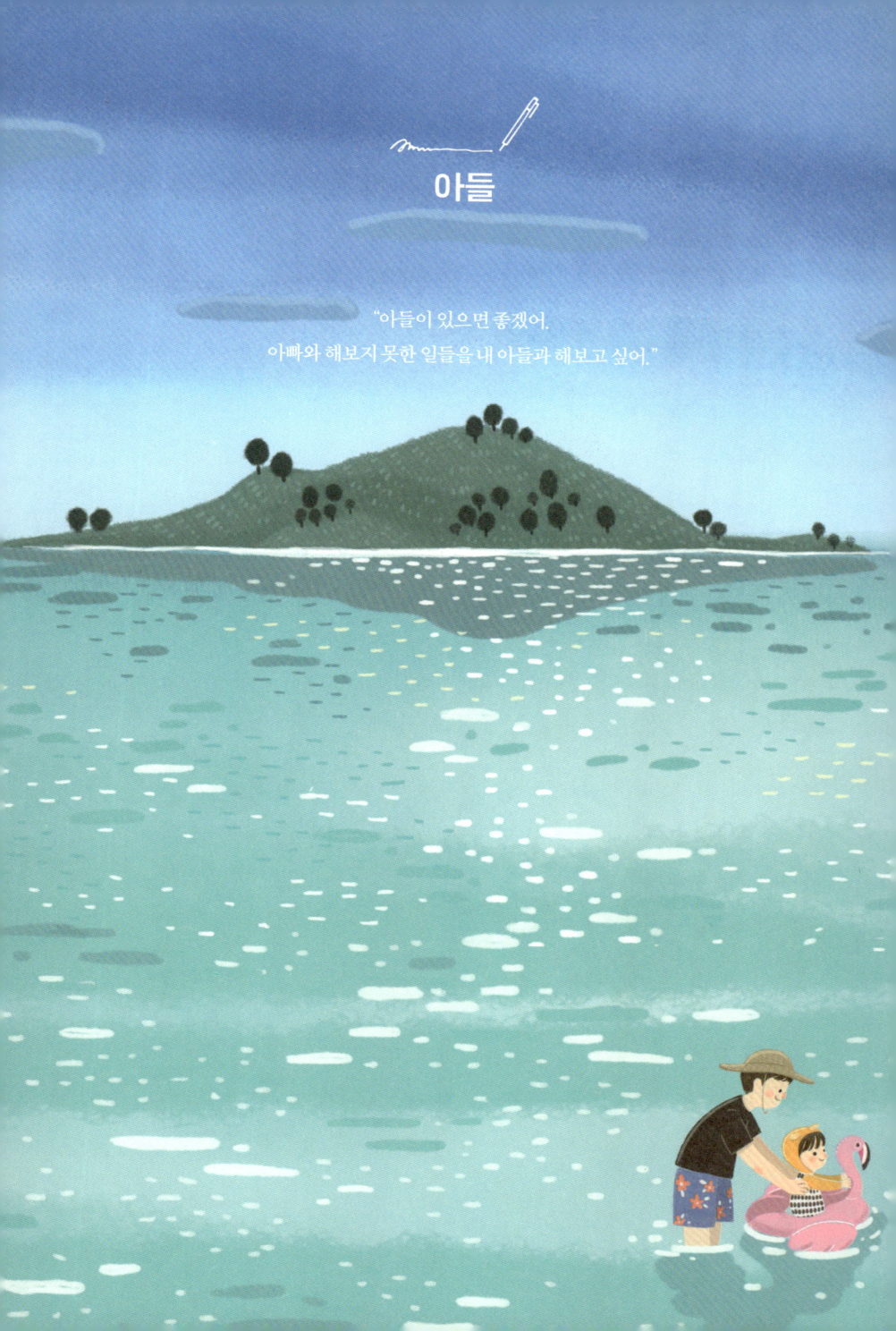

아들

"아들이 있으면 좋겠어.
아빠와 해보지 못한 일들을 내 아들과 해보고 싶어."

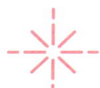

무심코 내뱉듯 그는 말했다.

"아들이 있으면 좋겠어. 아빠와 해보지 못한 일들을 내 아들과 해보고 싶어."

그의 아버지는 오래 누워계셨고, 그의 많은 순간을 함께하지 못하셨다.

결혼 5년 만에 얻은 배 속의 아이가 아들이라고 했을 때

딸을 원했던 아쉬움에 많이 울었지만,

또한,

조금은 기뻤다.

PART 2
비오는 날 수영

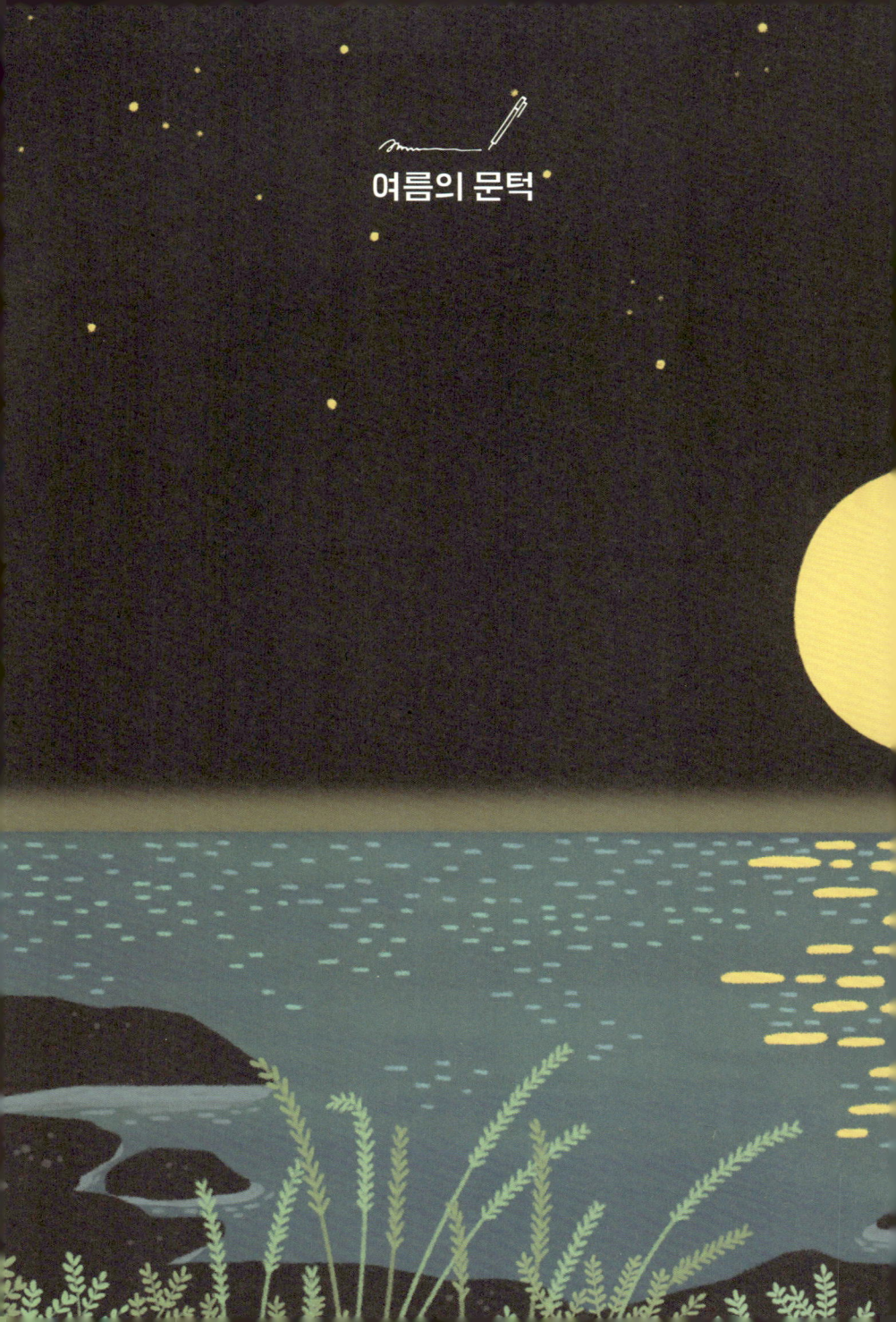

여름의 문턱

일을 끝내고 작업실 문을 열었더니 여름이 한가득 품에 안겼다.

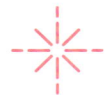

늦은 밤. 일을 끝내고 작업실 문을 열었더니 여름이 한가득 품에 안겼다.

신기하게도 계절마다 공기의 냄새가 달라지는데, 아직 후텁지근한 공기는 아니지만 어딘가 상기된 높은 톤의 여름 냄새가 났다. 내가 가장 좋아하는 계절은 (놀랍게도) 여름이다.

친구가 많지 않고 외출을 잘 하지 않던 나는 겨울을 가장 좋아했었다. 그런데 20대에 갓 들어선 무렵 짝꿍을 만나고 밖에서 노는 것에 마음을 빼앗겼고, 자연스레 해가 긴 계절을 사랑하게 되었다.

숨 막히는 아스팔트의 열기, 열대야가 주는 파란 밤, 바다와 오름으로 우리의 계절은 해가 길수록 반짝반짝 빛이 났다.

계절에 한 번 정도 갔던 바다 수영도 하루가 멀다 하고 다니고, 들러붙는 염분이 찜찜하게 느껴질 때면 숲속으로 산책을 갔다. 그저 큰 나무 아래에서 바람을 맞기만 해도 주변에서 들리는 매미 소리에 살아있는 계절의 싱싱함을 느낄 수 있었다.

    우리 집 옥상 정원에는 여름마다 만들어지는 간이 수영장이 있다. 무더운 날엔 이 수영장에 몸을 담그고 빔프로젝터로 영화를 본다. 생각보다 금세 추워져서 테이블로 옮겨 앉게 되지만 말이다.

    곧 출간될 책의 뒷정리와 몇 개의 패키지 작업을 하느라 지난 한 달간 많이 바빴다. 일이 몰아친 후에 정신을 차리면 계절이 크게 한 걸음 뛰어넘어 간 느낌이 나곤 하는데, 마침 발 닿은 곳이 여름의 시작이라 참 다행이다.

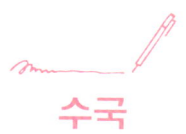

수국

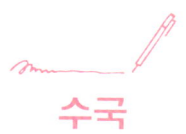

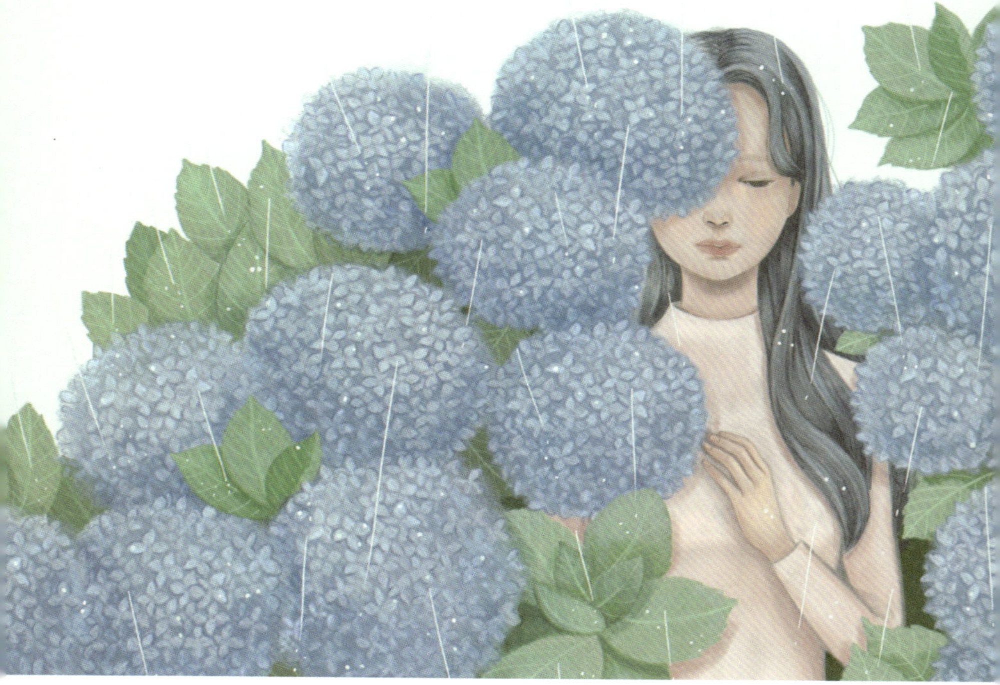

6월 말에 비와 함께 찾아오는 수국은
검은 돌담을 배경 삼아 파랗고 붉은 꽃을 피워 시선을 사로잡는다.

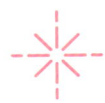

6월 말에 비와 함께 찾아와서 본격적인 더위가 시작되는 7월 중순이면 물러나는 수국은, 검은 돌담을 배경 삼아 파랗고 붉은 꽃을 피워 시선을 사로잡는다.

거리에 수국이 가득한 것과 달리 수국이 들어올 수 있는 공간은 돌담 밖까지이다. 존재감이 큰 화려한 덩어리의 꽃송이와 해마다 바뀌는 꽃의 색 때문이었을까? 제주도에서 수국은 '귀신꽃', '도채비꽃(도깨비꽃)'이라 하여 집 안에 심지 않았다.

수국은 푸른색, 흰색, 붉은색의 꽃을 가지는데 특이하게도 산성 토양에서는 푸른색의 꽃을 피우고, 중성 토양에서는 흰색의 꽃을, 염기성 토양에서는 붉은색의 꽃을 피운다. 한 포기의 초본에서도 다양한 색의 꽃을 피울 수 있는 것이다.

네 장의 꽃잎으로 이루어진 작은 꽃송이가 모여 큰 하나의 솜사탕 같은 모양을 하고 있는 줄로 알았던 수국꽃도 사실은 그게 아니란다. 꽃잎처럼 보이는 부분이 사실은 꽃받침이고 그 가운데의 꽃술로 보이는 작은 부분이 실제 수국꽃이라니 향기가 없는 것도 무리가 아니지 싶다.

향도 없는 화려한 가짜 꽃을 가지고, 작년과는 다른 색의 꽃을 보여주기도 하는 꽃. 불길하다고 여길 만도 하다.

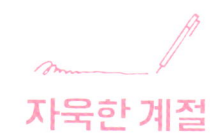

자욱한 계절

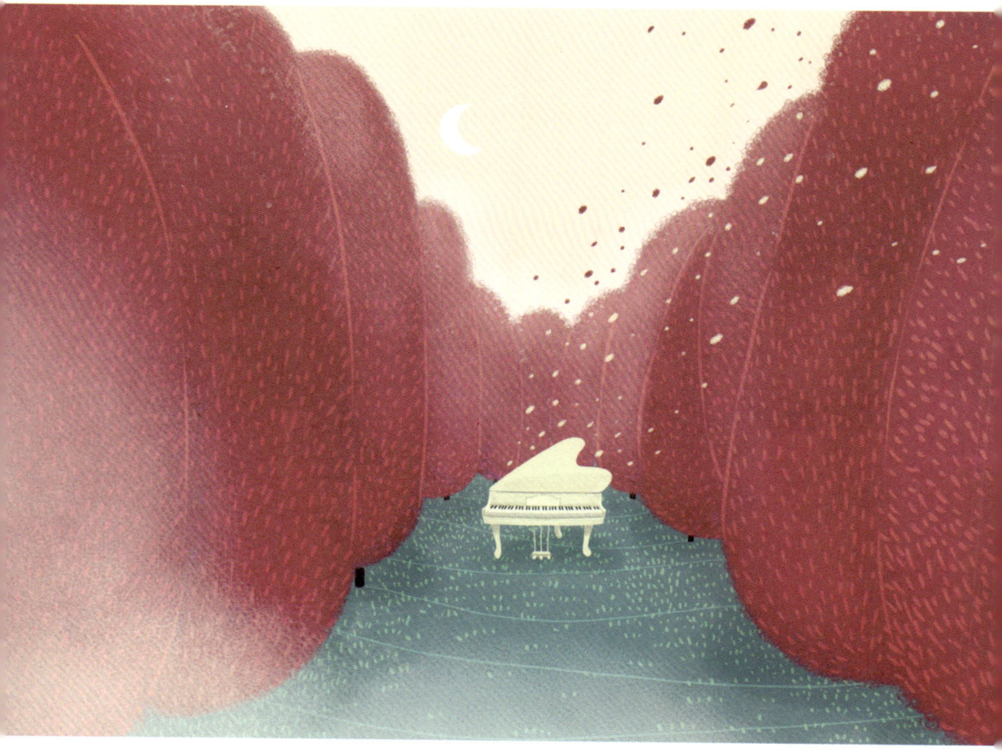

새벽안개 속에 앉아 있으면
온갖 생각들이 떠올랐다가 안개에 쓸려 사라지고 만다.

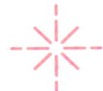

장마의 계절이 되면 온 제주가 안개에 갇힌다.

가만히 보고 있으면 작은 입자 무리가 이쪽에서 저쪽으로 이동하는 것이 느껴진다. 짙은 안개가 끼는 날이면 바로 앞의 건물도 보이지 않을 정도로 흰 막을 두르는데, 축축하고 습한 안개는 차다. 우리 집은 바닷가와 꽤 떨어져 있어 직선거리로 3km 남짓하지만, 안개가 짙은 날에는 안개에 바다 냄새가 묻어온다.

새벽안개 속에 앉아 있으면 온갖 생각들이 형태를 갖고 떠올랐다가 이내 안개에 쓸려 사라지고 만다. 흩어진 생각들을 하나씩 잡아 곱게 정리해서 넣어두고 싶지만, 안개 때문인지 아니면 나 때문인 건지 마음을 채 설명하지도 못한 채 다시 안개 속으로 흩어져버리고 만다.

안개가 짙은 날엔 괜스레 마음에 잔상만 남는다.

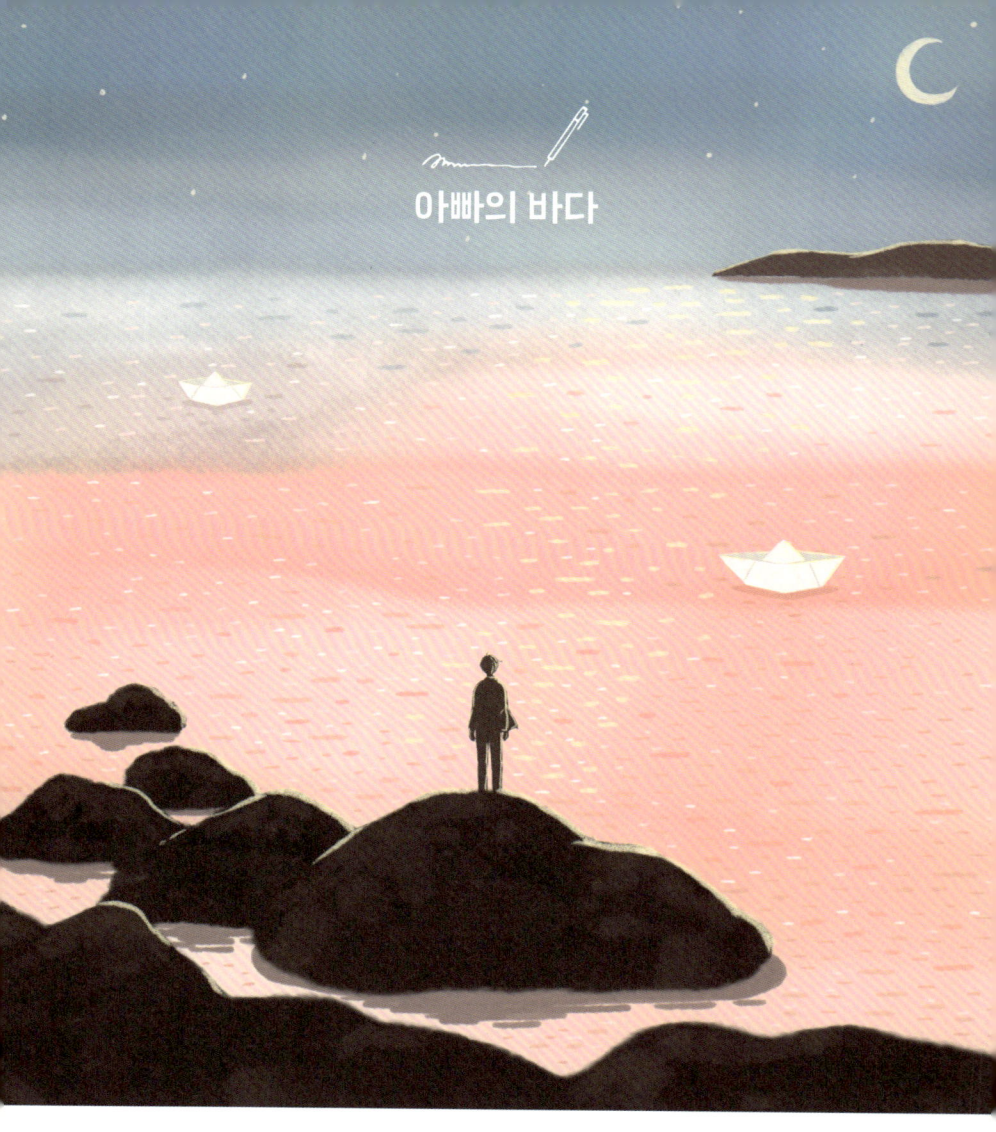

아빠의 바다

아빠의 바다같이 넓은 등으로
따뜻함이 한없이 흘러들어왔다.

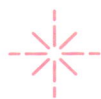

어릴 때는 곧잘 아빠와 낚시를 다녔다.

지네처럼 생긴 갯지렁이는 징그러워 만지지도 못했고, 길이가 긴 것은 심지어 잘라서 끼워야 했기에 미끼를 내 손으로 끼우는 일은 엄두도 내지 못했다. 어쩌다 잡힌 눈먼 고기도, 내 손으로 빼지 못해 아빠를 크게 외쳐 부르곤 했다.

어린 나에게 낚시는 재미없는 일이었지만, 바다에 발을 담그거나 잡은 물고기를 물웅덩이에 놓고 관찰하는 일은 재미있는 시간을 만들기에 충분했다.

협재 바다에서 작은 복어를 잡던 날, 서 있던 갯바위가 밀물에 잠기고 걸어 들어왔던 길이 물속으로 숨었다. 아빠는 단숨에 나를 업고 허리까지 차오르는 물을 가로질러 뭍으로 나왔다.

붉은빛의 바다와 차가웠던 바닷물. 아빠의 바다같이 넓은 등으로 따뜻함이 한없이 흘러들어왔다.

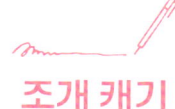

조개 캐기

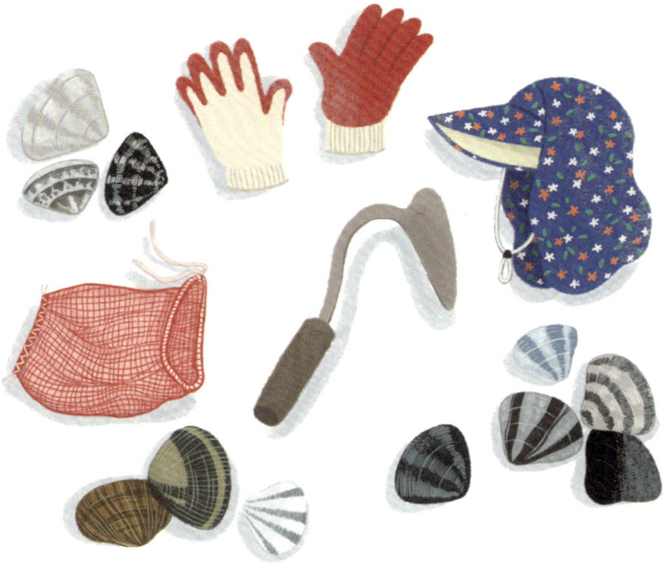

햇빛을 가릴 챙이 큰 모자, 긴소매 상의,
두툼한 장갑과 밑창에 힘이 있는 신발로 복장을 갖춘다.

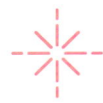

제주 사람이라고 모두 여름에 바다 수영을 즐기는 것은
아니다.

연세가 있는 삼춘들은 특히나 그러한데, 바다에 한해서 남자 삼춘
들은 낚시를 좋아하고, 여자 삼춘들은 채취를 즐겨한다. 이미 유명한
보말 잡기는 물론이고 작은 게나 미역, 톳, 우뭇가사리 등도 좋은 식
재료가 된다.

전국적인 의미로 보편적인 식재료로는 조개가 있다. 제주에는 조
개잡이 스폿이 여러 곳 있지만, 제일 먼저 떠올리는 곳은 성산과 종달
리 일대일 것이다.

조개를 잡기 위해서는 햇빛을 가릴 챙이 큰 모자, 긴소매 상의, 조
개껍데기 조각으로부터 손과 발을 보호해 줄 두툼한 장갑과 밑창에
힘이 있는 신발로 복장을 갖춘다. 그리고 물속 모래를 긁어낼 호미(여
러 가지 도구를 써봤으나 호미가 제일이다!)와 캐낸 조개를 담을 양파망만 준비
하면 된다.

이제 조개 캘 장소로 출발한다. 해안 모래밭에 앉아 무언가를 하고
있는 사람들이 보인다면 제대로 찾아온 것이다.

조개를 잡는 바닷가는 대부분 무릎 높이가 안 되는 곳이다. 엉덩이가 젖지 않을까 하는 걱정은 접어두고, 일단 무조건 과감하게 주저앉아 주자! 조개는 한두 번의 호미질로 나타나 주지 않으니, 어정쩡하게 앉아 있으면 허리가 뻐근해져서 잘 펴지지 않는 사태를 맞이할 수 있다.

일단 호미로 한 번 긁은 다음 손으로 더듬어 조개를 찾는다. 꽤 오랜 시간 팠는데도 수확이 없다면 주변을 둘러보자. 알록달록한 무늬의 모자와 옷을 입고, 어쩐지 현지인 중의 현지인의 느낌이 물씬 나는 삼춘들이 있는지 살펴본다. 찾았다면 은근슬쩍 근처로 이동한다. 틀림없이 수확이 있을 것이다.

한 끼 먹을 양이면 충분하다. 실제로 조개를 캐는 사람들이 늘어나서 조개(뿐만 아니라 보말 같은 것들도) 개체 수가 줄어들었다고 한다. 당연하지만 꼬꼬마들은 바다에 돌려보내 주자.

오늘 저녁은 시원한 조개 칼국수로 결정했다.

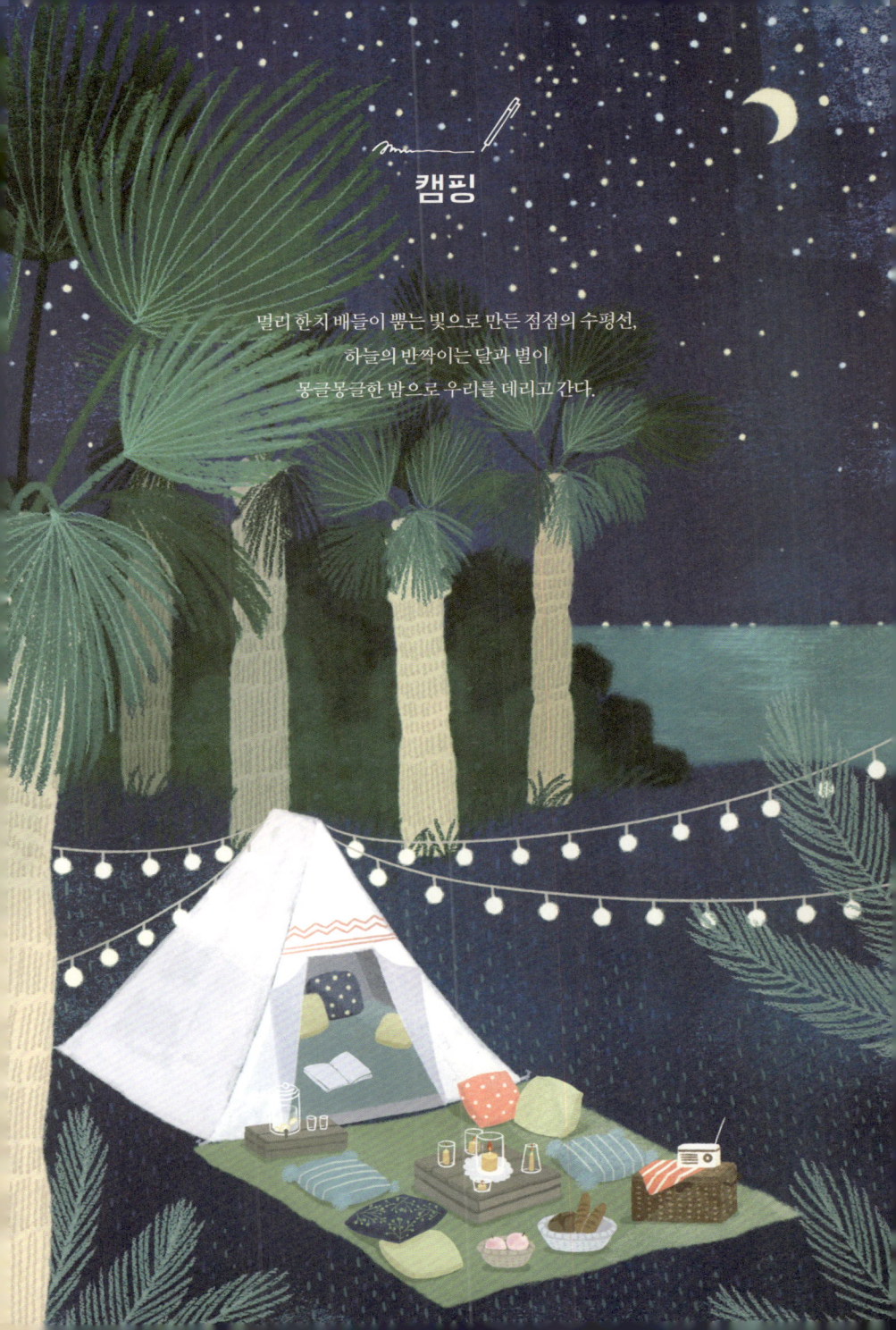

캠핑

멀리 한치 배들이 뿜는 빛으로 만든 점점의 수평선,
하늘의 반짝이는 달과 별이
몽글몽글한 밤으로 우리를 데리고 간다.

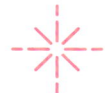

여름이면 캠핑을 갔다.

장소는 늘 금능해수욕장의 캠핑장으로, 야자수가 듬성듬성 구획을 나누고 바로 앞에 부드러운 모래가 깔린, 낭만적인 여름 바다의 진수와도 같은 곳이다. 강산이 두 번이나 변하기 전에도 수도 설비가 된 취사장이 있었을 만큼 오래전부터 많은 사람이 찾는 장소이기도 하다.

여름이고 해수욕장이니까 수영을 했다. 수영을 하고 나와서 수박을 먹고, 수영을 하고 나와서 모래에 파묻혔다가, 수영을 하고 아이스크림을 사 먹으러 가고, 또 수영을 했다.

(특별한 이유는 없지만) 식사 메뉴는 언제나 두루치기였다. 동네 식당에서 익히지 않은 상태로 포장해 와 볶기만 하면 화려한 요리가 완성되었다. 코펠로 짓던 밥은 늘 덜 익거나 설익거나 엉망이었지만 말이다.

강렬한 빛이 꺾일 즈음이면 누가 먼저랄 것도 없이 모래 위에 앉아 바다로 넘어가는 해를 보았다. 모기향과 플래시 라이트를 가지고 어두워진 하늘을 맞이했다. 비양도에서 나오는 불빛과 멀리 한치 배들이 뿜는 빛으로 만든 점점의 수평선, 하늘의 반짝이는 달과 별이 몽글몽글한 밤으로 우리를 데리고 간다.

한낮에 시작된 캠핑은 바다의 노을을 지나고 달빛이 뜨면 더욱 깊어진다.

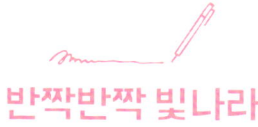

반짝반짝 빛나라

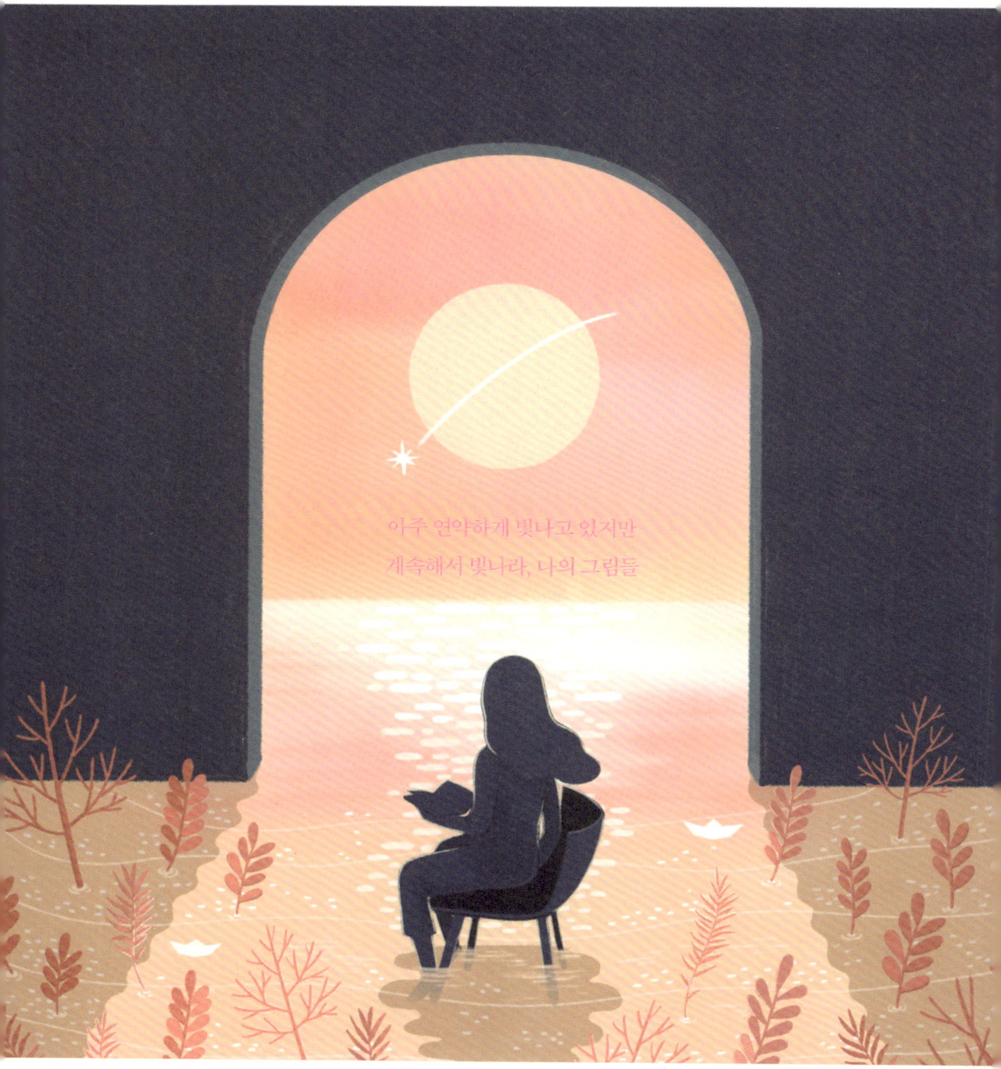

아주 연약하게 빛나고 있지만
계속해서 빛나라, 나의 그림들

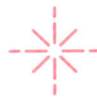

오래전, 본격적으로 그림 그리는 일을 시작하기 전에 맡았던 일이 있었다.

웹페이지에 들어가는 그림인데 당시 유행하던 프로방스풍의 마을을 그리는 일이었다. 디자인 회사에 다니던 시절, 그림으로 일을 해보지도 않았으면서 할 수 있을 것 같았고 간단해 보였다.

자신만만했던 시작과는 다르게 '내가 그리고 싶은 것을 그리는 것'과 '클라이언트의 의견대로 그리는 것'은 많은 차이가 있으며, 결코 간단한 일이 아님을 알게 되었다. 결과는 좋지 않았고, 프로젝트 중간에 잘리는 신세가 되고 말았다. 분할 것도 없이 당연한 결과였고, 민망한 결과물에 도리어 미안할 정도였다.

어째서 그런 결과가 나왔는지에 대해 고민이 많았다. 경험의 부족도 그렇지만 다양한 그림을 그려보지 않았었고, 무엇보다 일에 대한 마음가짐이 틀려먹어 여러 가지로 준비가 되지 않았던 게 원인이었던 거 같다.

올해로 15년의 작가 생활 동안 300개가 넘는 프로젝트를 진행하면서 매번 다른 일을 겪지만, 그 이후로 다행히도 진행 중에 잘려본 일은 없다. (물론 시안에서 탈락되는 경우는 종종 있다.)

낮 그림을 밤으로 바꿔 달라고 해도 당황스럽지 않고, 심플한 캐릭터를 갑자기 실사체로 바꿔 달라고 해도 무리 없다. 많이 그려보고, 다양하게 그려보고, 무엇보다 화료를 받는 만큼 지불한 돈이 아깝지 않은 그림을 그리려고 노력하고 있다. 대충 그려주고 돈 먹는 도둑놈이 되면 안 되지 않겠는가.

언젠가 기회는 오고, 준비된 사람만이 그 기회를 내 것으로 만들 수 있다. 그러니 겸손한 마음으로 계속해서 노력해야지.

아주 연약하게 빛나고 있지만,
계속해서 반짝반짝 빛나라, 나의 그림들.

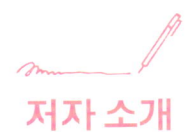

저자 소개

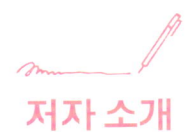

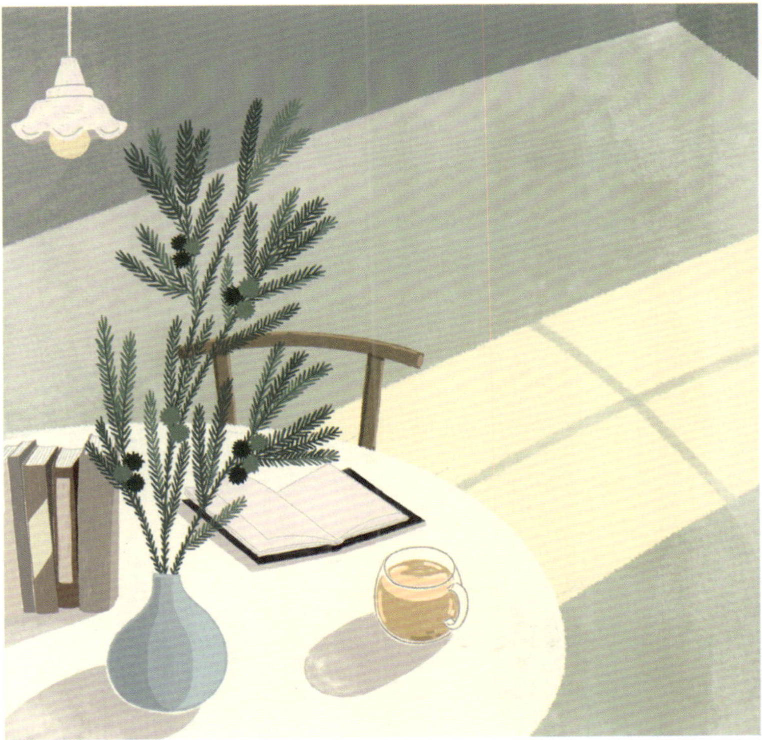

자기소개를 센스 있게 쓰는 일은 꽤 어려운 일이다.
그것은 글을 쓰는 것이 직업인 작가에게도 마찬가지일 것이다.

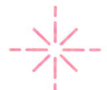

책 표지를 넘기면 왼쪽으로 보이는 책날개에는 (거의 예외 없이) 저자 소개란이 있다.

'저는 어떤 일을 하는 어떤 특징의 사람입니다.'라는 몇 문장으로 인상이 정해지는 소개 글은 너무 간단하게 쓰면 성의 없어 보일 거 같고, 상세하게 설명하면 투머치일 거 같아 이러나저러나 부담스럽기는 마찬가지다.

자기소개를 센스 있게 쓰는 일은 꽤 어려운 일이다. 그것은 글을 쓰는 것이 직업인 작가에게도 마찬가지일 것이다. 다른 책들의 저자 소개를 볼 때면 아~, 어째. 하면서 괜히 혼자 민망해지는 경우가 더 많기 때문이다.

몇 권의 책을 집필한 나 또한 '저자 소개'에서 자유로울 수 없었는데, 면대면으로 처음 만나는 사이에서도 나를 소개하기를 어려워하는 나로서는 이 '저자 소개란'이 꿈에 나올 정도로 부담스러웠다.

하지만 이런 나의 집필서에는 다행히도 오래 연을 맺고 있는 출판사의 담당 편집자님께서 저자 소개를 (그것도 꽤 그럴싸하게) 넣어주셨다.

따뜻한 그림과 아름다운 색감으로 보는 이들을 매료시키는, 책을 쓰고 그림을 그리는 일러스트레이터. 출판물에 들어가는 일러스트를 기본으로 광고와 패키지 등의 일러스트 작업을 하고 있다. 잊고 있던 마음속 이야기에 작은 울림을 주는 그림을 그리고 싶다는 그녀는 제주도에서 태어나고 자랐으며, 지금도 서귀포의 아담한 작업실에서 일러스트 작업에 몰두하고 있다.

사실 저자 소개 따위 아무도 관심 없겠지만, 나는 이 소개가 참 맘에 든다. 마음이 흔들릴 때 읽고 있으면 나아갈 방향을 제시받은 느낌이 들거든.

저는 작은 울림을 주는 그림을 그리고 싶은 일러스트레이터 이현미입니다. (아…. 역시 조금 부끄럽다.)

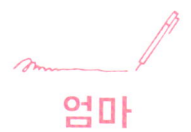

엄마

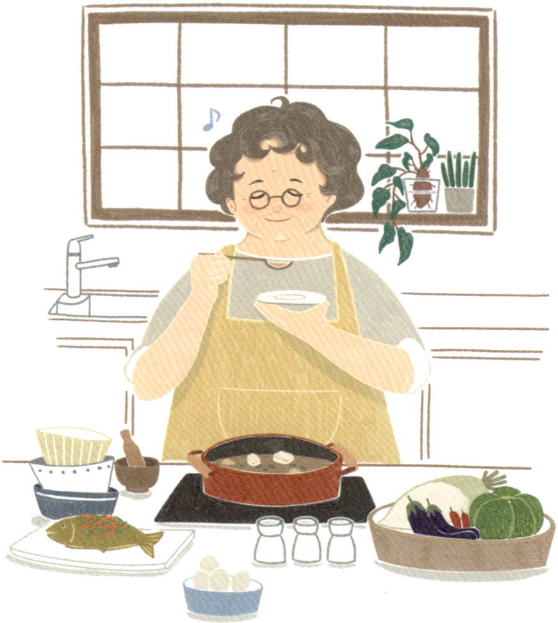

엄마가 마음 한 움큼과 어묵볶음을 두고 갔다.

짝꿍과는 8년을 만나고 결혼했다.

그간 우리 가족과 익히 얼굴을 알고 지낸 사이라지만, 결혼 날짜를 잡고 엄마와 신랑은 따로 만났다. 그 자리에서 엄마는, 나는 늘 외로워 보이는 아이라고, 우리 딸을 외롭지 않게 잘 부탁한다고 했다고 한다.

내가 친정에 가는 일은 드물고 엄마가 오며 가며 자주 우리 집에 들르는데, 작은 사위가 있든 없든 우리 작은 딸 집이 제일 편하다고 말씀하신다. 어릴 적 인간 구실 못 하고 살 거 같았던 딸이 제법 사람답게 살고 있으니, 이 나름대로 성공한 인생인 셈이다.

엄마가 마음 한 움큼과 어묵볶음을 두고 갔다.

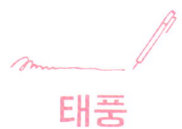

태풍

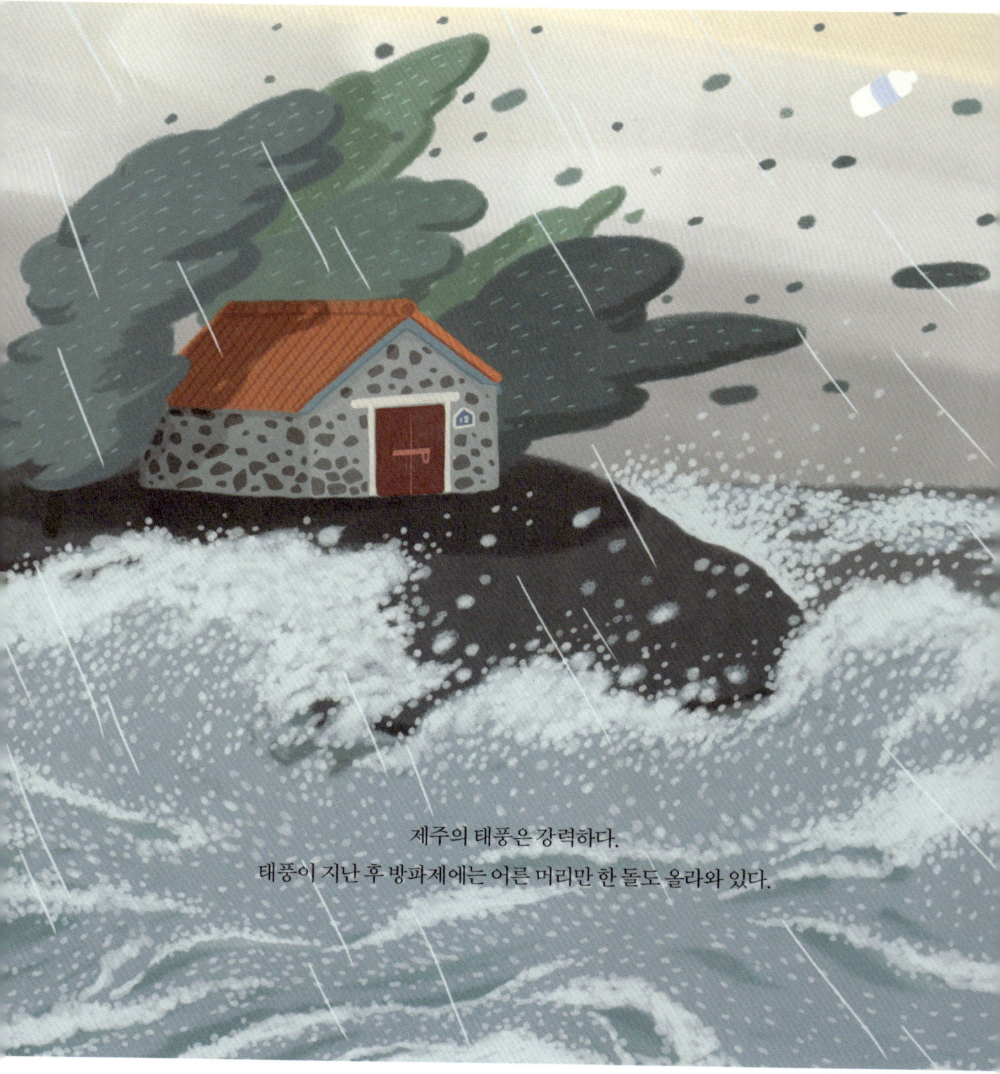

제주의 태풍은 강력하다.
태풍이 지난 후 방파제에는 어른 머리만 한 돌도 올라와 있다.

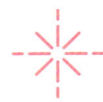

제주의 태풍은 강력하다.

태풍이 지난 후에 방파제에는 엄청난 돌들이 올라와 있는데,
개중엔 어른 머리만 한 돌도 끼어 있다.

우리 집은 단독주택 2층으로, 태풍이 올 때면 바빠진다.

작은 화분들을 내려서 바람이 닿지 않는 곳으로 숨기고, 여름이면
효도하는 간이 수영장도 고이 접어서 숨겨 둔다. 파라솔들과 아이의
자전거는 이때를 틈타 집 안으로 들어오고, 날아갈 만한 쓰레기도 모
두 처리해 둔다.

태풍에 한 번 쓰러졌다 부활한 뽕나무는 2층에서 철제 와이어로 세
군데를 묶어 두었다. 창문을 방어할 청테이프까지 구입해 놓으면, 이
제 남은 일은 사방을 휘감는 바람 소리에 가슴 졸이며 태풍이 무사히
지나가기를 기도하는 것뿐이다.

집 뒷문이 날아가거나 주차장 담벼락이 무너지는 것까지는 막을
수 없지만, 할 수 있는 최선을 다해 태풍을 맞이한다. 남쪽으로 창문
이 나 있는 우리 집은 (더군다나 지은 지 40년이 가까워 내부 창은 나무 문틀이다)
남쪽에서 바람이 불면 그야말로 유리가 깨져 곧 비가 들이칠 거 같아
무섭다.

이번 태풍은 다행히 동쪽에서 바람이 분다.

모두 무사히 아침을 맞을 수 있기를.

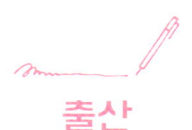

출산

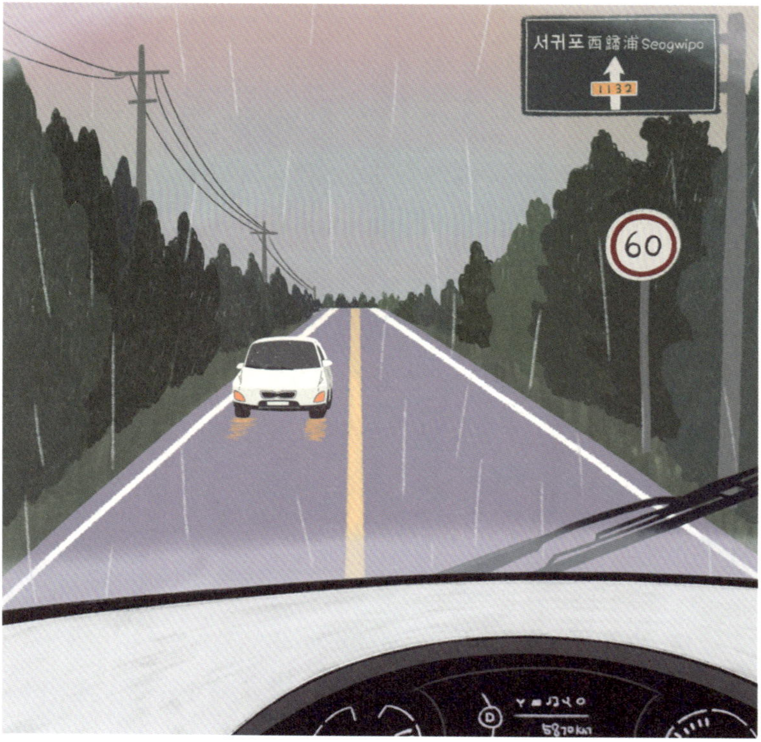

태풍이 몰고 온 강한 비바람에 모든 것이 흔들렸던 그날,
진통 주기만 체크하며 밤을 보냈다.

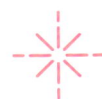 온 섬이 물에 잠기는 계절이 되었다.

태풍이 몰고 온 강한 비바람에 모든 것이 흔들렸던 그날, 몇 주간 지속되던 가진통이 심상치 않아 진통 주기만 체크하며 밤을 보냈다.

아직 출산 예정일은 한 달이 남았고, 당시 쓰던 책은 마감을 못 한 상황이었다. 새벽에 급하게 파일을 정리해서 메일을 보내고 집필 중이던 책을 급히 마무리한 후, 해도 뜨기 전인 이른 새벽에 친정에 코코를 맡기고 1시간 거리의 병원으로 달렸다.

혼미한 상태로 도착한 병원에서 정신을 차렸을 때, 응급 수술로 우리 집 작은 사람을 만나게 되었다. 저체중 미숙아로 나온 작고 작은 우리 집 작은 사람.

매해 까꿍이의 생일에는 비가 왔다. 올해도 어김없이 비가 왔다. 엄마 아빠가 비를 많이 좋아해서 우리 아기는 비가 오는 날을 택했나 보다.

생일 축하해, 까꿍아.
네 세상에 내가 꽉 차 있을 시기의 행복을 놓치지 않을게.

달콤한 잠

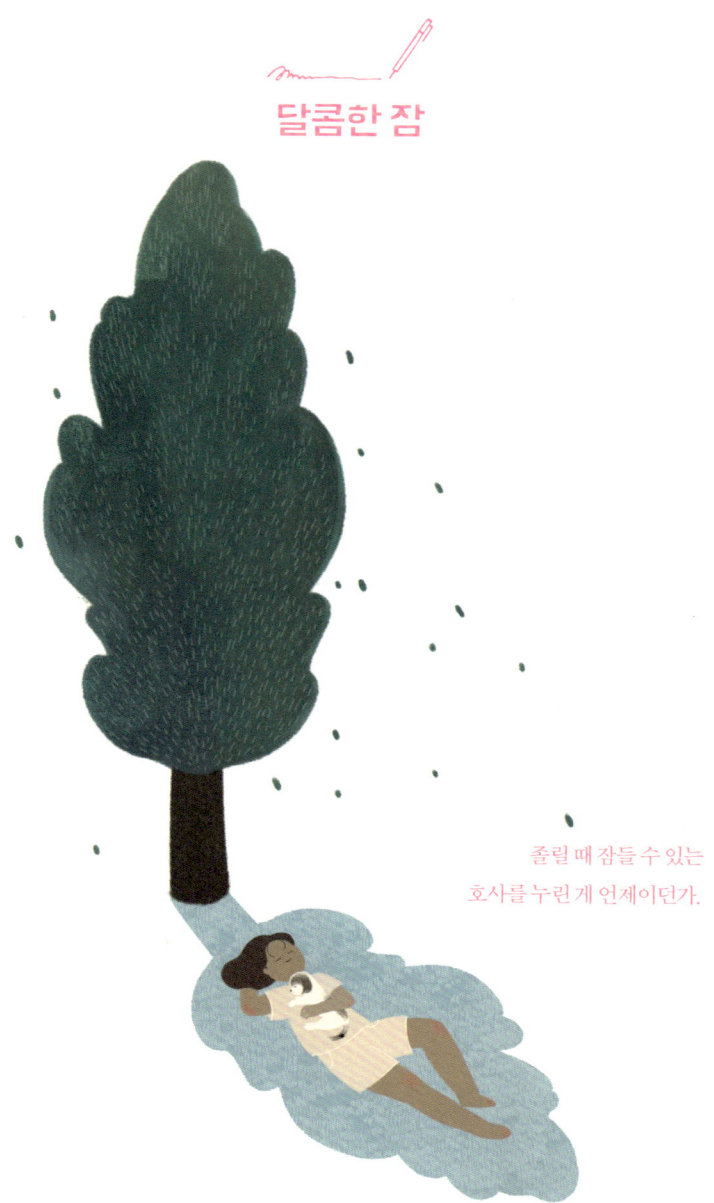

졸릴 때 잠들 수 있는
호사를 누린 게 언제이던가.

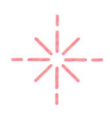

나는 잠이 많다. 하지만 아이가 생긴 후로 오롯이 나를 위해 쓸 수 있는 시간이 줄어든 탓에, 긴축 대상 1호는 잠자는 시간이 되었다.

최근엔 그래도 많이 바쁘지 않아 잠을 잘 자는 편이라고 생각했는데, 앱으로 체크해보니 평균 4~5시간 정도를 자고, 그중에 깊은 수면은 한 시간이 한참 안 된다. 나만 그런 걸까, 다들 그렇게 자는 걸까?

우리 집은 웃풍이 있어서 이불을 걷어차고 자는 아이 때문에 중간중간 깨서 몸이 차지는 않은지 확인하고, 이불을 꼼꼼하게 덮어줘야 한다. 이 과정을 빠트리면 아침에 바로 감기에 걸려버린다.

집안일도 해야 하고, 아이의 치료도 따라다녀야 하고, 아이가 집에 있는 시간과 주말에는 일을 하지 않으니, 평일 낮에 일하는 것만으로는 시간이 턱없이 모자라 아이를 재운 다음 다시 일어나서 일하곤 하는데, 아이를 재우면서 나도 살짝 잠이 든다.

주말 아침에는 짝꿍이 아이 담당이다. 마침 토요일이라 짝꿍을 믿고 내리 열다섯 시간을 잤다. 가끔 이렇게 기절 같은 잠에 빠져 도저히 일어나지 못하는 때가 있는 것이다. 어쩜. 피부도 팽팽해지고, 병든 닭처럼 졸지도 않고, 두통도 없이 컨디션이 이리 좋은 것인지!

아, 정말 잠이란 너무나도 달콤하다.

졸릴 때 잠들 수 있는 호사를 누린 게 언제이던가.

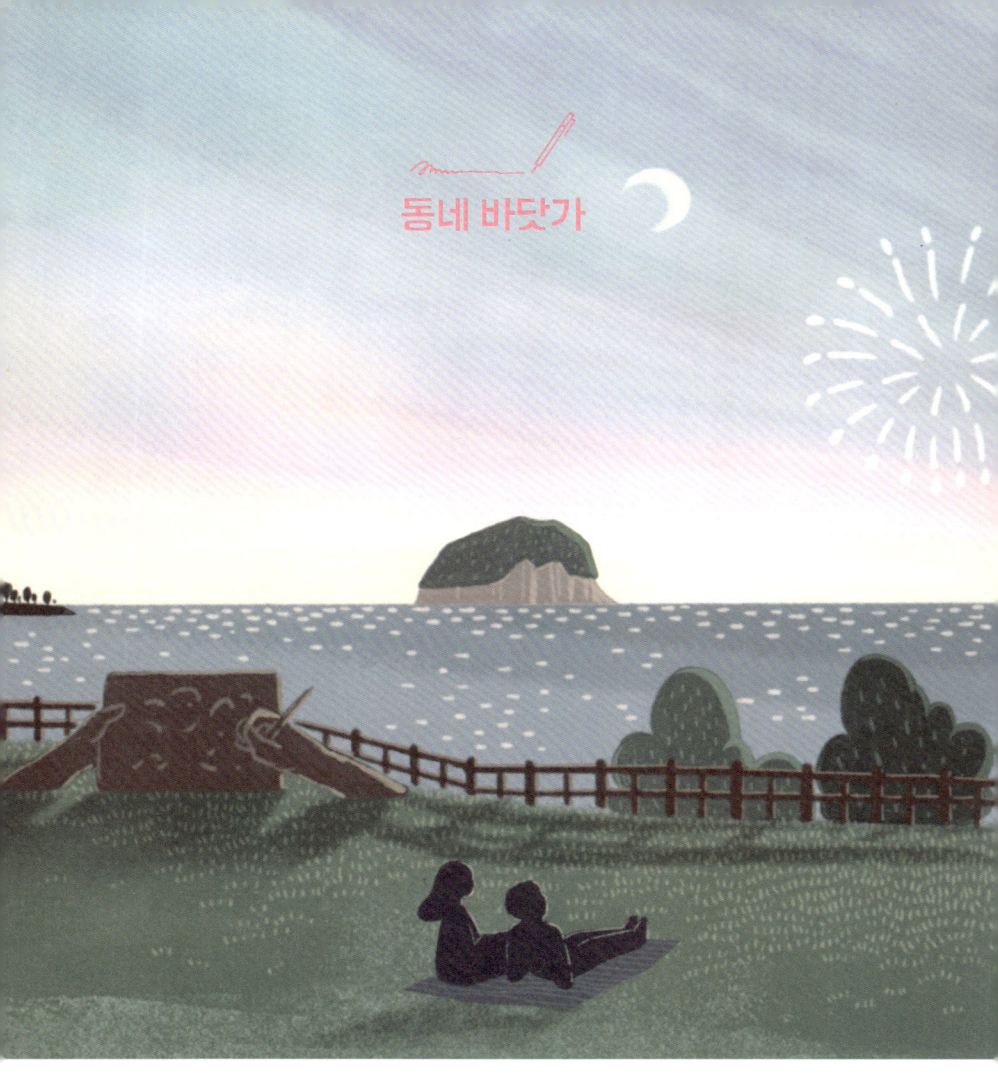

동네 바닷가

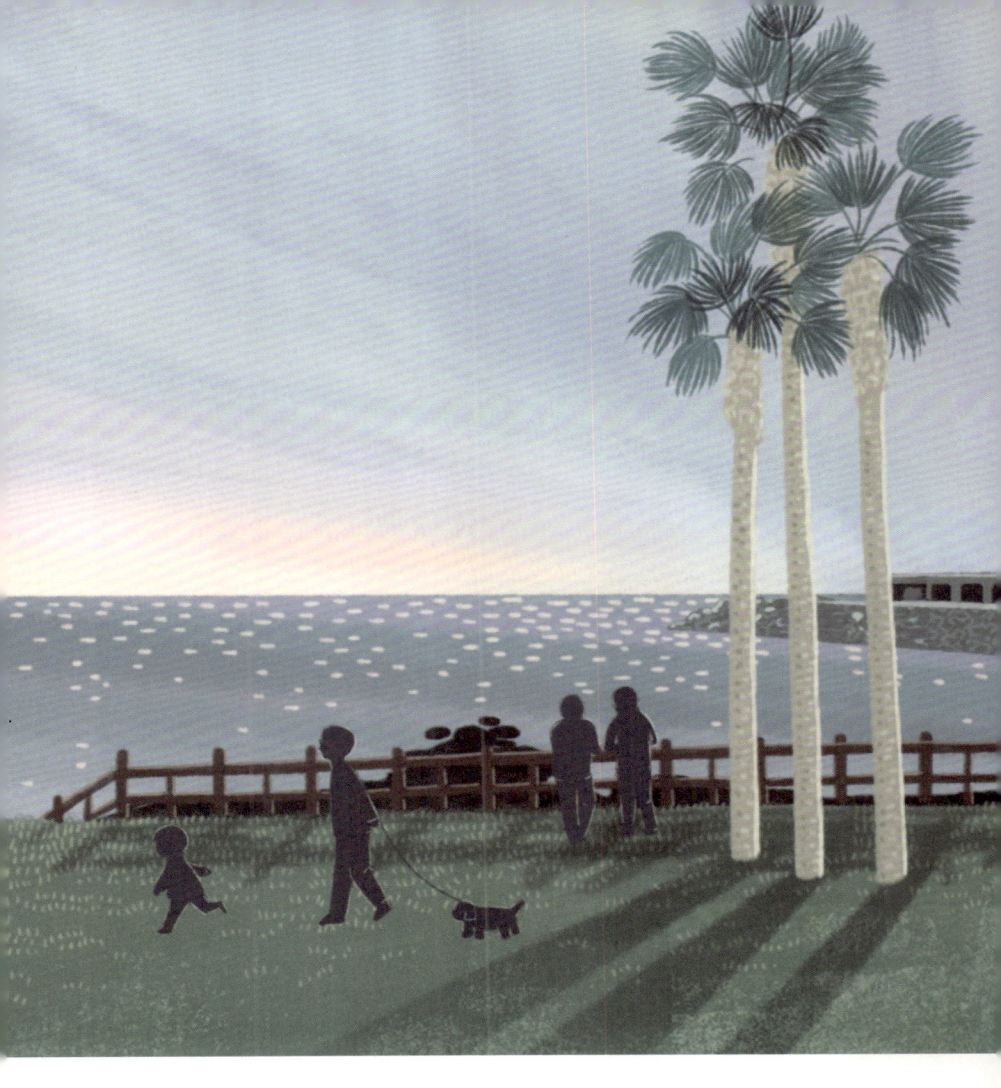

"잘도 좋다이. 여기 영 변해샤? 세월 가는 줄도 몰랑 살았쩌."

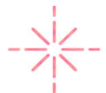

작은 발로 한 시간여를 걸어 바다와 이어진 용천수에서 여름을 나곤 했던 소녀는 결혼 십 년 만에 얻은 아들과, 그 아들이 결혼 5년 만에 얻은 손자와 함께 물가를 찾았다.

"잘도 좋다이. 여기 영 변해샤? 세월 가는 줄도 몰랑 살았쩌."

몇십 년 만에 찾았다는 동네 바닷가 공원은 집에서 차로 5분 거리이다.

굳이 제주 여인이라고 칭할 것도 없이 여인들의 삶이란 숨돌릴 틈 없이 이어져 오고 있었나 보다. 몸이 좋지 않았던 남편과 살아온 시어머니도, 천생 양반인 아빠를 보듬고 사는 우리 엄마도.

비록 나의 눈에는 척박한 삶처럼 느껴질지라도

그들의 삶에도 반짝거리는 시간들이 있었기를 바라본다.

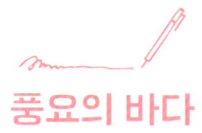

풍요의 바다

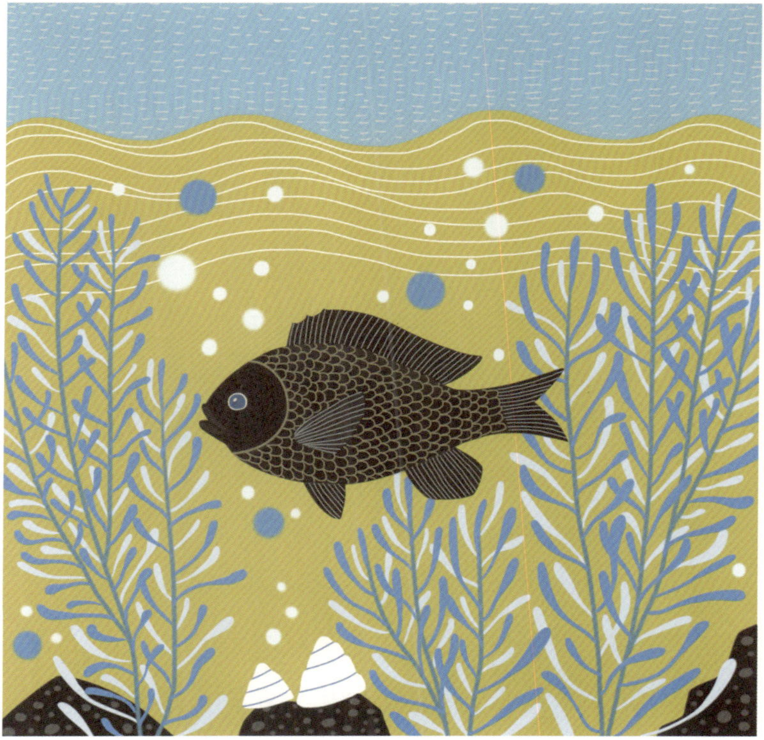

늘 풍요로움을 나누어주는 제주 바다는
자리돔, 한치, 무늬 오징어, 보말 같은 식재료들을 제주민들의 식탁에 올려준다.

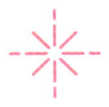

제주 바다는 늘 풍요로움을 나누어준다. 그중 여름에는 자리
돔, 한치, 무늬 오징어, 보말 같은 식재료들을 제주민들의 식
탁에 올려준다.

작은 돔과(科)의 물고기 '자리돔'은 사계절 한 '자리'에서만 산다고
하여 그렇게 불린다고 한다. 한치는 일반 오징어보다 유독 다리가 짧
은데, 다리 길이가 한 치(3cm) 정도밖에 되지 않는다 하여 붙은 이름이
다. 무늬 오징어는 크기가 크고 얼룩덜룩한 무늬가 있는 오징어이다.
'무늬 오징어'라는 명명은 요즘에서야 들어 보았고 일본어의 잔재가
꽤 남아 있는 제주에서는 속칭 '미쓰이까'라고 불린다.

흔히 '제주 보말'이라 불리는 바다 고둥은 우리 동네에서는 고메기
로 통했다. 하지만 알고 보면 종류가 있어 각각 부르는 이름이 다르
다. 크기가 작고 둥그스름한 모양을 하고 있으며 물이 빠진 얕은 바다
에서 쉽게 잡히는 보말과 고메기는 서귀포 우리 동네에서는 같은 것
으로 보았다. 하지만 조금 더 크고 해조류가 붙어 있는 것을 보말이라
고 따로 부르기도 한단다.

기다랗고 울퉁불퉁한 보말은 매운맛이 나서 '메옹'이라고 한다. 고
메기의 서식지보다 비교적 깊은 바다 바위에 붙어사는 보말로, 크기
가 크고 옆에서 보면 원뿔 모양처럼 생긴 것은 '수두리'라고 하는데,
물에 들어가서 잡아야 하므로 채취의 난도가 높다.

<응답하라 1988>의 쌍문동 아주머니들처럼 여름이면 어른들이 잡아 온 고메기를 큰 솥 가득 삶은 후, 동네 사람들 모두가 모여 앉아 고메기를 까는 작업을 했다. 여기에는 어린아이부터 어른까지 모두 동원되는데, 초등학교 저학년이면 이미 한 사람 몫을 해낼 수 있었다. 도구는 이불용 큰 바늘이 최고다. 이쑤시개를 사용하기도 하지만, 잘 부러지므로 썩 좋은 도구라고 볼 수는 없다. 바늘은 오래 사용해서 끝이 무뎌진 것이 좋다. 손을 찔려도 다칠 염려가 없기 때문이다. 고메기 안으로 '푹' 하고 바늘을 찔러 넣고 손목을 작게 빙글빙글 돌려서 조심스레 꺼내야 한다. 손목 스냅이 어설프면 중간에서 뚝 끊겨 내용물이 채 빠져나오지 못하기 때문에 알 수 없는 패배감을 느낄 수도 있다. 고메기는 소라와 비슷하게 위쪽은 탱탱한 조개관자와 비슷한 식감의 살이 붙어 있고 아래쪽에는 내장이 있는데, 보통은 '똥'이라고 통칭한다. 그래서 어릴 때는 정말 똥인 줄 알고 절대 먹지 않겠다 다짐했었다.

나는 편식이 심해 낯선 음식에 대한 경계가 많은 편인데, 언젠가 달팽이 요리 '에스카르고'를 먹어볼 일이 있었을 때 보말이겠거니 하고 이미지 트레이닝을 한 후 도전해 보았다. (식감은 보말 쪽이 더 탱글하다.)

물속에서 보말류를 보면 달팽이와 비슷하게 생겼다는 것을 알 수 있다. 등껍질에서 몸이 쑥 나와 있으며 촉수도 달려 있다. 그래서 가끔 밭에서 달팽이를 보면 보말 같은 맛일까 상상해 보기도 한다.

당연히 상상만이다.

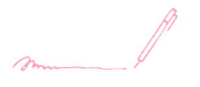

숨죽인 꿈들

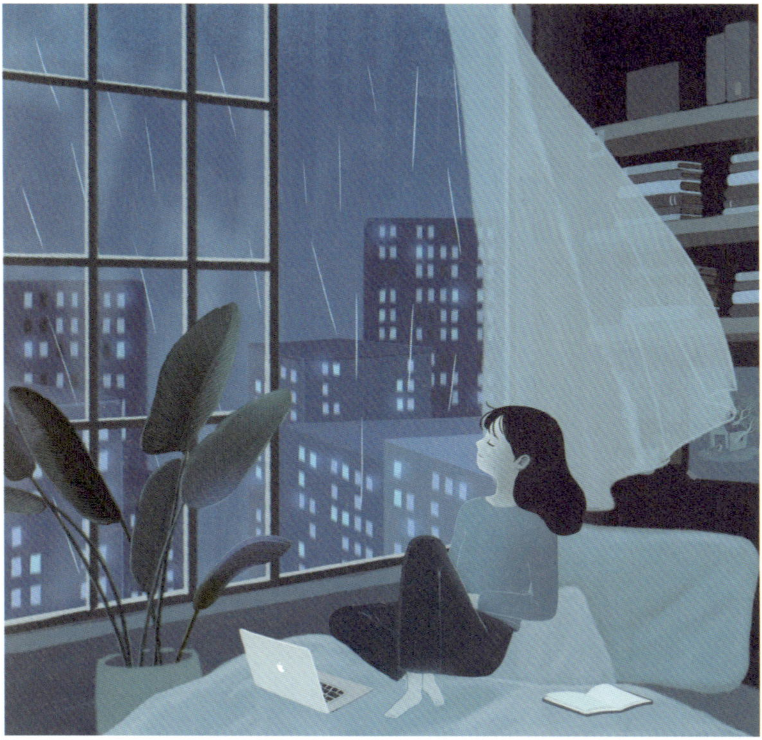

당신의 숨죽인 꿈들 앞에
행복한 길이 준비되어 있기를

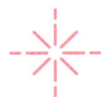

오랜만에 시간이 나서 호텔에서 점심을 먹고 있었다.

이런저런 음식을 입에 넣어가며 최근에 하고 있는 일들과 그 경과에 대해 떠들고 있는데, 나를 보던 짝꿍의 시선이 내 뒤쪽으로 흘러가더니 이렇게 말했다.

"너도 저랬었는데."

가끔 악몽의 장소로 선택되기도 하는 그 일. 나도 호텔 식음료팀에서 일했었다. 그것도 꽤 오래, 그저 그런 등급의 호텔에서.

힘들었다.

직원들은 갑자기 그만두기 일쑤였고, 하루 16시간을 근무하는 날도 있었으며, 꼬박 한 달을 못 쉴 때도 있었다. 6시 반에는 출근해야 했으므로 새벽 5시에 일어나야 했고, 보수는 넉넉지 않았다. 그런데도 그만둘 수 없었던 건 경제활동을 계속해야 하는 이유가 있기 때문이었다. 자기가 번 돈을 자기를 위해 쓸 수 있는 사람이 가장 부러웠던 시절이다.

손님이 없을 때 카운터 구석에 앉아 책을 읽고 그림을 그렸다. 딱히 뭐가 될 거란 계획 같은 건 없었지만, 어릴 때부터 해오던 어쩌지 못하는 습관이었다.

가끔 자신의 앞날에 대해 나에게 조언을 구하는 사람들이 있다. 내가 감히 뭐라고 그들에게 조언씩이나 할 수 있겠느냐마는, 그저 아는 대로 경험을 나누어 주려고 노력한다.

"저도 처음부터 그림 작가는 아니었어요. 작가가 멋진 직업도 아니고, 제가 멋있는 작가도 아니지만, 좋아하는 일을 열심히는 하고 있지요. 일면식도 없는 저에게 질문하기까지 고민했을 시간을 가볍게 여기지 않고 있어요."

오늘 밤도 떠올릴 당신의 숨죽인 꿈들 앞에
행복한 길이 준비되어 있기를.

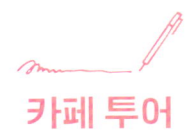

카페 투어

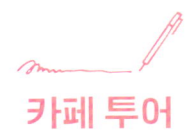

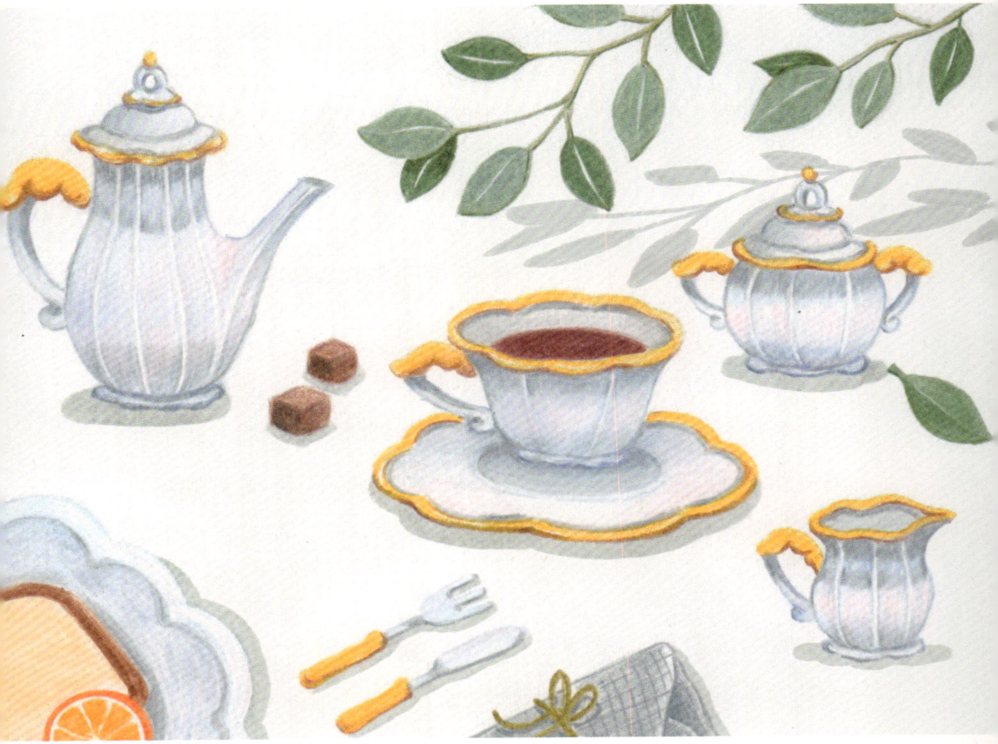

질 좋은 컵에 소서를 받히거나
하다못해 코스터를 깔아준다든가 하는 방식으로
정성을 다한 차림이면 좋겠다.

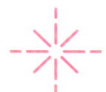

최근 제주에는 세련된 감성의 도시 사람들이 운영하는 멋진 가게들이 많이 생겼다.

특색 있는 요리를 파는 음식점과 멋진 소품 편집숍, 수제 초콜릿이나 케이크, 각종 빵을 파는 가게들 말이다. (빵순이는 무한 감사드립니다.)

카페는 정말 많이 생겨서 소문난 카페들을 찾아다니는 재미가 있는데, 나는 주로 주인의 감성이 담긴 인테리어에 커피와 시그니처 디저트가 있는 가게를 선호하며, 멋진 가게들이 나타날 때마다 리스트를 만들어 놓고 근처에 갈 일이 있을 때 들르곤 한다.

사실 나는 커피 취향이 고정된 편이라 밖에서 마시는 커피보다 집에서 내려 마시는 커피가 입에 맞는다. 그럼에도 카페 투어를 멈출 수 없는 것은 꼭 차를 마시기 위해 카페를 가는 건 아니기 때문일 것이다.

특별한 공간에서의 특별한 의식처럼 정성을 다한 차림으로 내와주었으면 좋겠다. 질 좋은 컵에 소서를 받히거나 하다못해 코스터를 깔아준다든가 하는 방식으로 말이다.

간혹 유명한 카페 중 아메리카노가 8천 원이면서 일회용 컵에 담아주는, 정성은 온데간데없고 대충 마시고 지갑이나 열라는 식의 가게도 있다. 이런 가게들은 잘 기억해 두었다가 또 가는 실수를 하지 않으려 한다. 하지만 그런 곳은 종종 있어서 엊그제도 당하고 말았다. (분하다!)

분위기를 마시는 짧은 시간 동안 따뜻한 에너지가 채워지는 가게를 찾아 오늘도 카페 투어다.

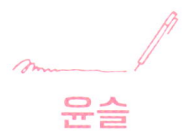

윤슬

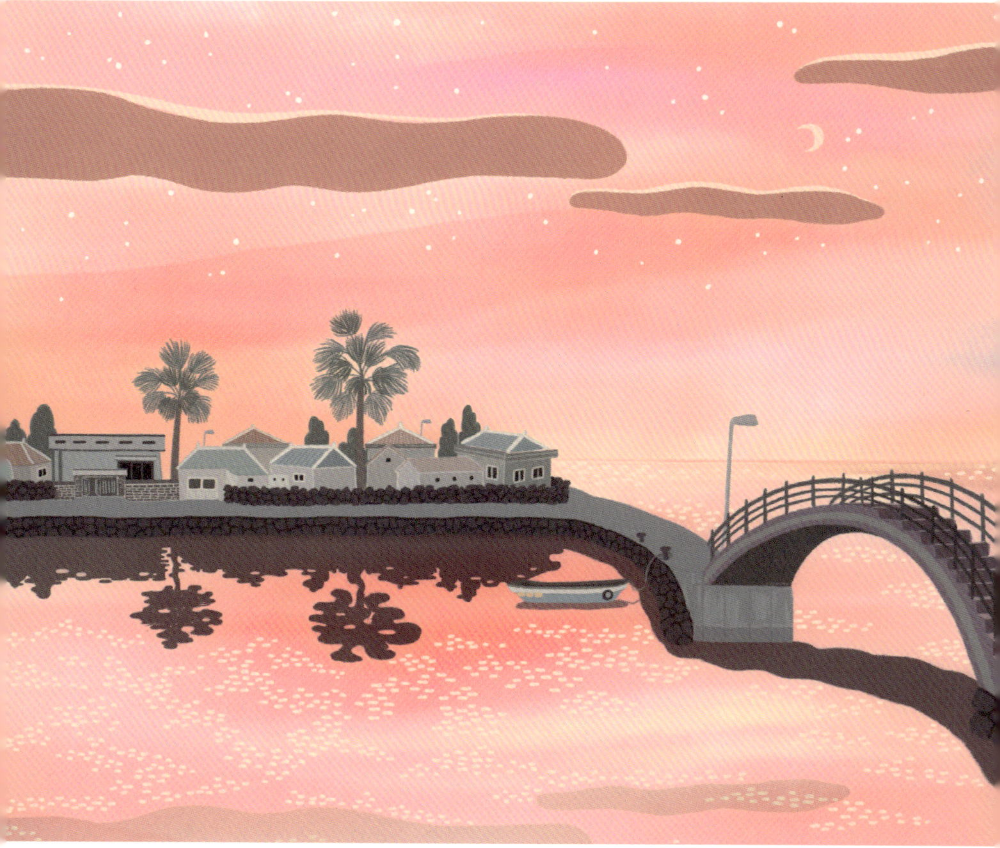

햇빛이나 달빛에 반짝이는 물결을 이르는 말

해는 떨어지는 순간 빛의 조각들을 바다 위에 흩뿌려 놓는다.

파도가 잔잔한 날에는 그 반짝임이 더해져 어딘가 다른 세상으로
빨려 들어갈 것만 같다.

윤슬,
햇빛이나 달빛에 반짝이는 물결을 이르는 말.
어감도 그 생김새도 참 예쁜 말이다.

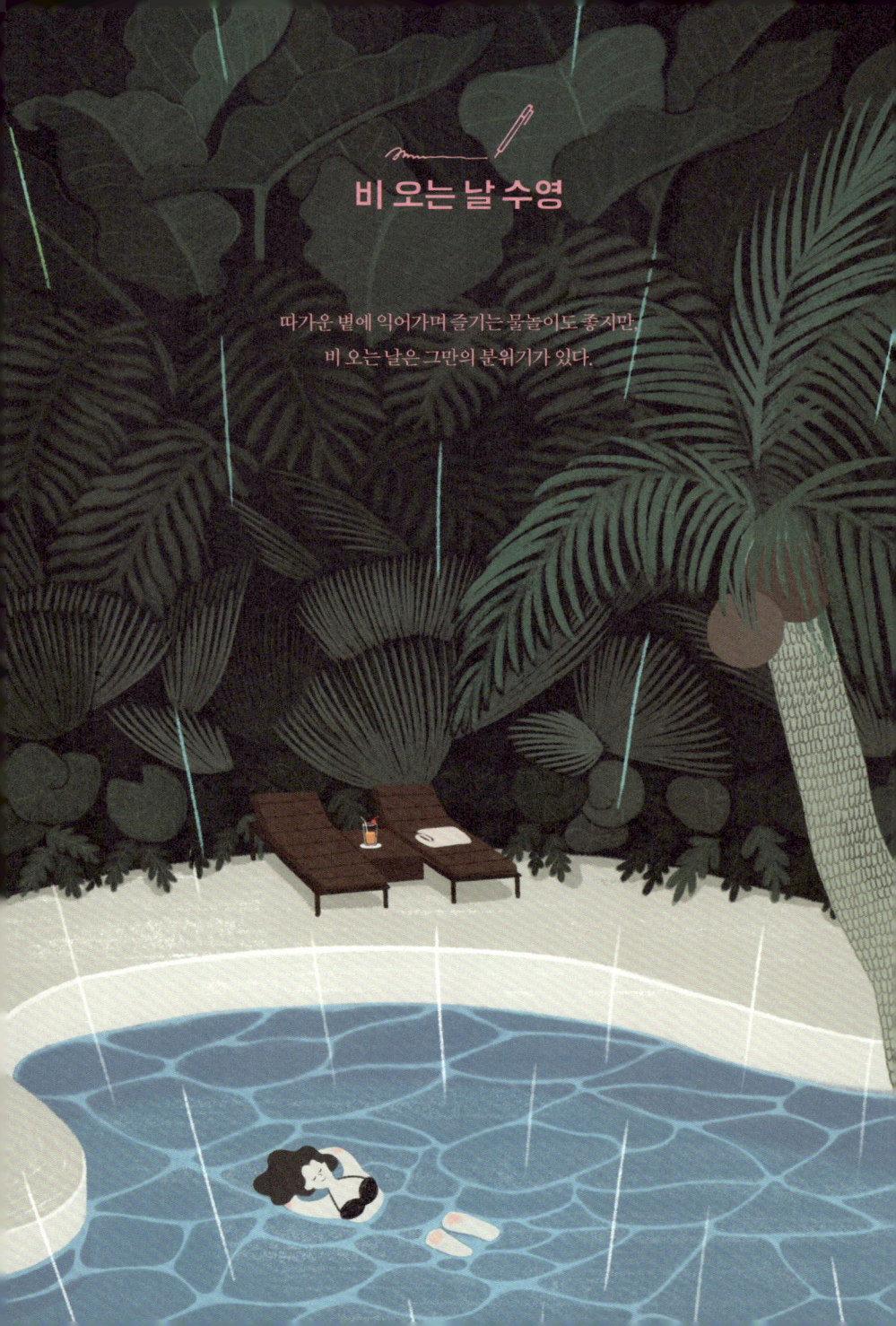

비 오는 날 수영

따가운 볕에 익어가며 즐기는 물놀이도 좋지만,
비 오는 날은 그만의 분위기가 있다.

한여름의 뜨거운 공기가 잠시 빗속에 가라앉는 날에 수영하는 것을 좋아한다.

따가운 볕에 익어가며 즐기는 물놀이도 좋지만, 비 오는 날은 그만의 분위기가 있다. 대비가 옅어진 흐린 색감과 피부에 튕기는 빗방울들, 물에 닿아 다시 튀어 오르는 리드미컬한 움직임이 일상적이지 않은 특별함을 가지고 온다.

비 오는 바다에서의 수영을 가장 좋아했었지만(비가 많이 오면 위험하므로 가랑비 정도가 좋다), 언젠가 감기몸살이 나서 입원까지 하게 된 이후로는 늙어가는 육체를 고려하여 비 오는 날의 수영은 온수 풀에 한정하고 있다.

제주에는 꽤 훌륭한 수영장이 많아서 어느 계절이든 물놀이를 할 수 있는데, 온수 풀은 정말 신의 한 수이다. 몸은 포근한데 얼굴에 차갑게 떨어지는 빗방울이란!

한여름, 비가 오는 풀장이 기대되는 날이다.

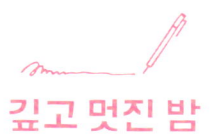

깊고 멋진 밤

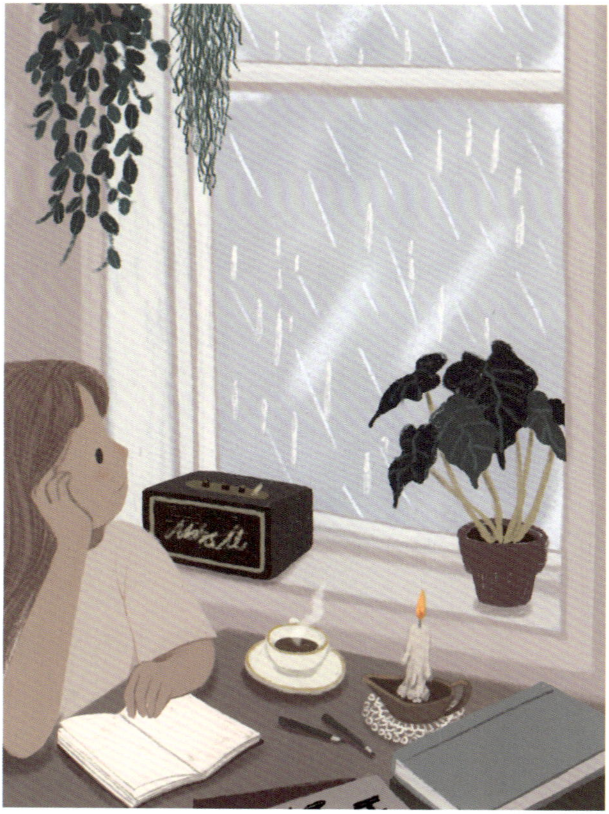

마침 두근거리게 비가 오는 밤이라
오랜만에 조명을 낮추고 책을 폈다.

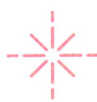

늦은 밤, 아이를 재우고 시작되는 오늘의 2차전.
밤 작업을 위해 작업실로 올라간다.

지난 한 해 몰아친 일을 끝내고 쉬어야겠다고 생각하고 있었다. 그저 몇 달만 쉬면서 그리고 싶던 그림을 그리고 읽고 싶던 책을 읽자고. 마음속에 쌓인 것을 밖으로 끄집어내 흘려보내지 않으면 고이고, 뭉치고, 굳어버린다.

전등을 끄고 컴퓨터 불빛에 의지해 그림을 그리면 색을 어둡게 선택하는 경우가 많아서 작업할 때는 늘 조명을 환하게 켜고 그림을 그린다. 마침 두근거리게 비가 오는 밤이라 오랜만에 조명을 낮추고 책을 폈다.

창밖에는 전등 불빛 아래서는 보이지 않던 도시의 빛들이 빗방울의 틈을 유영한다. 오랜만에 느껴보는 조급함 없는 여유로움. 여기에 아메리카노와 에스프레소의 중간쯤 되는 진한 커피와 느린 템포의 음악이 곁들여지면 모든 것이 완벽하다.

천천히 문장을 곱씹으며 읽는 것을 좋아한다. 한 구절 읽고, 뒤돌아가서 또 읽고, 멍하니 딴생각에 잠겼다가 다시 돌아와서 읽는 것.

초등학교 시절 좋은 선생님을 만나 반 아이들 모두 속독법을 배운 덕에, 한 번에 두 줄씩 읽을 수 있어 국어 모의고사 시험 때 시간이 모자라본 적이 없다. 그렇지만 그렇게 읽으면 지치기도 하고, 이상하게 그 순간에는 내용을 다 기억해도 시간이 지나면 알쏭달쏭하게 되어버린다. 아마 나는 머리가 썩 좋지 않아서 글이 스미는 시간이 오래 걸리나 보다.

그래서 맘에 드는 책은 되도록 아껴가며 천천히 읽는다. 깊숙이 잘 스며들도록.

오늘은 정말이지 멋진 밤이다.

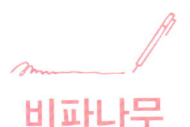

비파나무

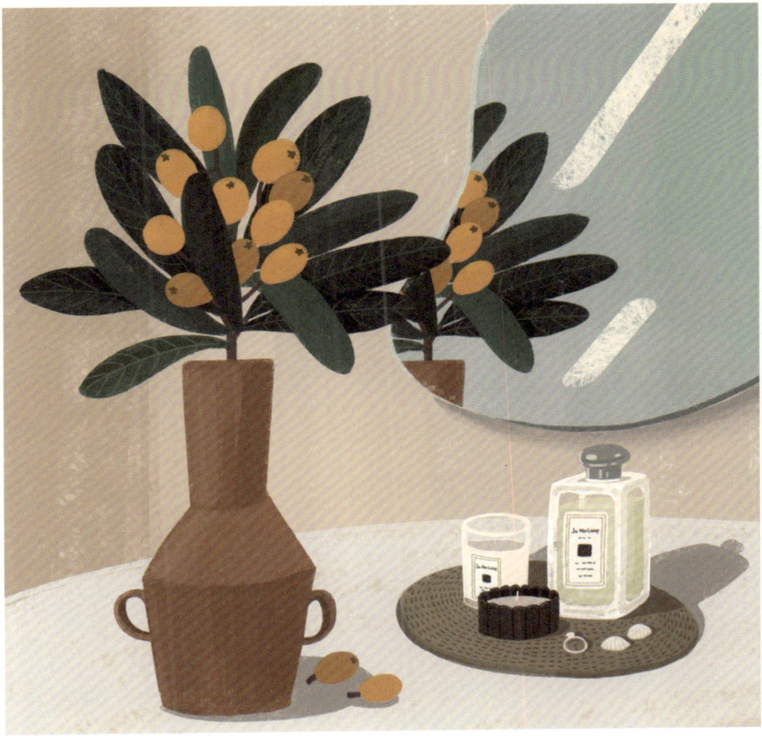

비파나무에서는 얇은 껍질 안에
달콤하고 아삭한 과육이 숨어있는 노란색의 열매가 열린다.

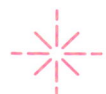

어릴 적 우리 동네에 있는 집들은 거의 단독주택이었고, 비파나무를 심은 집들이 많았다.

비파나무는 우리나라 남부 지방 일부와 제주도에 식재하는 나무로, 열대식물처럼 넓적하고 둥근 잎을 가지고 있으며, 초여름에는 얇은 껍질 안에 달콤하고 아삭한 과육이 숨어있는 노란색의 열매가 열린다.

그런데 그 많던 비파나무가 다 어디로 갔는지 요즘은 통 찾아보기 어렵다. 식재 후 10년이 지나야 열매가 달린다니, 모든 게 빠른 요즘 세상에는 맞지 않는 나무여서일까.

우리 집 1층 마당에는 비파나무가 있다. 우리 가족이 거주하는 곳은 2층이지만, 나무가 커서 2층 테라스를 넘어오기 때문에 오히려 1층에서보다 수확이 쉽다.

비파나무는 평소에는 자신을 드러내지 않고 있다가 이제 막 더워져서 반소매를 입고 다니는 계절이 되면, 열매가 익는 짧은 시간 동안 강한 존재감을 내뿜는다.

파는 곳이 없기에 그 맛을 알고 있는 사람들은 비파를 만나면 매우 반가워한다. 비파를 먹을 수 있는 기간은 일주일에서 길어봐야 열흘 정도. 그 계절이 되면 여러 사람이 비파나무 아래로 이끌려온다.

일면식이 없더라도 테라스에 나가 있을 때 비파를 향한 강렬한 눈빛과 마주치면, 나도 모르게 "조금 따 드릴까요?" 하게 된다. 가족들은 물론이고 평소 알고 지내는 동네 이웃들에게도 비파는 전달된다. 그렇게 한 봉지가 우리 손을 떠나고 나면 다시 무언가가 담겨 우리 집으로 돌아온다.

비파나무는 초여름의 별처럼 포근한 마음을 나누어준다.

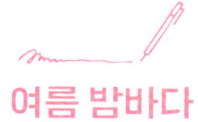

여름 밤바다

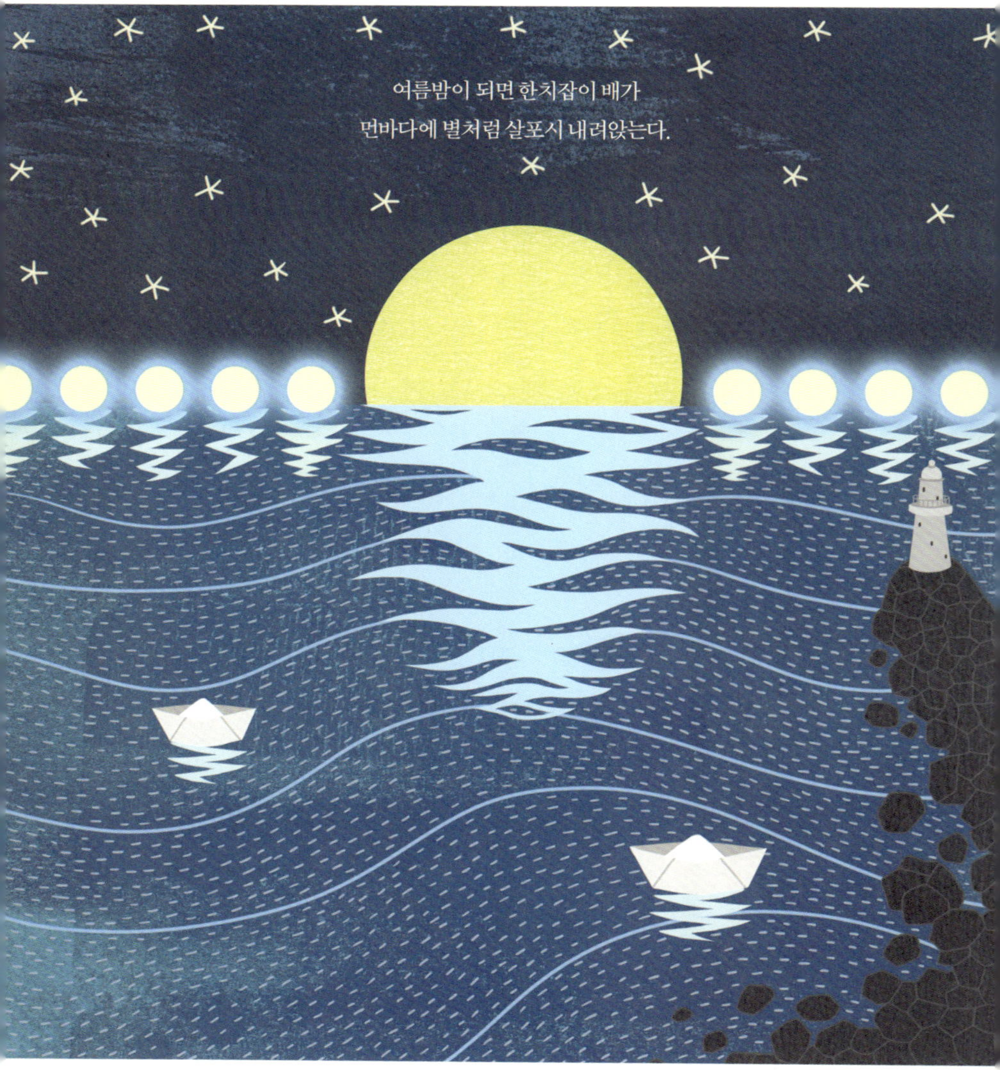

여름밤이 되면 한치잡이 배가
먼바다에 별처럼 살포시 내려앉는다.

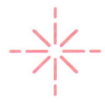

여름밤이 되면 한치잡이 배가 먼바다에 별처럼 살포시 내려
앉는다.

밤의 낭만을 좇아 아빠는 밤낚시를 자주 다녔다. 나도 몇 번 따라갔
던 밤낚시는 졸리고, 어둡고, 모기 천지에, 마음대로 돌아다닐 수도
없으니 재미가 없었다.

그러나 수확물은 기대되는 것이었다. 야들야들 부드러운 한치. 어
려서부터 지금까지 나는 회를 먹지 않기 때문에(미안하다), 한치 하면
반건조 한치를 떠올린다.

잘 손질해서 빨랫줄에 줄줄이 넣어 반쯤 말린 상태의 한치를 구우
면, 딱딱한 건조 오징어 따위는 정말 '따위'라는 딱지를 붙이고 구석
으로 밀어 둘 수밖에 없는 것이다.

지금은 아빠도 낚시를 다니지 않아 풍성한 한치를 만나기는 어렵
다. 회로 먹는 한치만 가끔 구입할 뿐, 비싼 한치 님 몸값에 건조해서
먹을 배짱이 없다.

더군다나 짝꿍이나 나나 낚시에는 소질도 흥미도 없으니
아~, 반건조 한치여. 너는 꿈속에서나 만나봐야겠구나.

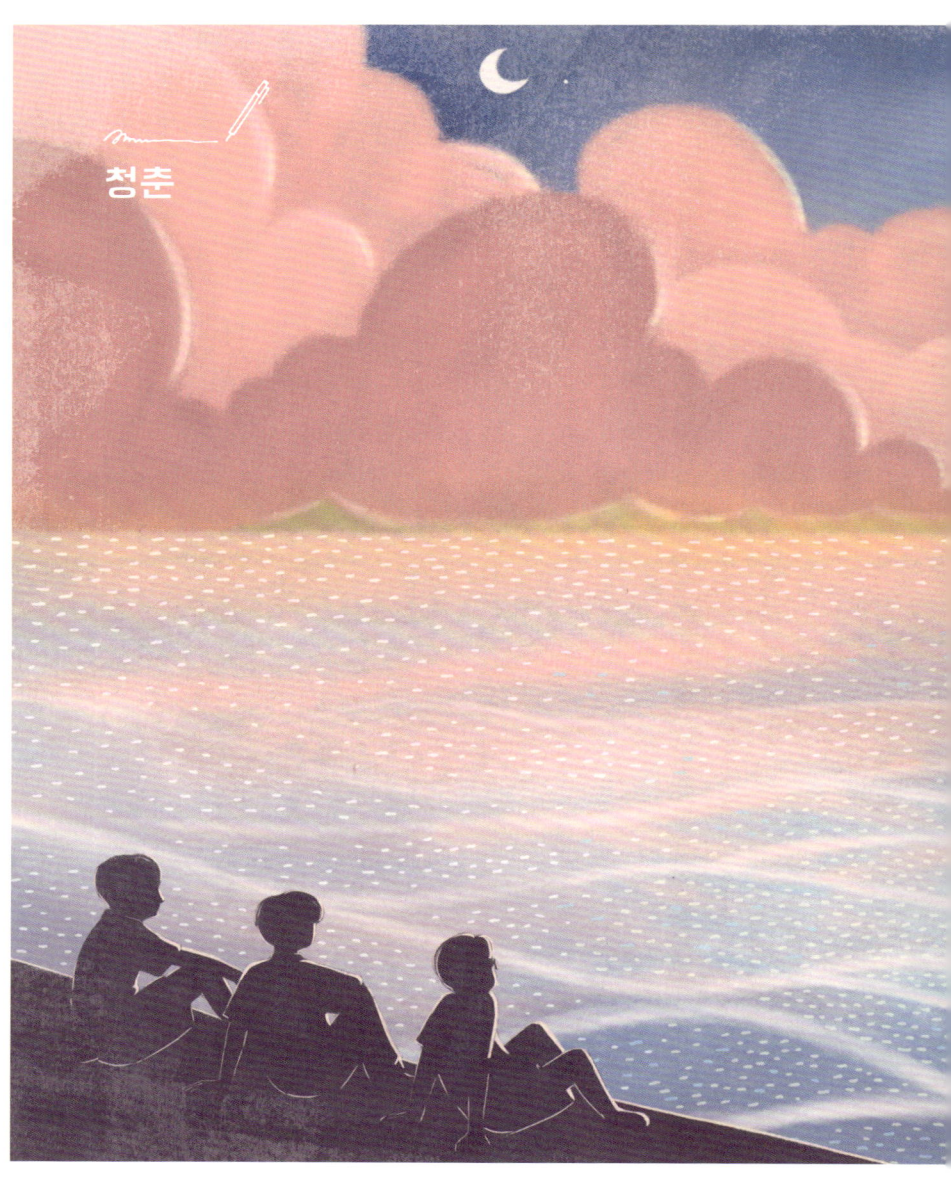

청춘

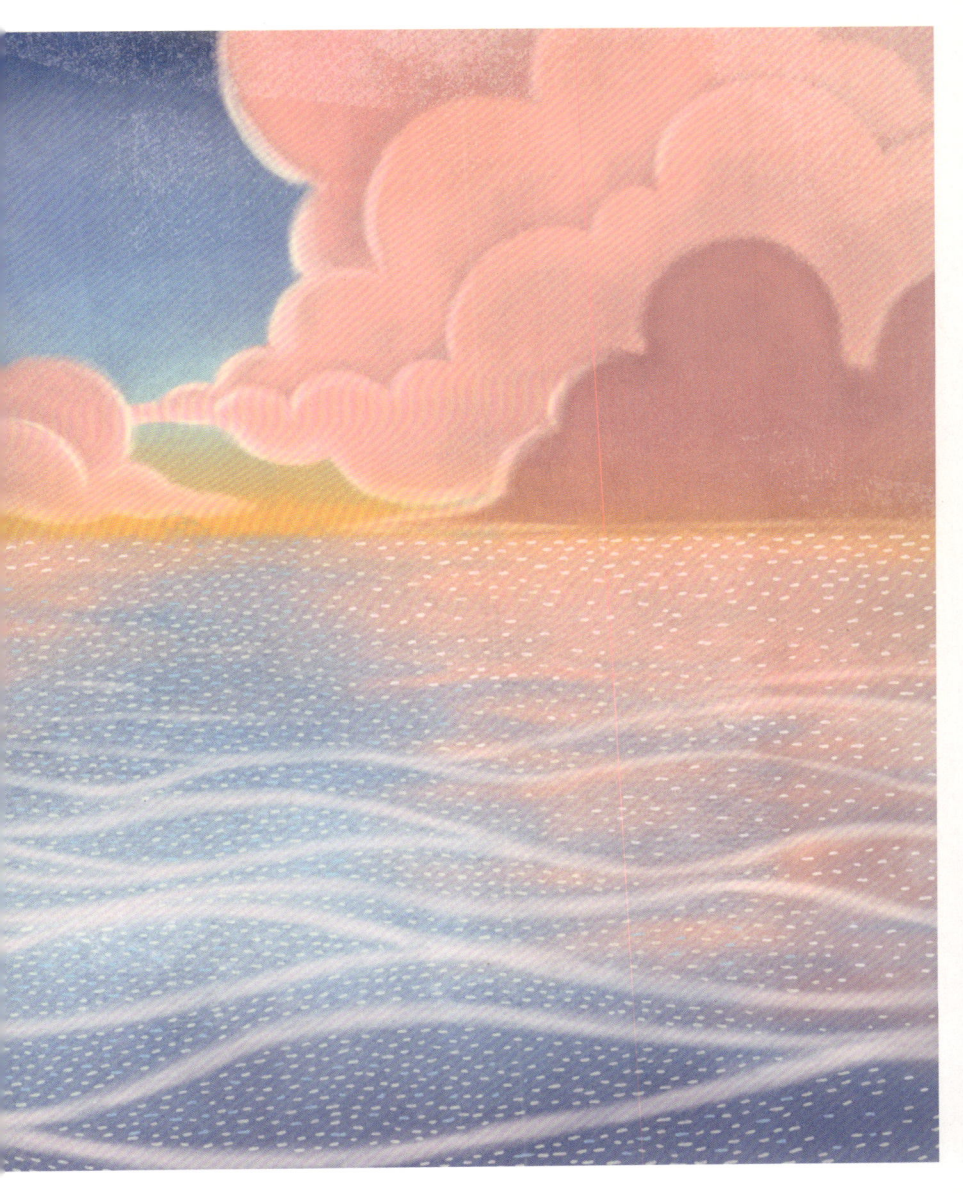

어려서는 어른들 손을 잡고, 학창 시절에는 친구의 손을 잡고,
그리고 성인이 되어서는 캔맥주를 들고 바다를 찾았다.

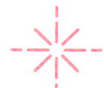 바다에서 자란 아이들은 늘 바다 곁을 맴돌았다.

어려서는 어른들 손을 잡고, 학창 시절에는 친구의 손을 잡고, 그리고 성인이 되어서는 캔맥주를 손에 들고 친구와 나란히 걸어 바다를 찾았다. 딱히 갈 데가 있는 것도 아니었고, 돈은 없고 시간은 많은 그런 청춘들이었다.

여름은 특히나 앉아 있기 좋은 계절이었다. 뜨거운 햇볕이 밤기운에 물러가고 하늘이 붉어질 때쯤, 여름의 구름은 달콤한 핑크색이 된다.

부드러운 바람과 파도 소리와 익숙한 목소리들, 생각도 나지 않을 만큼 시시한 이야기에서 지금도 생생한 고민 이야기들까지. 무언가에게 등 떠밀려 시작점에서 어찌할 줄 모르고 서 있는데, 출발을 알리는 총소리가 탕! 하고 들릴 것만 같아 안절부절못하던 때였다. 젊었고, 불안했다.

많은 이야기를 하고, 감정들을 나누고, 우리는 그것들을 바다에 담았다. 깨끗한 파도에 잘게 부서지도록.

시간은 각자의 길을 좇아가고 우리는 그때보다 조금 떨어져 걷게 되었지만, 뭐 괜찮다. 반짝거리던 시간은 없어지지 않는다.
바다가 흘러간다. 청춘이 흘러간다.

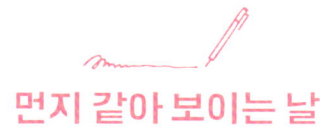

먼지 같아 보이는 날

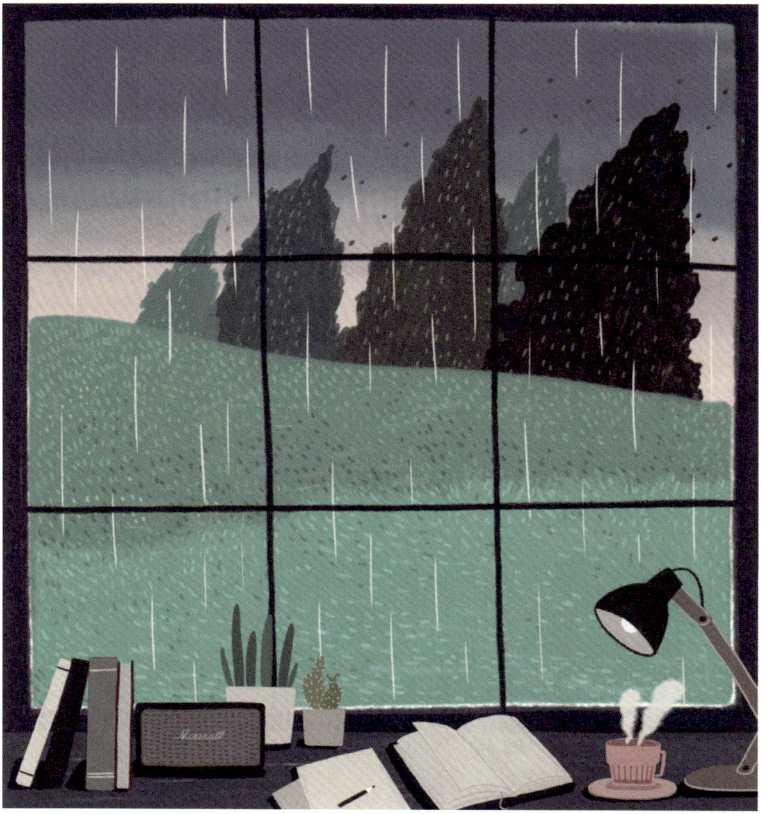

짝꿍이,
내가 너무 바빠서 행복하지 않다고 했다.

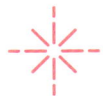

오롯한 자신의 그림으로 콘텐츠를 만들고 활동하는 작가들을 보면 정말 대단하고 멋지다고 생각한다.

한풀 벗겨보면 각자의 사정이 있을 테지만, 주류의 스타일을 가지고 있으면서 경제적인 면을 벗어나 자유롭게 즐기는 것처럼 보인다. 많은 걸 헤쳐 나갈 열정이 있는 것도 아니고, 자신의 그림을 그토록 사랑할 수 있는 것도 아닌 나에게는 불가능한 일에 가깝다.

짝꿍이, 내가 너무 바빠서 행복하지 않다고 했다.

정말. 난 조금 쉬어야 할 것 같은데 일이 끝이 안 보이네. 이럴 거면 부자 돼서 취미로 그림 그리는 사람이 되는 엔딩이 준비되어 있다면 좋을 텐데.

아침에 아이의 도시락을 싸야 해서 일찍 일을 접고 침대에 누웠지만, 잠이 쉽게 들지는 못할 거 같다.

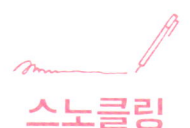

스노클링

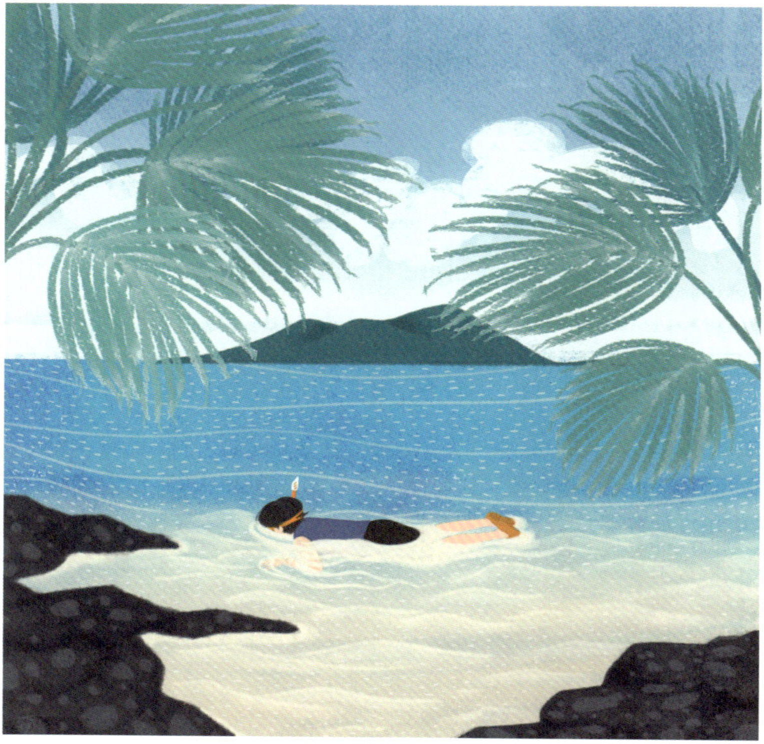

섬의 매력을 한껏 느끼기에는
여름만 한 계절이 없다.

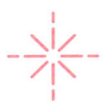

바다로 둘러싸인 섬의 매력을 한껏 느끼기에는 여름만 한 계절이 없다.

스노클링!

간단한 복장과 물안경, 그리고 스노클만 있으면 된다. 여기에 안전을 위해 구명동의도 추가하자.

나는 수영을 잘하지 못해서 주로 얕은 물에서 노는데, 얕은 바다에서는 물고기가 많이 보이지 않으므로 스폿을 잘 찾아야 한다. 적당히 나지막한 높이로 찰랑거리는 물과 새하얀 모래와 검은 돌 들이 함께 분포된 지역에 바다생물이 많다.

밝은 빛이 비쳐 들면 돌 틈 사이로 작은 물고기들이 줄 맞춰 나타난다. 때로 알록달록한 것들이 보이기도 하지만, 주로는 돌 색과 비슷한 보호색을 띤 것들이다. 자세히 보면 모랫바닥 위를 기어가는 것이나 새우도 볼 수 있다. 가끔 <니모를 찾아서>에 나오는 열대어가 보이기도 하는데, 이 녀석은 상처가 난 곳을 물기도 하기에 조심해야 한다.

가까운 곳으로 갈 때는 입고 간 그 상태로 카 시트에 돗자리나 대형 수건을 깔고 돌아오고, 멀리 갈 때는 휴대용 샤워 텐트와 차량에 연결해서 쓰는 모터 샤워기를 가지고 간다. 요즘 세상 참, 별 게 다 있다.

생각보다 물이 들고 나는 속도가 빠르기 때문에 스노클링을 할 때는 자신의 위치를 계속해서 확인해야 한다. 멀리 떠내려가면 사고로 이어질 수 있다.

간혹 근사한 포인트를 찾았다고 생각했는데, 알고 보면 양식장인 경우가 있다. 이때는 들어가서는 안 된다. 바다는 모두의 것이라고 생각할 수도 있으나, 해당 구획에 대한 사용료를 내고 짓는 바다 농사이기 때문에 사유재산 침해가 될 수도 있다.

최근에는 서핑하는 사람들이 많이 보인다. 뭔가 굉장히 재밌어 보인다. 한번 배워볼까 싶어 경험자에게 물어봤더니 근력이 좋아야 한단다. 어쩐지…. (실제로 어떤지 모르겠으나) 꽤 무거워 보이는 서프보드를 번쩍 들고 막 바다에 나가더라.

근력 최약체는 바로 마음을 접었다.

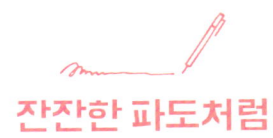

잔잔한 파도처럼

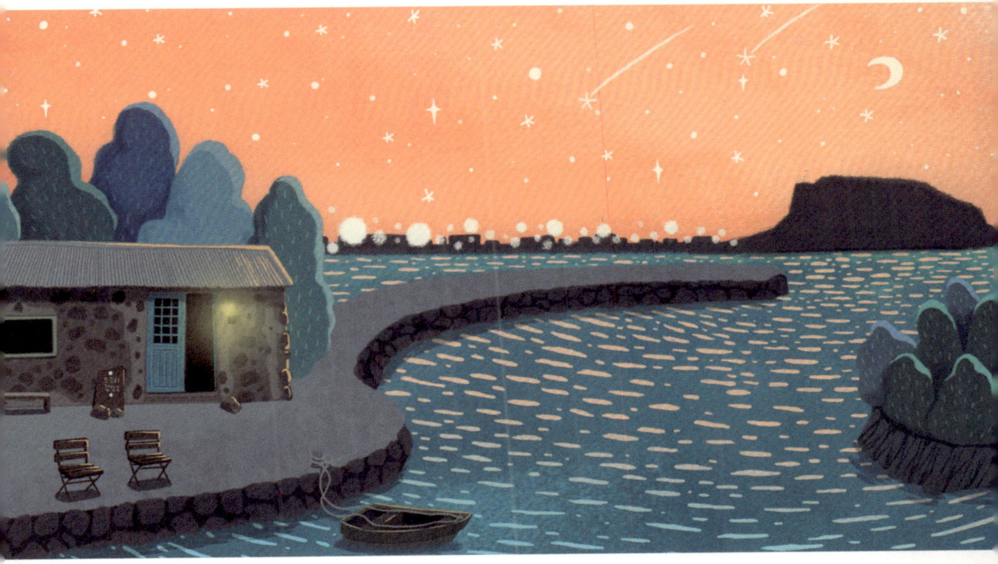

오래된 꿈속의 광경처럼 공기의 결이 고요하다.
그 속에 속해 있는 나도 고르게 정돈되는 기분이었다.

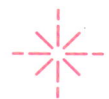

일 때문에 우연히 들른 제주 동쪽 오조리의 좁은 마을길에서 전봇대에 붙어 있는 작은 간판을 보았다.

['오조리 감상소' 가는 길]
왠지 마음을 끄는 이름이었다.
좁고 구불거리는 비포장길을 따라 한참을 가니 그 쓰임을 다한 듯한 작은 포구가 나타났다. 포구를 둘러싼 바다는 호수처럼 잔잔했고, 작은 돌집이 한 채 서 있었다. 돌집 뒤로 숲이 있고, 바다 멀리 성산 일출봉이 자리하고 있었다.
마치 오래된 꿈속의 광경처럼 공기의 결이 고요하다. 그 속에 속해 있음으로 나까지도 고르게 정돈되는 기분이었다.

문득 '내 인생에서 일어날 수 있었던 특별한 일은 무엇일까?' 하고 떠올렸다.
굶지 않고 전업 그림 작가로의 삶을 이어오고 있는 일, 정상적인 사람 노릇을 하며 사는 일, 한 남자를 아주 오래 만나고 지금도 만나고 있는 일.

많은 일이 특별하지만 '가장'이라는 수식어를 붙인다면 역시, 나의 아이가 세상에 태어나 존재하는 일.

어딘가에 꼭꼭 숨어 있다가 세상에 나온 아이가 내 품에 안긴 순간부터 지금까지, 순간순간 나를 감격하게 해 마음이 흘러넘치게 만든다.

정돈된 마음에 내려앉은 생각이 '감사'였음을 깨달았다.

PART 3

억새소녀

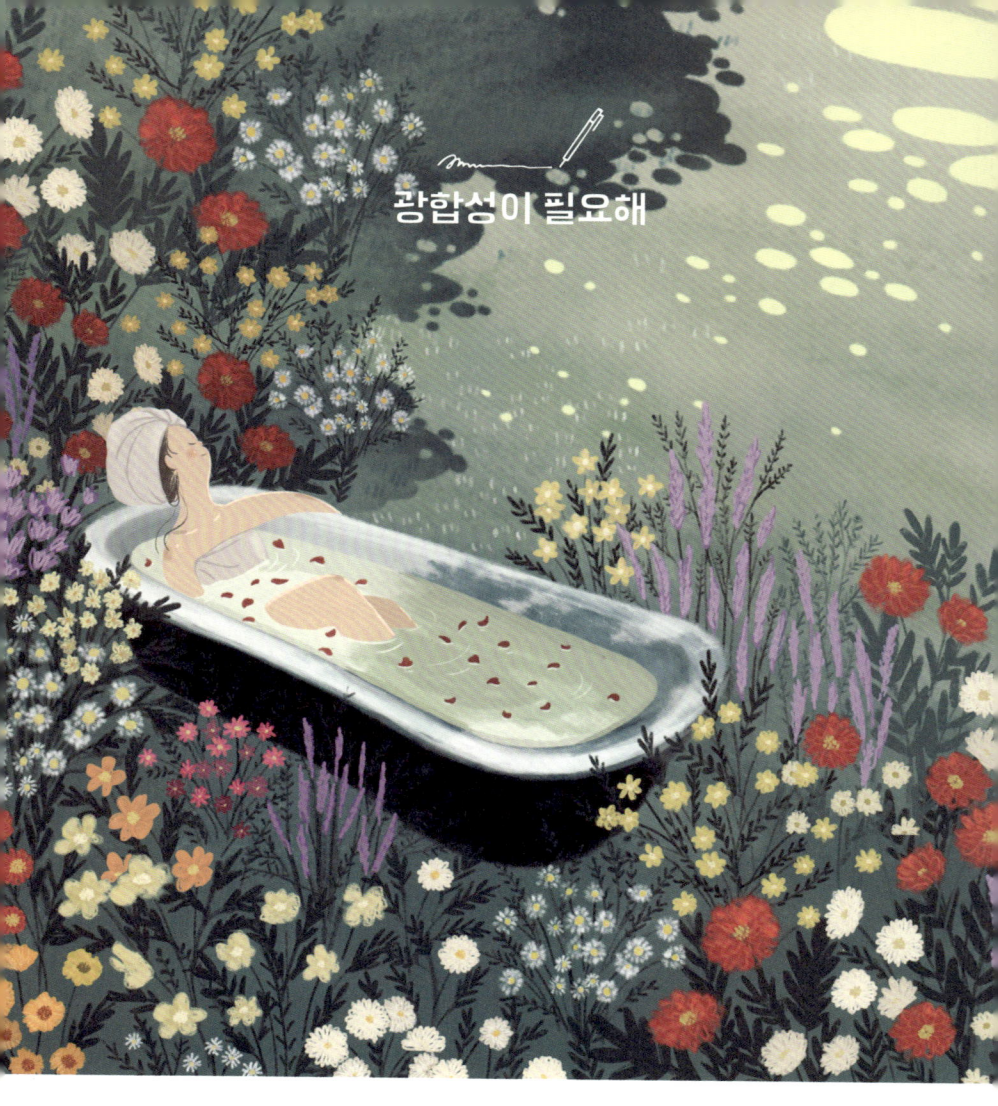

광합성이 필요해

곧 닥칠 습하고 추운 계절에
곰팡이가 피지 않도록 광합성을 해야지.

요즘 제주는 일교차가 꽤 크다.

낮의 햇빛은 아직 여름을 기억하는데, 해가 꺾이는 순간부터 쌀쌀한 바람이 불어 든다.

8시까지 환했던 날들은 가고, 7시면 벌써 어둑해지는 계절이 되었다. 어둠이 끌어온 눅눅한 마음은 곧 긴 겨울의 시작을 알리는 신호와 같다.

긴 겨울밤을 떠올리면 마음이 답답해지는 때가 있다. 그것은 잠들기 전 어두운 침대 위에서 마음을 사로잡아버려 한낮의 해가 기다려지는 밤이 되고 만다.

곧 닥칠 습하고 추운 계절에 곰팡이가 피지 않도록 광합성을 해야지. 일단, 선크림을 듬뿍 바르고서.

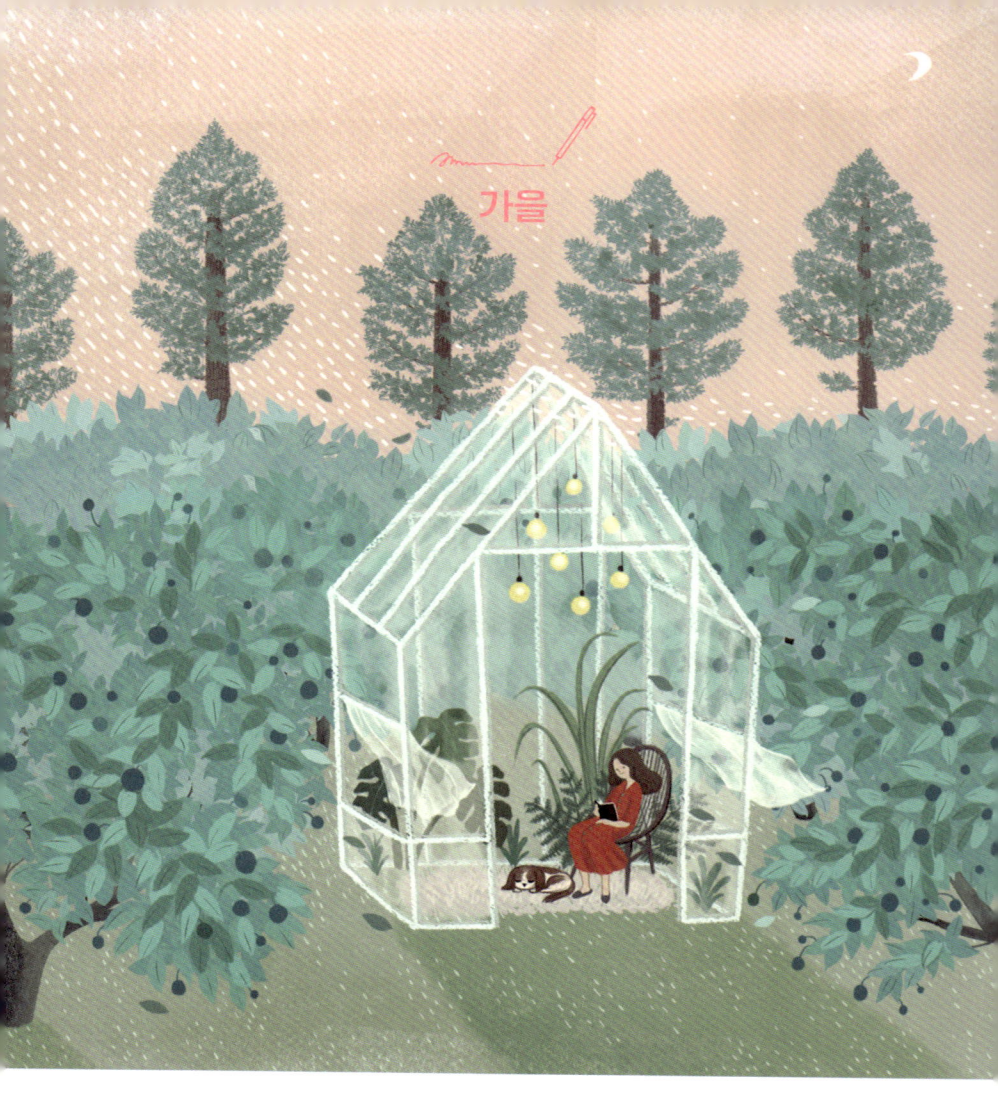

가만히 앉아서 별 구경하기 좋은 날들이 되었다.
책도 읽고, 음악도 듣고, 바람도 느끼고, 따뜻한 차도 준비해야지.

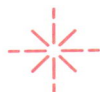

당혹스러울 만큼 갑작스럽게 바람에 가을이 실려 왔다.

공기는 한 톤 낮아지고 하늘은 멀리 높아졌다.
가만히 앉아서 별 구경하기 좋은 날들이 되었다.
책도 읽고, 음악도 듣고, 바람도 느끼고,
따뜻한 차도 준비해야지.

지나간 계절이 아쉬워도, 다가오는 계절도 기쁘게 맞이하겠다.
달이 이지러지고 다시 차는 것처럼 계절은 또 돌아
여름이 다시 올 테니까.

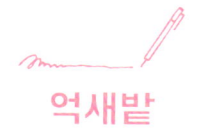

억새밭

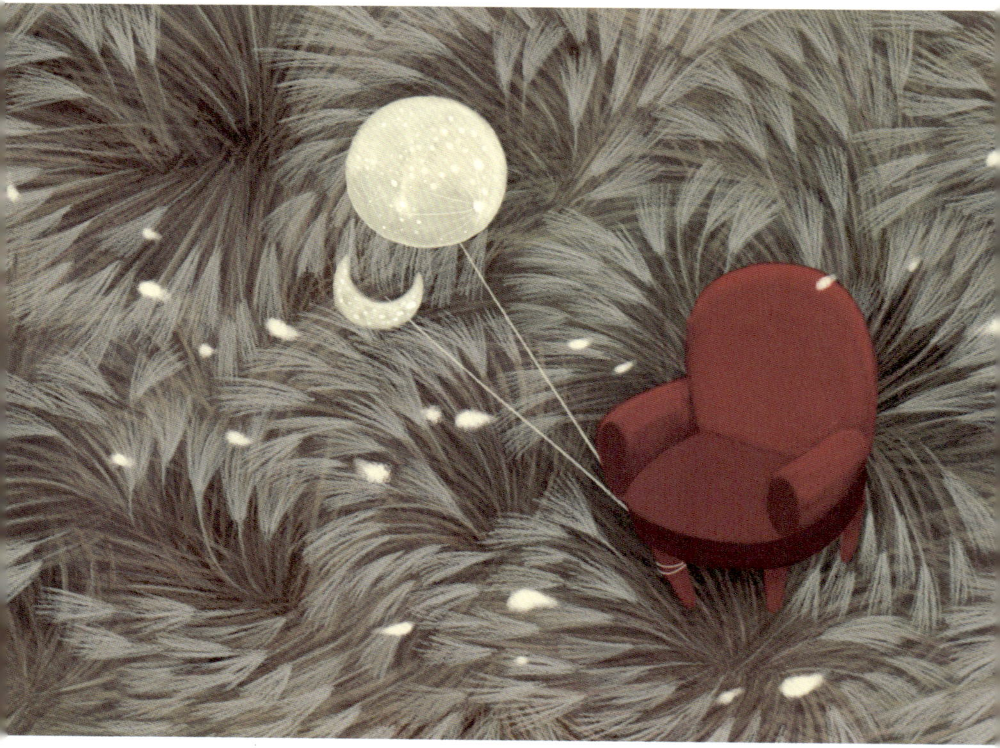

바랜 갈색의 억새는 살랑이는 바람에 일렁이는 물결이 되고,
그 물결은 다시 마을까지 바람을 실어 온다.

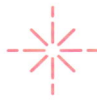

바람이 가을을 내려놓으면 제주의 들판은 온통 억새밭이
된다.

바랜 갈색의 억새는 살랑이는 바람에 일렁이는 물결이 되고, 그 물
결은 다시 마을까지 바람을 실어 온다.

이즈음이면 엄마는 커다란 스테인리스 볼에 밥과 각종 나물과 양
념을 한데 담아 소풍 준비를 했다. 평소에는 잘 가지 않는 중산간의 작
은 도로를 달리다가 억새가 무성한 적당한 곳에 차를 세우고, 돗자리
를 편 후 볼에 담은 음식을 섞어 비빔밥을 만들었다.

나는 질긴 억새를 억지로 뜯어내 손에 쥐고, 천하를 호령하는 권력
의 지팡이를 쥔 양 사방으로 휘두르며 억새 사이에 난 좁은 길을 휘젓
고 다녔다. 그저 쫓고 쫓기며 노는 것만으로도 신날 수 있었던 나이.

가을 억새밭은 나에게 따뜻한 햇볕, 바삭거리는 마른 풀의 냄새, 그
리고 내 몸을 휘감아 돌던 차갑지만 부드러웠던 바람으로 기억되고
있다.

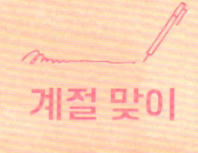

계절 맞이

재주에는 느닷없이 추위가 찾아온다.

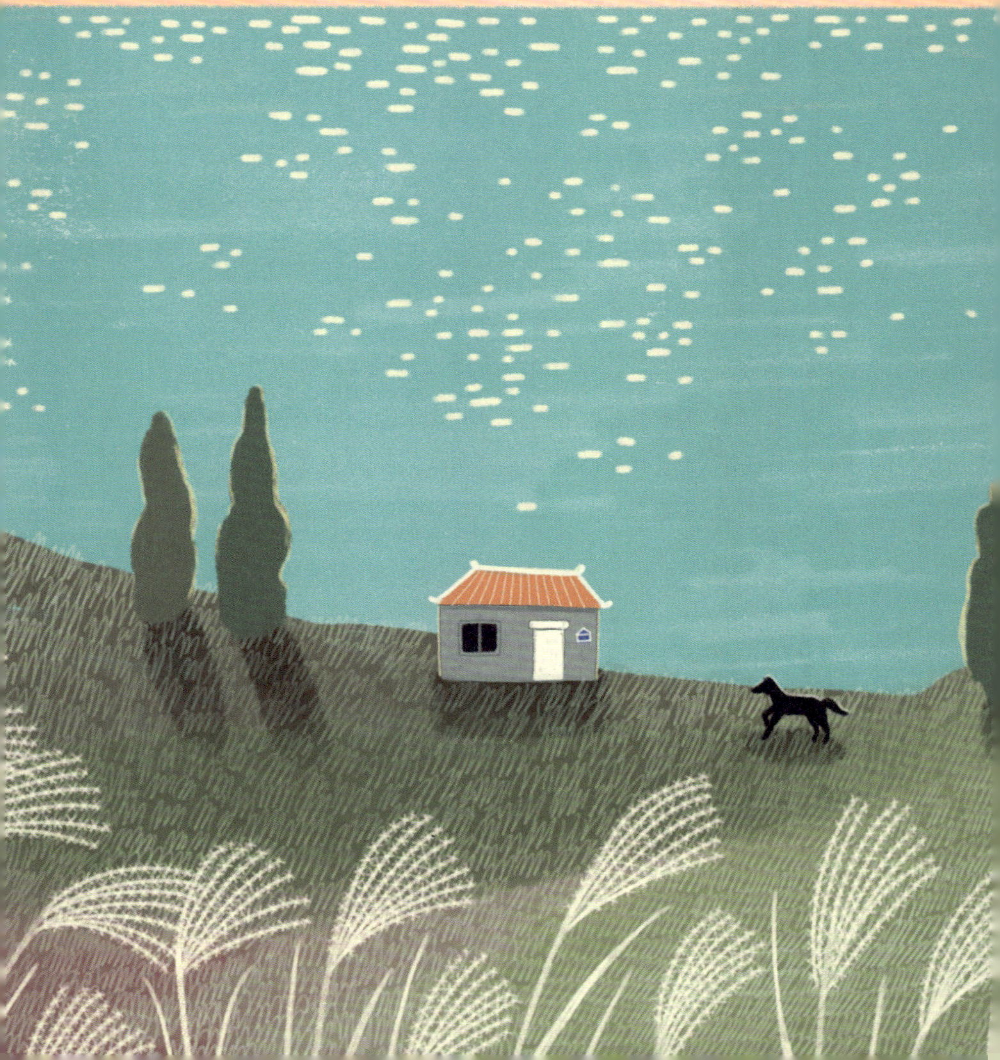

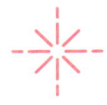

제주에는 느닷없이 추위가 찾아온다. 며칠 전, 낮에도 두꺼운 옷이 필요할 만큼 차가운 바람이 불었더랬다.

그래서 맑은 오늘, 옷장을 정리했다. 옷이란 것은 이상하게도 매해 정리할 것이 산더미처럼 나온다. 기부할 옷이 채소 봉투로 두 개, 버릴 옷이 한 봉투가 나왔다.

차려입는 것을 좋아해 옷을 많이도 샀었다. 이제는 주로 집에서 생활하다 보니 대부분 잠옷을 입고 있어 옷이 많을 필요도 없고, 꾸며봤자 입고 나갈 데도 없어서 묵혀지는 옷을 보고, 안 되겠다 싶어 몇 년째 덜어내기를 실행 중이다.

3자 옷장 세 칸을 채웠던 옷이 이제는 두 칸에 채워졌다. 그중 반 칸은 이불이 차지하고 있으니 반절은 줄어든 셈이다.

계절마다 따로 마련한 보관함에서 옷을 꺼내 바꾸는데, 큰 이불 보따리 두 개에 달하던 양이 반 개로 줄었다. 최종 목표는 모든 계절의 옷을 한 칸 반의 옷장에 넣는 것이다. 간단한 것 같으면서도 그렇지 않은 옷장 덜어내기를 5년째 하고 있으나, 나는 아직도 먼 거 같다.

찬 바람이 불어 춥다고, 따뜻한 게 필요하다고 벌써 외투를 세 벌이나 사버렸다.

아, 너무 어려운 옷장 덜어내기.

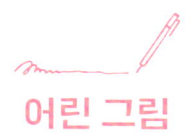

어린 그림

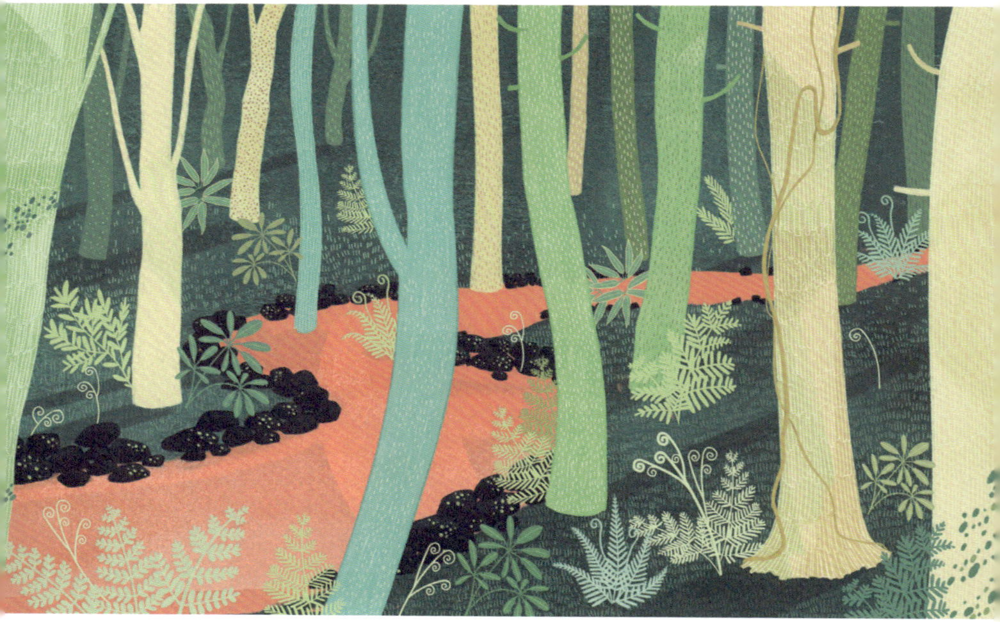

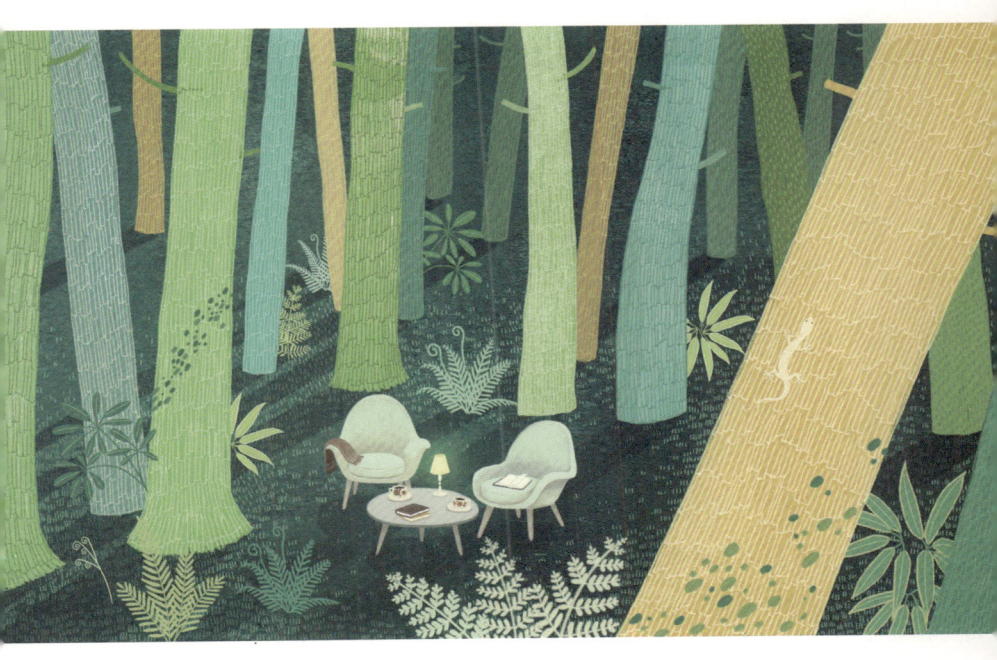

아이의 그림 속 세상에서는
현실이 상상이 되고, 상상은 현실이 된다.

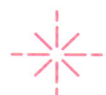 어린 시절 부모님은 바쁘셨고, 언니는 학교에 갔다.

동생은 할머니 집에 있는 경우가 많아 나는 주로 혼자 집에 있었는데, 4살 언저리에 스스로 깨친 한글 덕에 책을 읽거나 눈동자 가득 우주를 담고 있는 공주님을 그리며 시간을 보냈다.

지금이야 네댓 살 된 아이를 집에 혼자 둔다는 것은 상상도 못 할 일이지만, 내가 어릴 적엔 보육센터를 다니는 아이는 드물었고 맞벌이 가정의 아이는 거의 혼자(혹은 형제자매들과 함께) 집에 있는 일이 많았다.

두 번 들은 동요는 외워서 부를 만큼 유아기에는 나름 똘똘한 아이였던 거 같지만, 크면서 그것은 흔적도 없이 사라져버렸다. 아니 오히려 퇴화하였다고 해야 할까. 구구단을 못 외워 늘 마지막까지 교실에 남는 아이였다.

앞문에 선생님이 서 있고 일자로 정렬한 아이들이 순서를 기다린다. 차례가 오면 선생님이 불시에 '7곱하기 8은?' 하고 묻는 식이다. 아니 대뜸 그렇게 물어보면 어떻게 대답하란 말인가? 결국, 제대로 된 답을 못 하고 다시 뒷문으로 나와서 순서를 기다린다. 이러기를 몇 번을 반복하는 것이다.

유아기의 아이들이 그러하듯 나 역시 머릿속 상상을 종이에 현실화하는 것이 좋았다. 아이의 그림 속에는 요정도 있고, 공주님도 있고, 미래에 대한 천진난만한 기대 같은 것이 녹아 있다. 현실은 상상이 되고 상상은 현실이 되는 그런 세상. 시간은 얼마든지 있었고, 그리고 싶은 그림도 얼마든지 있었다.

때로는 아쉽다. 어른이 된 아이는 솔직한 그림을 그리지 못하고 누군가에게 좋은 평가를 받고 싶은 욕망으로 그림을 그리게 되었다.

모든 아이는 그림을 그린다.
그리고 모든 아이는 솔직한 꿈을 그린다.

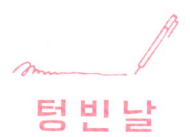

텅빈날

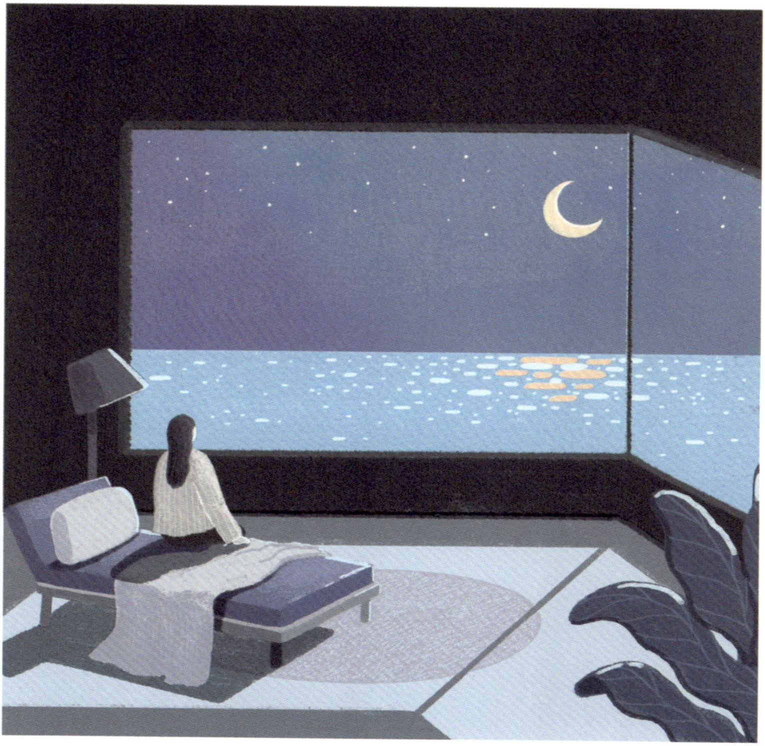

생각이 밀려오는 시간이 지나고 나면
고요하고 무의미한, 텅 빈 날이 이어진다.

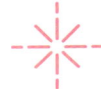 때때로 생각이 밀려오는 시기가 있다.

맞이할 시간을 예측할 수 없고 방어할 수도 없다. 그저 계절이 바뀌면 공기의 결이 달라지듯이 온갖 생각들이 계속해서 연결될 뿐이다.

한동안 그 시간을 앓고 나면 텅 빈 시간이 기다린다. 고요하고 무의미(하다고밖에 느껴지지 않는)한 날들이 이어진다. 몸의 주변으로 50cm쯤되는 투명한 막이 쳐진 느낌이다. 물 밖의 소리를 듣는 것처럼 외부의 자극이 마음까지 도달하는 데 저항이 생긴다.

이번에 찾아온 텅 빈 날은 무척이나 긴 느낌이다.

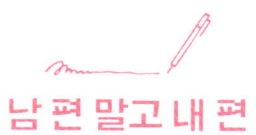

남편 말고 내 편

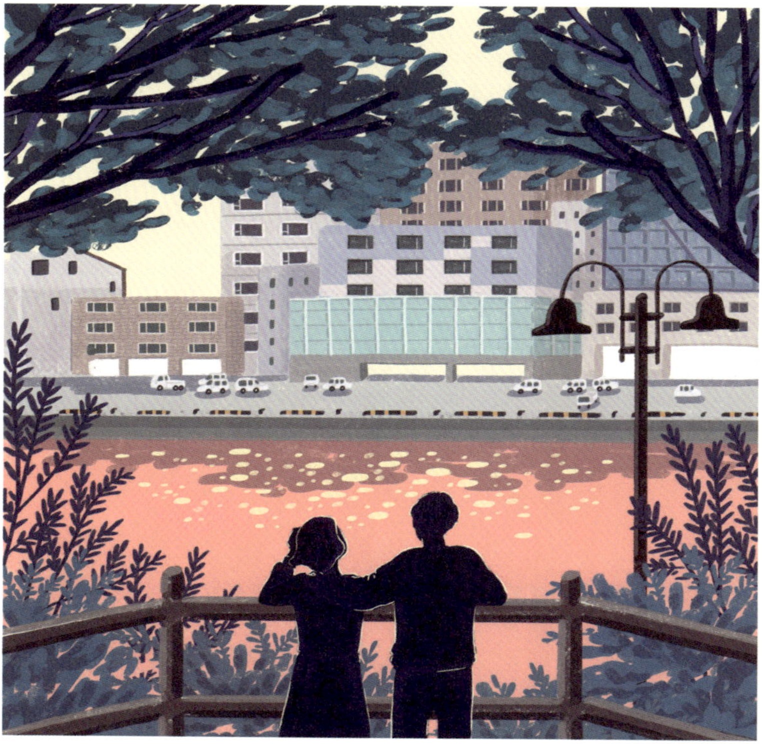

평소 내 그림에 별 감흥이 없는 짝꿍이가
완전한 내 편에 서서 이야기하고 있다는 것에 기뻤다.

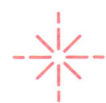

그림 작가 생활 벌써 15년 차.

그림 작업은 진행되다가 엎어지기도 하고, 완성은 했지만 세상 밖으로 나오지 못하는 경우도 다반사라, 뭣 모르던 햇병아리 시절엔 일이 엎어지면 많이 상심하고 자책하기도 했다. 하지만 15년이라는 세월 동안 이 일 저 일 겪고 나니, 이제는 일희일비하지 않게 되었다.

추석 선물 세트 포장에 들어가는 그림을 의뢰받은 적이 있다. 최종 PT에서 다른 작가가 선정되었다는 것을 보니 대개의 일이 그렇듯 여러 작가에게 의뢰했던 모양이다. 나는 당시 진행하는 다른 일들에 정신이 팔려서 신경 쓸 사이도 없이 잊고 지냈다.

그런데, 추석에 그 선물 세트가 들어왔다.

"이 그림이 간택됐구나." 하고 짝꿍에게 말했더니. 대뜸 어이없다는 표정으로 "이 작가, 분명 회장 조카일 거야." 하는 거다. (그림의 좋거나 그렇지 않음은 취향의 차이이기 때문에 그림의 질을 판단하려는 것은 아니다.) 평소 내 그림에 별 감흥이 없는 짝꿍이 완전한 내 편에 서서 이야기하고 있다는 것에 기뻤다.

비 오는 날을 좋아하는 당신,

오늘도 빗속에 한잔하러 가셨구려.

일찍 귀가하소서.

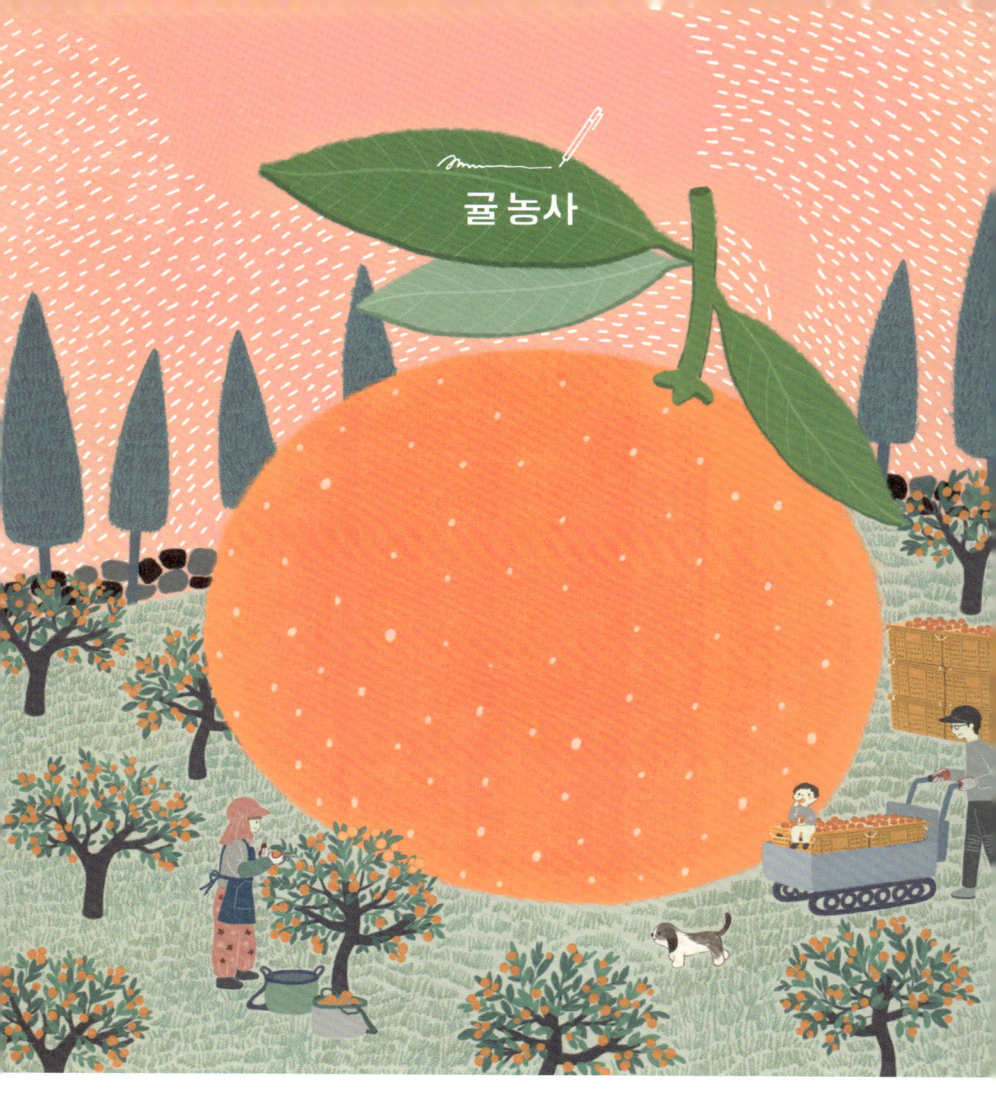

귤 농사

땀 흘려 정직하게 일하는 농촌의 풍경은 포근한 무언가를 선사하지만,
직접 몸으로 겪어보면 많은 수고가 들어가는 일이라는 것을 알게 된다.

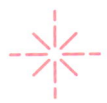

늘 '저희가 귤 농사도 지어서요.'라고 말하곤 하지만 엄밀히 말하자면 '우리'가 아니고 '짝꿍이'에 가깝다. 짝꿍도 본업은 따로 있고 겸업으로 조그맣게 하는 농사지만 말이다.

내가 귤밭에 오는 것은 일 년에 손에 꼽을 정도의 며칠로, 지난주에 이어 오늘이 바로 그 특별한 날이 되겠다. 진행하고 있던 작업의 피드백이 모두 늦어지는 바람에 며칠 짬이 났기에, 포부도 당당하게 귤밭으로 출근했지만, 아…. 바쁘다고 할 걸 그랬나 봐. 벌써 편도선이 퉁퉁 부어가고 있다.

땀 흘려 정직하게 일하는 농촌의 목가적인 풍경은 더할 나위 없이 포근한 무언가를 선사하지만, 직접 몸으로 겪어보면 그것은 생각보다 많은 수고가 들어가는 일이라는 것을 알게 된다. 귤 한 알의 수확을 위해서도 앉았다가 일어나고, 손을 높이 들고 가위를 두세 번씩 움직여야 하니 말이다. 그렇게 꼬박 열 시간을 몸을 움직여 일하는 것이니 힘들지 않을 수 없지.

구입한 채소나 과일을 제때 다 먹는 것은 생각보다 어려워서 냉장고 구석에 정체 모를 물이 흥건하게 고여 있는 봉지를 발견하곤 한다. 그렇지만 직접 농사지어온 것들은 대접이 다르다. 귤 한 알, 콩 한 톨에 땀이 배어 있어 아깝고 소중하다. 내 노동력의 가치에 대한 인정이랄까.

부탁드리건대, 부디 썩히지 말고 맛있게 드셔주세요. 그러면 저희 농부들은 너무나 기쁠 거예요. (저부터 잘하겠습니다.)

자, 일단

나는 요리를 못하니 음식점은 안 되겠고,

소품 가게는 사람이 다니는 길목이 아니라 안 되겠고,

카페는 좀 괜찮으려나?

작은 가게가 될 텐데 누가 가게를 보지? 나?

가게에 늘 붙어 있어야 하는 거 아닌가? 와, 갑갑해.

그럼 그림은 언제 그리지?

그렇다면! 그림 가게를 열자.

근데, 유명하지 않아서 아무도 안 올 거 같아.

……

……

그냥 일이나 열심히 해야겠다.

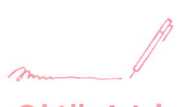

억새 소녀

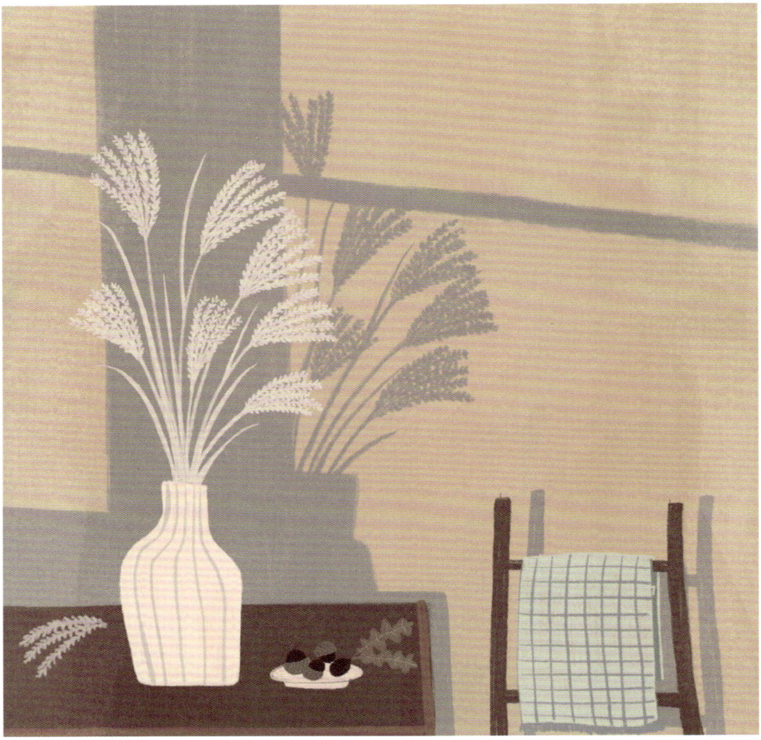

엄마는 억새를 한가득 잘라 와
색색으로 물들여 빈 병에 꽂아 두곤 했다.

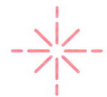

엄마는 녹록지 않은 시간들을 지나왔다.

몸 하나로 살림을 꾸렸기에 많은 것이 부족했고, 오랫동안 실질적인 가장이었다. 무엇이든 집어삼킬 수 있는 아이는 셋이나 되었으니, 할 수 있는 대부분의 일을 해왔다고 해도 틀린 말은 아닐 것이다.

지금 내 나이보다 한참이나 어린 나이였던 기억 속의 엄마는 허영의 반대편에 서 있었다. 화장기 하나 없이 까무잡잡한 민얼굴을 하고 다니는 우리 엄마. 로션도 바르지 않은 탓에 얼굴은 볕에 그을려 있고 잡티가 생겨 거뭇거뭇하지만, 엄마의 속 피부는 갓 빻아낸 밀가루처럼 새하얗다.

먹고살기 위한 삶의 틈을 비집고 엄마는 가끔 소녀가 되었다. 들꽃을 좋아해 코스모스를 따라 길을 나섰고, 봄이면 유채꽃을 보러 갔다. 가을에는 억새를 한가득 잘라 와 색색으로 물들여 빈 병에 꽂아 두곤 했는데, 그 작은 화사함이 집안에 들어오면 '아, 가을이구나.' 싶었다. 꽂아둔 억새가 눈에 익고, 어느 날 사라지고 말지만, 눈치채지 못한 채 다시 가을이 된다.

밀가루처럼 하얀 소녀가 다시 집안에 색색으로 물든 억새를 꽂아 둔다.

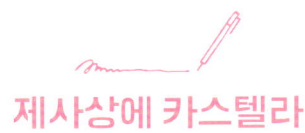

제사상에 카스텔라

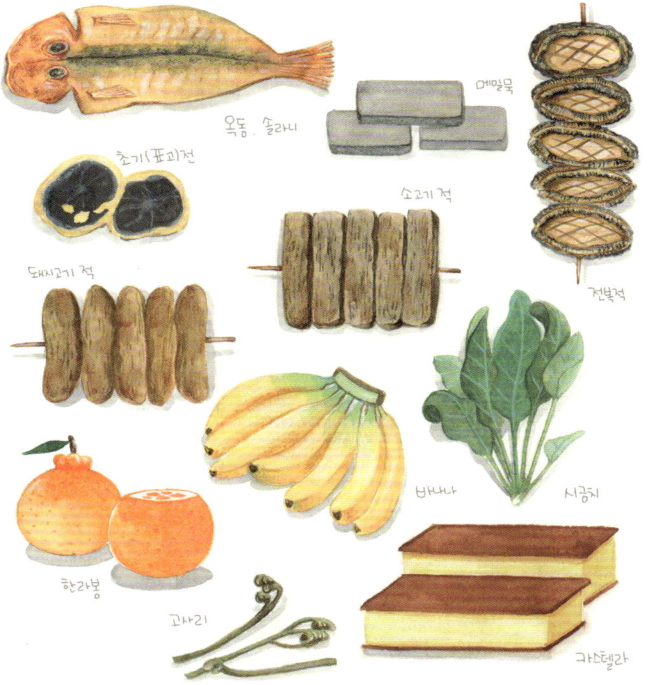

옥돔·솔라니

메밀묵

초기(표괴)전

소고기 적

돼지고기 적

전복적

바나나

시금치

한라봉

고사리

카스텔라

'카스텔라 4개 주세요.' 하면
으레 제사상에 올릴 줄 알고 부서지지 않게 상자에 넣어 포장해준다.

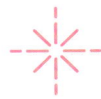

제주에는 벼농사를 지을 수 있는 땅이 적어 쌀이 귀했고, 그 때문에 보리나 밀가루로 만든 떡을 제사상에 올렸다.

가장 대표적인 것이 '상애떡(상외떡/상웨떡)'으로, 술빵과 비슷한, 떡 보다는 빵이라고 하는 게 어울림 직한 음식이다. 제사상에 올라가지 않는다고 상애(외)떡이라는 이름이 붙었다고 하는데, 재미있는 것은 제사상에 올리는 집도 은근히 많다는 사실이다.

일제강점기 때 가양주 금지법이 생기면서 막걸리가 재료인 상애떡 은 만들기가 어려웠는데, 그 시기에 마침 카스텔라 같은 서양 빵들이 들어오기 시작하면서 빵이 제주의 제사상에 오르게 되었다고 한다.

제사상에 올라가는 카스텔라는 큼직한 직사각형이다. 제주의 동 네 빵집에 떨어지지 않고 준비되는 품목이기도 하다. '카스텔라 4개 주세요.' 하면 으레 제사상에 올릴 줄 알고 부서지지 않게 상자에 넣어 포장해준다.

제사상에는 바다의 고장인 만큼 해산물도 빠지지 않고 등장한다. '솔라니'라고도 부르는 옥돔은 어른들은 그냥 '생선'으로 부를 만큼 생 선 중의 생선으로 치는 어류이다. 비린내가 없고 비싼 것이 특징이다.

냉동 상태로 보관하는 이 생선은 특이하게도 해동하지 않고 냉동된 상태로 참기름을 앞뒤로 발라 굽는다. 냉동 옥돔을 해동하고 구우면 살이 푸석하게 떨어져 나가기 때문이다.

전복이나 오징어는 꼬챙이에 꿰어 적을 만든다. 문어를 적으로 만드는 집도 있다.

과일을 보자면, 사과와 배는 육지와 마찬가지로 기본으로 올라가고 농사를 지은 수확물을 올리는 경우도 많은데, 가장 흔한 것이 귤 종류이다. 지금은 거의 없어졌지만 제주에서 한때 파인애플이나 바나나 농사를 짓는 곳이 많았는데, 그 때문인지 제사상에 파인애플이나 바나나도 올라간다.

육지의 제사상과는 다른 모습이지만, 생활문화라는 것이 원래 고여 있지 않고 이리저리 흐름을 타고 변하는 것이니 제주는 유속이 조금 더 빨랐다고 생각한다.

제사에 관해 보편적인 정보 말고 하고 싶은 개인적인 말은 많고 많으나, 며느리 입장에서 나오는 말이 뻔하므로, 인제 그만 할많하않.

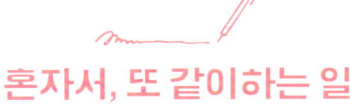

혼자서, 또 같이하는 일

작업실 벽에는 계약서나 완성품을 보내오며 같이 날아온 쪽지들이 붙어 있다.

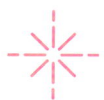

직업적으로 그림을 그릴 때는 시작부터 끝까지 혼자 오롯이 모든 것을 감당하면서, 정해진 시간 내에 완성도 높은 결과물을 내놓아야 한다.

그림 한 장을 그리는 데는 생각보다 오랜 시간이 걸린다. 며칠을 같은 그림으로 씨름하는 데도 의도대로 풀리지 않으면, 자신감이 떨어지고 걱정이 의욕을 앞서버려 몇 날 며칠을 헤맬 때도 있다.

그림을 그리는 과정은 혼자 하는 것이지만, 이 직업이 완전히 혼자서 하는 일은 아니다. 클라이언트의 기획된 의도대로 움직이는 일러스트레이터이기에, 무엇보다 기획 의도를 파악하고 그것을 내 스타일로 효과적으로 뽑아내기 위한 의견을 나누는 것이 중요하다.

얼굴을 맞대고 일을 하는 게 아니어서 가끔은 어떤 틈새에 끼어 현실로 발 딛지 못하는 것 같은 기분이 들 때가 있다. 회의는 전화나 메신저로 이루어지고, 프로젝트 결과물이 나오기까지는 몇 달이 걸리며(간혹 엎어지거나, 완성물을 보내주지 않는 때도 있다), 입금 역시 몇 달이 걸려서 내가 현실의 누군가와 이어져 있으며, 같은 완성품을 위해 땀 흘리고 있다는 것을 실감하기 어렵다.

작업실 벽에는 계약서나 완성품을 보내오며 같이 날아온 쪽지들이 붙어 있다. 얼굴도 모르는 담당자들이 정다운 글씨를 꾹꾹 눌러 담아 마음을 보내온다.

이어져 있다.
쪽지에 담긴 따뜻함이 나와 세계를 잇고 있다.

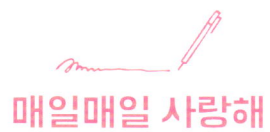

매일매일 사랑해

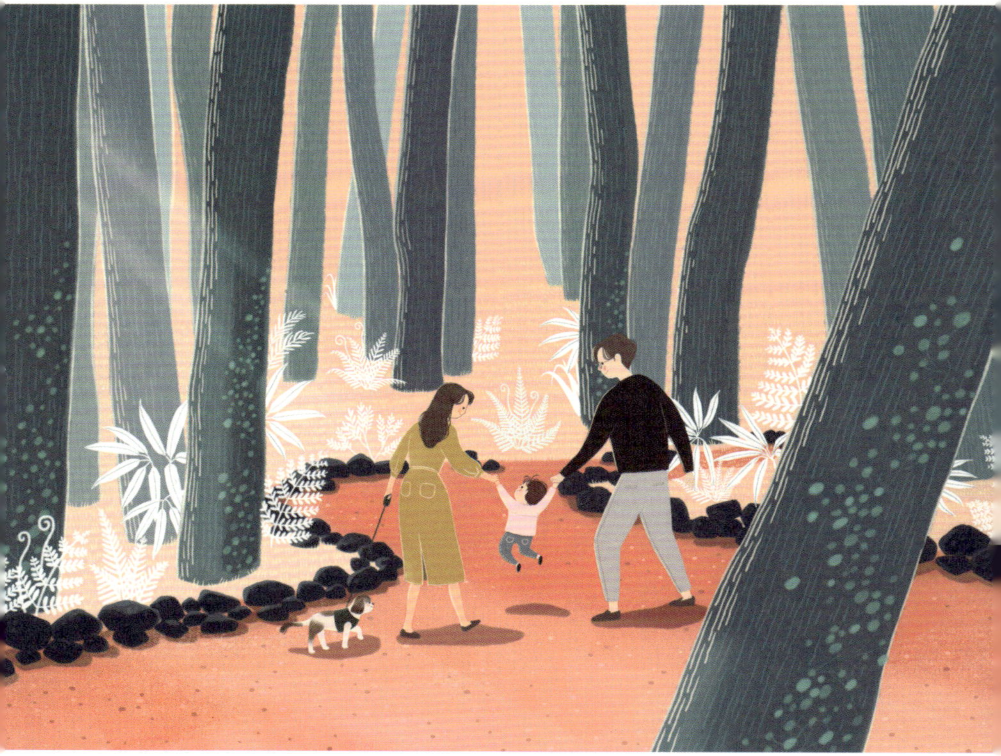

"나도 엄마가 있어서 행복해. 매일매일 사랑해."

아이를 좋아하지 않았다.

나로 인해 인생이 좌우되는, 무조건적인 돌봄을 필요로 하는 존재라는 것이 큰 부담으로 다가왔던 것 같다. 그런데 작은 사람을 안게 된이후로, 내가 누군가에게 절대적으로 구해지고 있으며 나도 구해질만한 가치가 있는 존재라는 생각으로 바뀌게 되었다.

어제는 우리 집 작은 사람 까꿍이의 4번째 생일이었다. 어느덧 본인이 받는 축하 노래는 따라 부르지 않고 감상할 만큼 성장한 아기, 감정이 풍부하고 섬세하며 표현을 잘하는 아기.

요즘 나는 곧잘 "엄마는 까꿍이가 있어서 너무나 행복해."라고 말하곤 하는데(아, 나도 감정 표현이 풍부하다. 하루에 사랑 고백을 200번쯤 하는 거 같다), 그때마다 우리 아기는 "나도 엄마가 있어서 행복해. 매일매일 사랑해."라고 답해준다.

맙소사.

아이가 이렇게 사랑스러운 존재인지 미처 몰랐어. 너를 만나 완전히 새로운 세상이 열렸지. 조금 더 단단하고 다정한 사람이 되려고 노력하게 되었어.

우리의 마음이 너로 가득 차서 이렇게 흘러넘쳐.

(지금은 7살 상꼬맹이가 되었다. 하루에도 몇 번씩 엄마를 들었다 놨다 하고 있다.)

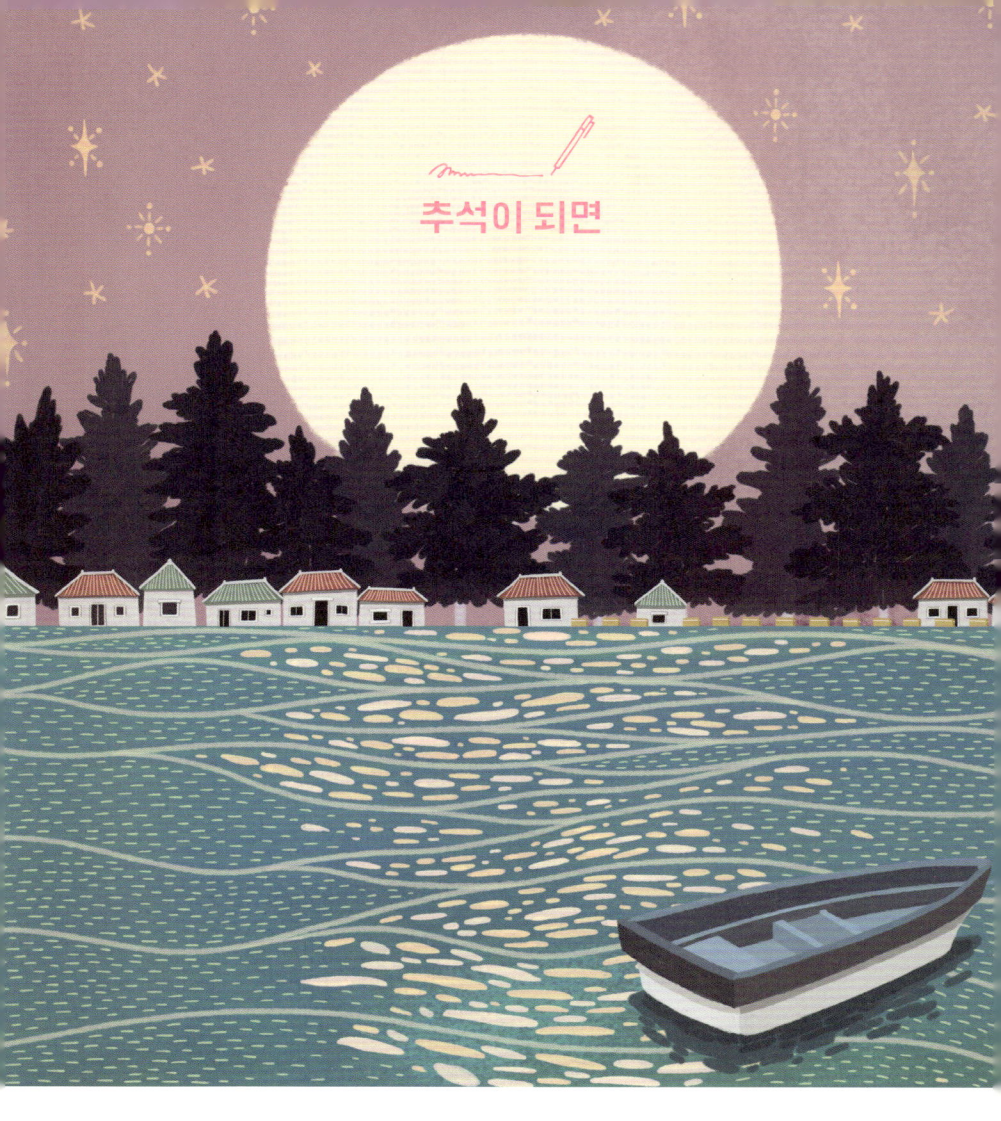

추석이 되면

명절이면 육지에 올라갔던 반가운 얼굴들이 내려와
풍성한 시간을 만든다.

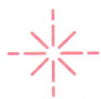

명절이면 육지에 올라갔던 반가운 얼굴들이 내려와 풍성한
시간을 만든다.

누구는 여전히 혼자이고,
누구는 결혼하고, 누구는 이혼을 하고,
조금 늦은 친구는 아이가 갓 태어나고,
빠른 친구들의 아이는 고등학생이 되고,
장사를 시작한 이가 있는가 하면, 백수가 된 친구도 있다.

삶은 계획한 대로 흘러가지 않지만,
우리는 모두
지금을 치열하게 살아내고 있다.

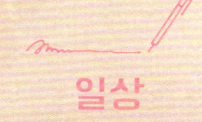

일상

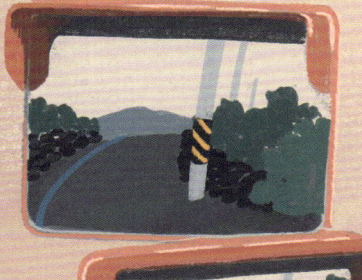

오늘도 별 탈 없이 우리의 하루가 저물었다.

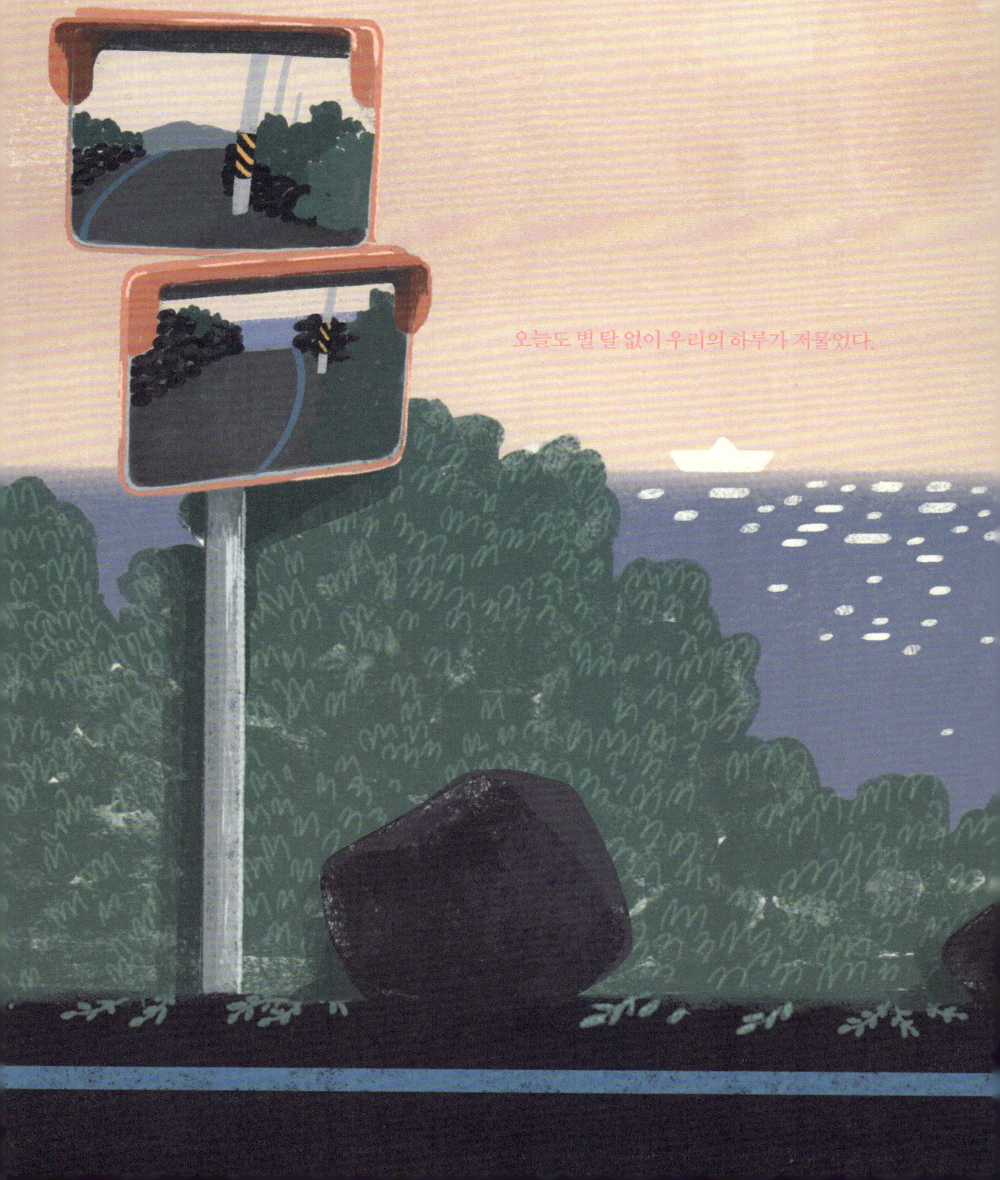

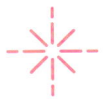

더 자고 싶은 것을 꾹 참으며 침대에서 일어나 아이를 등원시 킨다. 세탁기를 돌리고, 청소를 하고, 진한 커피를 텀블러 가득 내려 작업실로 올라간다.

급한 순서대로 일을 처리하고 점심을 먹는다. 짝꿍도 어느 정도 시간 조정이 가능한 직업이라 함께 점심을 먹는다. 세탁된 빨래를 건조기에 넣고, 아이의 치료가 있는 날이면 나갈 준비를 하고 아닌 날이면 다시 작업실로 올라간다.

여유가 있는 날엔 외출을 하는데, 볕이 좋을 때는 디저트가 맛있는 카페에 들러 차도 한 잔 마신다. 다시 작업실로 들어와 일을 한다.

아이가 하원 하면 아이와 시간을 보낸다. 해적 놀이, 숨바꼭질, 공놀이, 쿠키 만들기, 블록 놀이, 한글과 수학 공부, 그림 그리기 등 우리 집 작은 사람이 원하는 걸 하는데, 요구는 늘 다양하다.

저녁을 먹고 날씨가 좋으면 밤바람을 쐬러 바닷가 공원으로 나가기도 한다. 그런 날은 대부분 다른 사람들도 마음이 찰랑이기에 공원에는 사람이 가득하다. 운이 좋으면 귀여운 강아지를 만나볼 수도 있을 것이다.

씻긴 아이를 재우고 나서 다시 작업실로 올라간다. 전에는 새벽 시간이 가장 집중이 잘 되었지만, 사람은 역시 적응의 동물이다 보니 나에게 주어진 시간이면 어떻게든 집중할 수 있다. 아직은 새벽의 감성이 더 말랑말랑하지만 말이다.

새벽 모퉁이를 돌고 침대로 들어간다.
오늘도 별 탈 없이 우리의 하루가 저물었다.

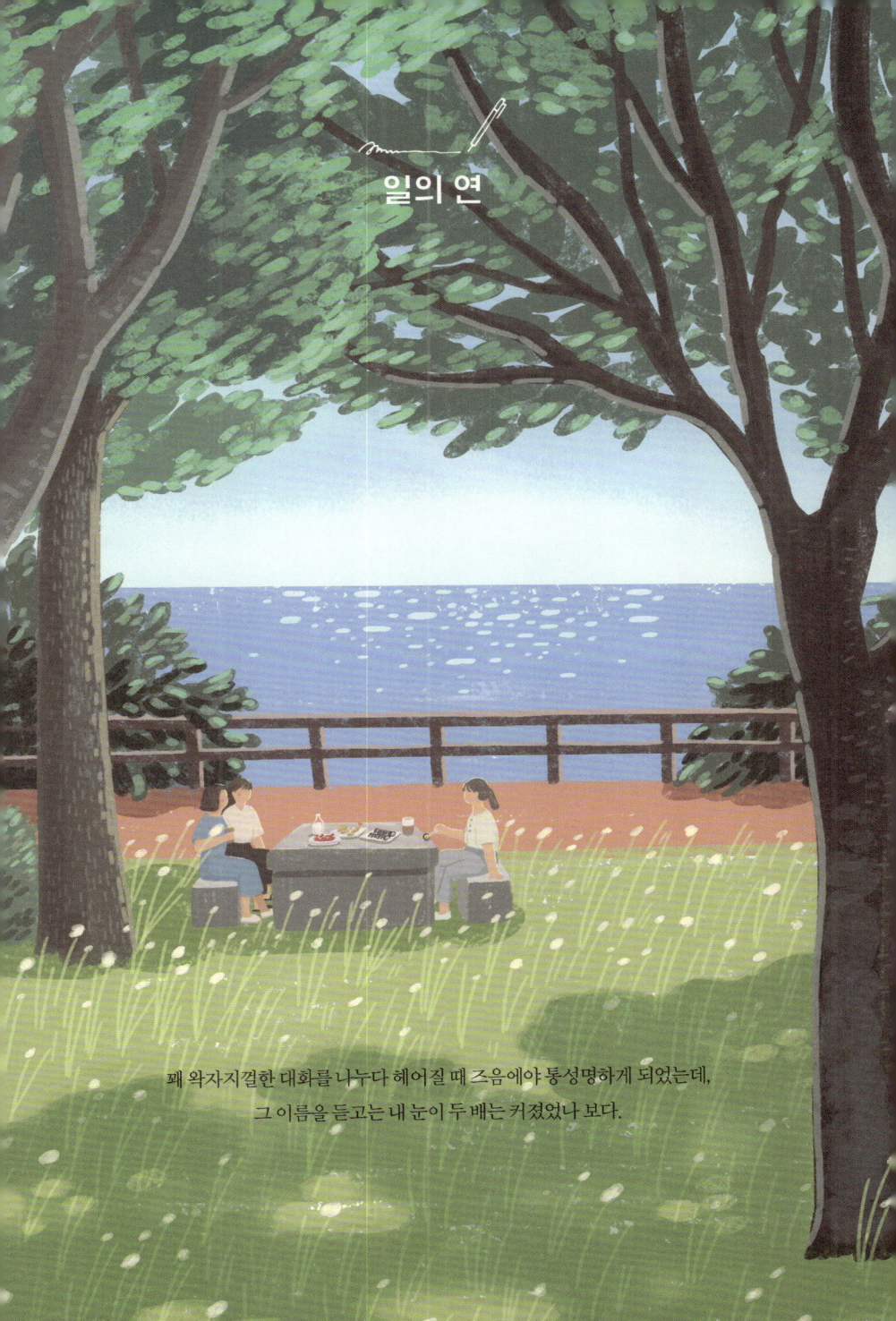

일의 연

꽤 왁자지껄한 대화를 나누다 헤어질 때 즈음에야 통성명하게 되었는데,
그 이름을 듣고는 내 눈이 두 배는 커졌었나 보다.

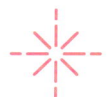

그림 그리는 일을 시작할 때 주변에서 많이 듣던 소리는 '연줄이 있어야 가능하지 않겠느냐' 하는 것이었다.

아무것도 모를 때라 '역시 그럴까?' 싶기도 했지만, 어차피 없는 연줄을 만들 재량이 없었으므로 크게 신경 쓰지 않았다.

결론부터 말하자면, 소개로 일을 하는 작가도 있고 그렇지 않은 작가도 있다고 하는 것이 맞을 것이다. 나의 경우 두어 번 정도 같이 일했던 편집자가 다른 편집자를 소개해 준 적이 있었으나, 나의 그림을 잘 이해하고 일을 맡긴 게 아니다 보니 아무래도 잘되지 않았다.

시간은 흘러 흘러 어느새 15년 차 그림 작가가 되었지만, 같은 업체와 일을 하는 건 많아야 두세 번 정도. 보통은 매번 다른 업체와 일을 한다. 반면에 10년이 넘게 같은 편집자, 그리고 그 편집자가 소개해 준 다른 편집자들과 일을 하는 작가도 있으니 대중이 없는 것 같다. 요즘 말로 그야말로 케바케랄까.

조금 특이한 루트로 맡게 된 일도 있다.

10년쯤 전 우리 동네에는 분위기도 좋고, 커피도 좋고, 카페 주인도 좋고, 지나가는 사람 구경하는 재미도 있어서 자주 들르곤 하던, 지금은 없어진 카페가 하나 있었다.

친구와 둘이 있다가 옆 테이블의 손님과 이야기를 섞게 된 적이 있었는데, 처음엔 자잘하게 대화를 나누기 시작했지만 와인까지 얻어 마시며 꽤 왁자지껄한 대화를 이어가게 되었다. 그리고 헤어질 때 즈음에야 통성명하게 되었는데, 그분의 이름을 듣고는 내 눈이 두 배는 커졌었나 보다. 시원하게 웃는 그분은 (사) 제주올레 대표님이셨다.

그것이 인연이 되어 제주시 권역 올레길 스탬프의 일러스트들을 그리게 되었다. 가끔 올레길 스탬프를 보관하는 조랑말 모양 스탬프 박스를 발견하면 슬쩍 찍어보기도 한다.

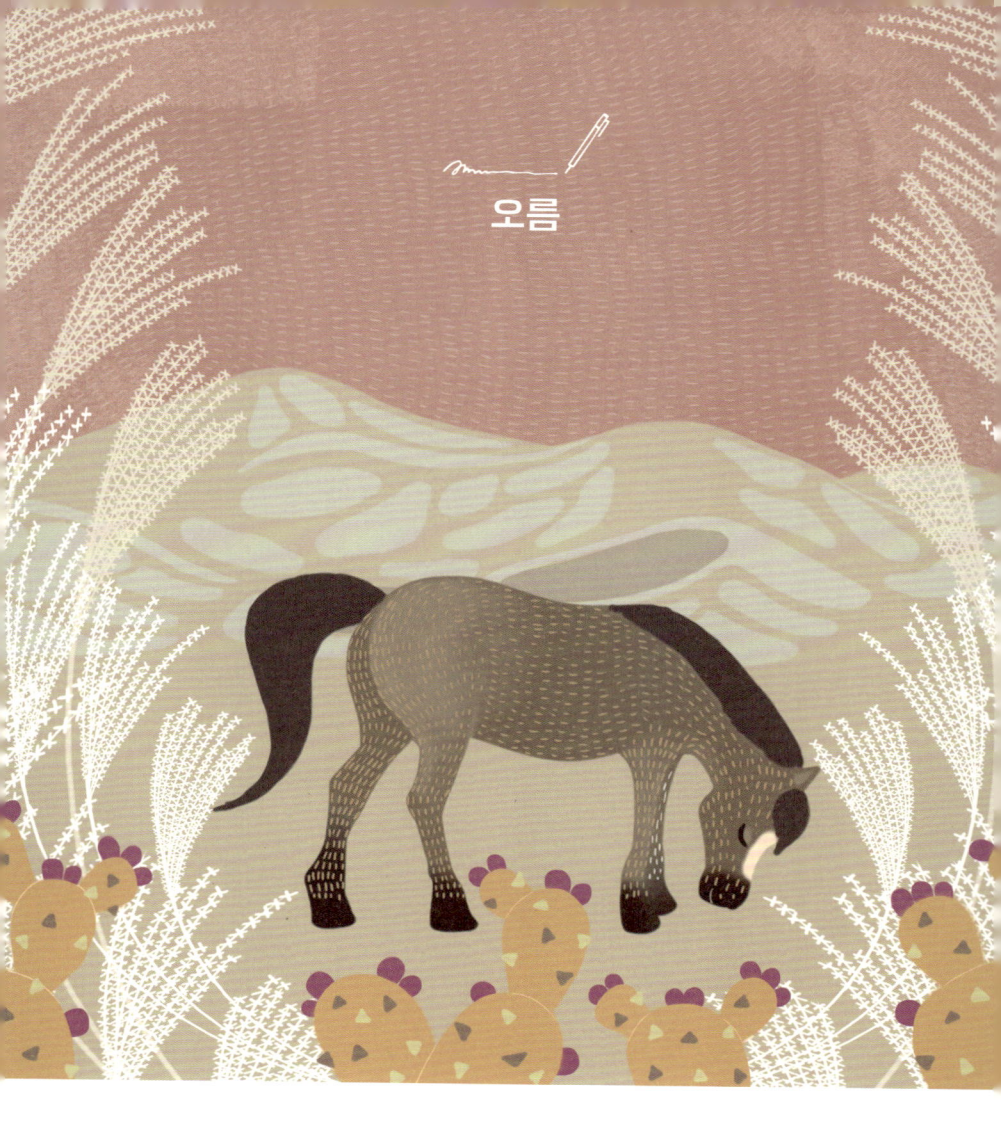

오름

언젠가 잘 알려지지않은 오름에 오를 때는
모험을 하는 것 같아 좋았다.

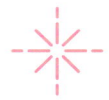

날마다 열심히 오름을 찾아다니던 때가 있었다.

멤버는 늘 정해져 있어서 짝꿍, 나, 우리 집 강아지 코코.

바쁘지 않은 날, 눈을 떴는데 날씨가 화창한 날, 콧바람을 쐬고 싶은 날 작은 배낭을 꺼냈다. 시간 여유가 될 때는 간단한 도시락도 준비했다. 메뉴는 언제나 주먹밥과 코코의 소시지. 마실 물과 코코의 물그릇을 챙기고, 물티슈와 손수건도 빠트리지 않는다.

대부분의 오름은 그다지 높지 않아 올라가서 내려올 때까지 보통 한 시간 정도만 잡으면 되지만, 무슨 무슨 '산'이라고 이름 붙은 오름은 고도가 높고 그만큼 시간도 오래 걸린다. 또, 제주에는 360여 개의 오름이 있지만, 사유지여서 들어갈 수 없는 곳도 많다.

'오름'은 제주지역의 방언으로 화산지형 특유의 기생화산을 말한다. 그래서 정상에 분화구를 가진 오름이 많다. 티가 나지 않을 정도의 낮은 구릉 모양의 분화구가 있는 것이 있으면, 아주 깊은 분화구가 있는 오름도 있고, 개중에는 분화구 안에 물이 차 있는 오름도 있다. 사람들이 많이 찾는 오름은 정비가 잘 되어 있어서 길을 잃을 염려도 없고, 길도 말끔하다.

언젠가 잘 알려지지 않은 오름에 오른 적이 있다. 나무 숲길도 좋았고, 공기도 좋았다. 길이 잘 보이지 않아 풀을 헤치고 다니는 것도 모험을 하는 것 같아 좋았다.

그런데 그 오름에 다녀온 이후로 집안에 흙먼지 같은 것이 많이 보였다. 자세히 보니 그 먼지가 움직인다.

이럴 수가…. 진드기다.

그렇다. 코코의 몸에 진드기가 붙어와 며칠 사이 엄청나게 증식을 한 것이다.

우리는 진드기와 한바탕 전쟁을 치르느라 고통스러운 나날을, 코코는 바싹 밀어버린 털 때문에 부끄러운 나날을 보내고, 이후로는 풀 숲을 뚫고 길을 개척해야 하는 오름은 다시 오르지 않았다는 슬픈 이야기였다.

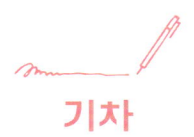

기차

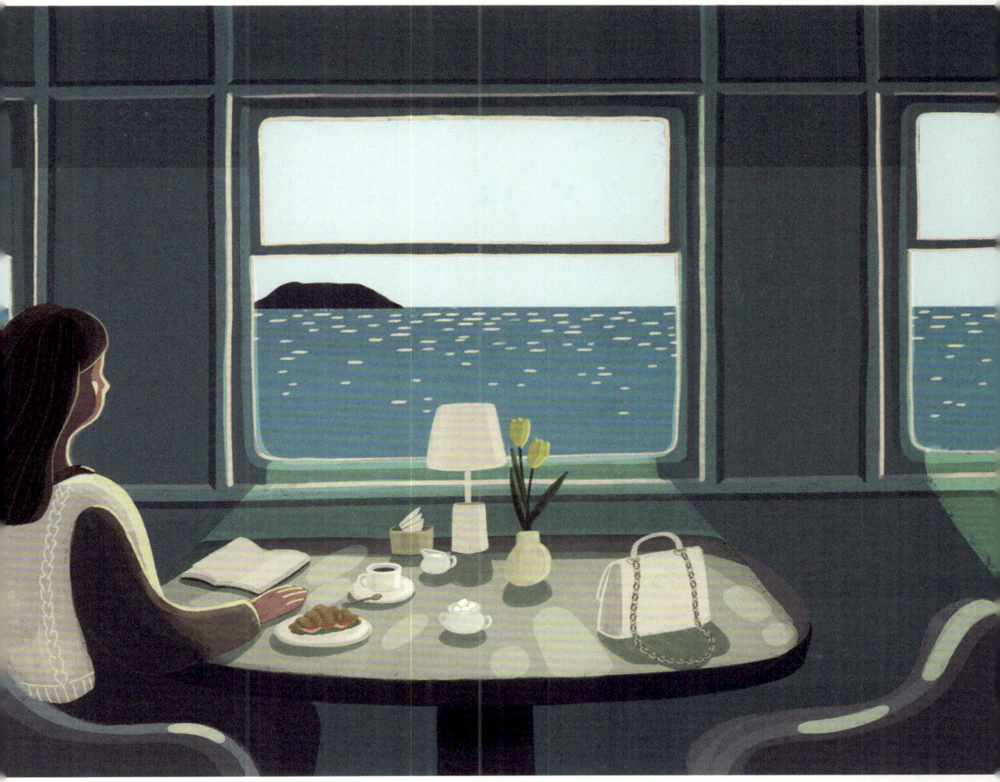

스물한 살의 어느 날, 룸메이트에게 쪽지만 덜렁 남겨 두고는
계획 없이 길을 나섰다.

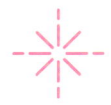

나는 제주에서 태어나 자란 사람인지라, 지하철을 처음 타본 것이 초등학교 고학년 때(언니, 오빠들을 따라다녔기에 어떻게 타고 내렸는지는 뚜렷한 기억이 없다)였다.

그리고 육지에 있는 대학에 들어가고 나서 다시 지하철을 타게 되었는데, 탈 때마다 실수할까 봐 긴장의 끈을 놓을 수 없었다.

1. 자연스럽게 승차권을 밀어 넣을 것(기계가 과한 힘으로 쑥 하고 빨아들이는 느낌이 굉장히 낯설었다.)

2. 타야 하는 방향을 제대로 찾을 것

3. 내려야 하는 역에서 정확하게 내릴 것

이 세 가지 미션을 '태연한' 태도로 완벽히 수행하기 위해 노력했고, 아마 대개 성공적이었을 것이다.

서울 아이들도 지하철을 반대로 타거나, 표를 잃어버리거나, 엉뚱한 역에서 내리기 일쑤라는 것은 나중에야 알았다.

기차도 대학 때 처음 타보았다. 멀미를 많이 하는 편이라 특히 장거리를 이동할 때는 버스보다는 가능하면 기차를 이용하곤 했다.

기차는 놀라웠다. 운행 중에도 비행기에서처럼(그렇다. 본적이 전라도인 제주 태생이라, 아기 때부터 비행기는 익숙한 것이다) 일어서서 걸어 다닐 수 있고, 이동식 매점이 존재하며, 심지어 식당 칸까지 있다니! '입석'의 존재 또한 놀라웠다.

스물한 살의 어느 날, 나른한 햇볕에 눈을 뜨고 자고 있던 룸메이트에게 쪽지만 덜렁 남겨 두고는 계획 없이 길을 나섰다.

정확한 여정은 생각나지 않지만, 버스와 기차를 몇 번쯤 갈아타고 몇 개의 지역을 지나 전남 완도에까지 흘러간 듯하다. 그곳에서 충동적으로 배를 타고 제주도 집으로 갔으니까.

기차가 잠시 정차했을 때 창문 밖으로 보이던, 큰 화분들로 가득했던 조그만 간이역, 벤치에 앉아 기차를 기다리던 하얀 옷의 노부부 등 몇몇의 기억 조각이 순간을 포착한 스냅사진처럼 선명하게 남았다.

아, 제주도 집에 도착했더니 그사이 다른 동네로 이사를 해버려서 집을 찾는 데 어려움이 컸다는 사실도 읽는 분들의 재미를 위해 귀띔해 둔다.

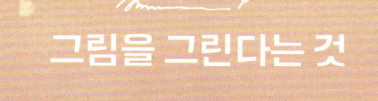

그림을 그린다는 것

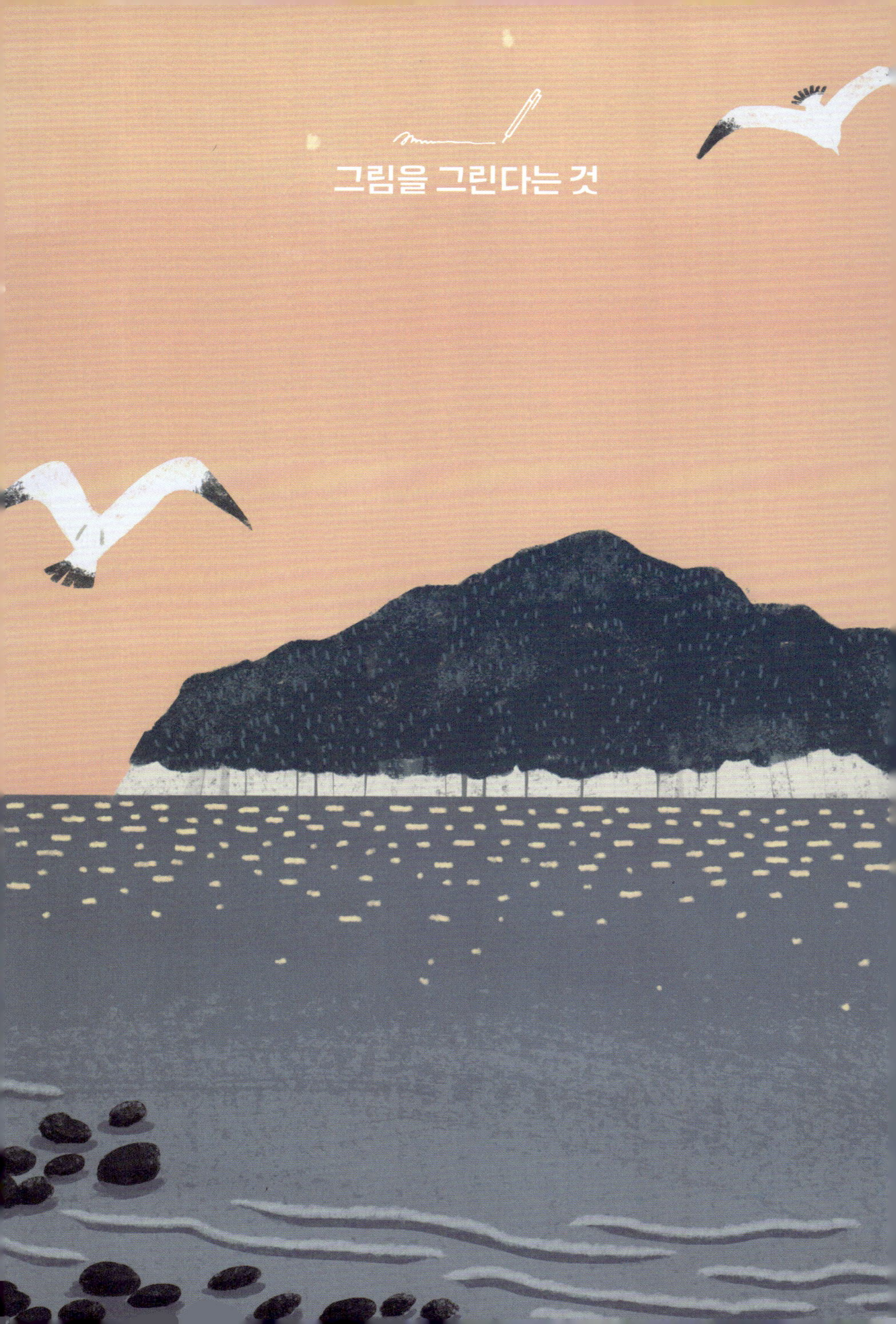

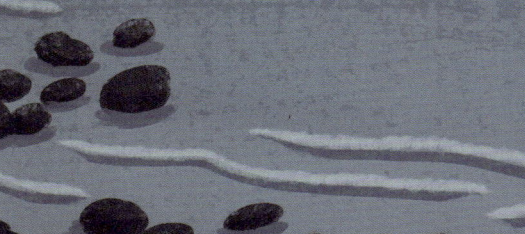

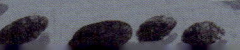

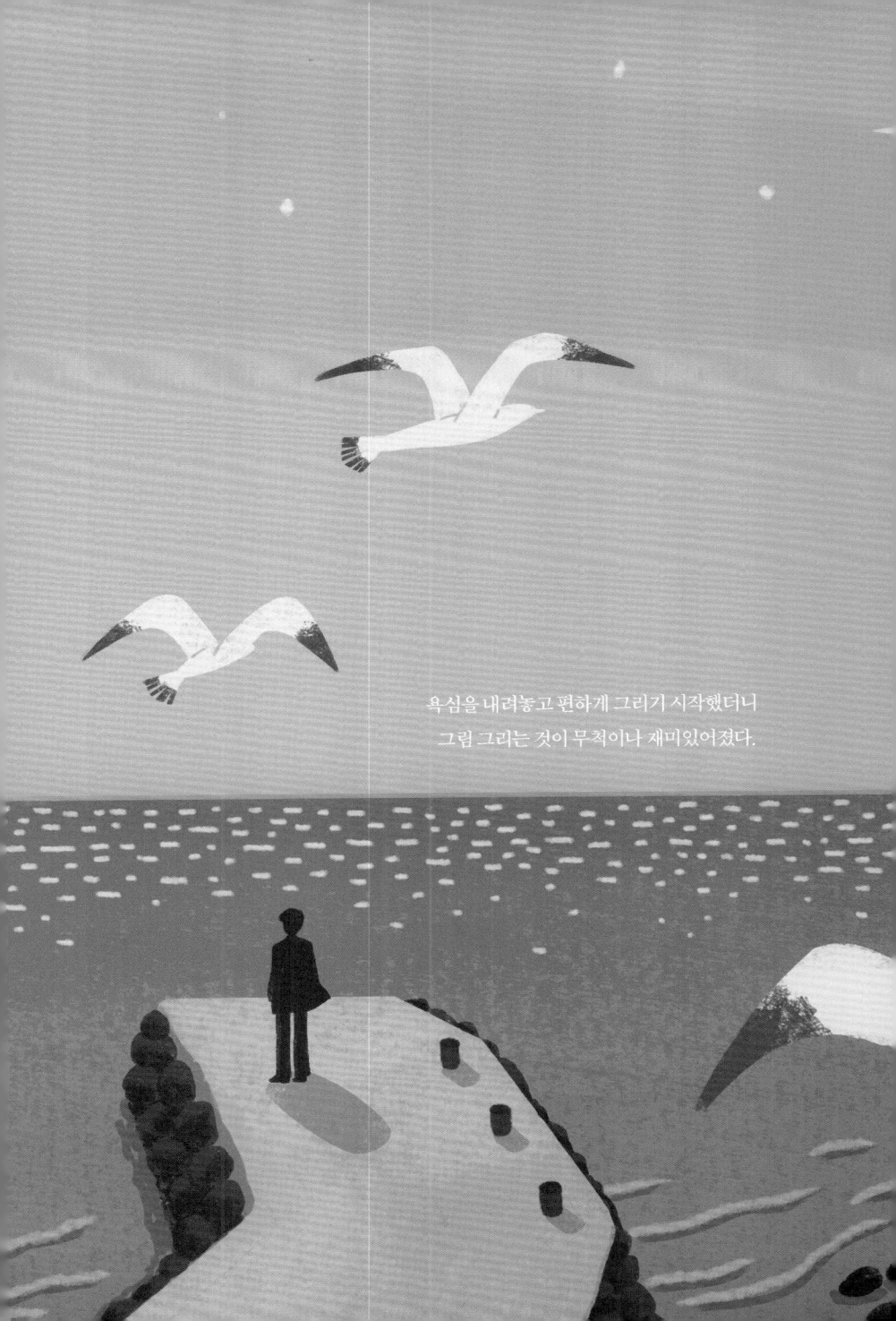

욕심을 내려놓고 편하게 그리기 시작했더니
그림 그리는 것이 무척이나 재미있어졌다.

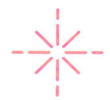

마음을 표현하는 방법을 글과 그림 두 가지로 나눈다면, 글 쪽이 훨씬 어려운 것 같다.

분명히 표현하고자 하는 것이 있는데 글로 쓰면 허공에 붕 뜬 실체 없는 무엇을 설명하는 것 같고, 전달되는 과정에서 완전히 다른 의미로 변형되고 마는 '고요 속의 외침'처럼, 쓰면 쓸수록 처음 의도를 잃어버리고 만다.

최근 길게 쓴 글들을 읽어보면 일기장에나 적을 법한 내용투성이여서 얼굴이 화끈거린다. 문장이 길어질수록 글솜씨의 한계는 더욱 명확하게 드러나는데, 그럴 때마다 그림을 그릴 수 있어서 다행이라는 생각이 든다.

대가를 받으며 '일'로서 그리는 그림은 클라이언트의 의도를 나의 필터를 거쳐 표현해내는, 이를테면 좀 더 기술적인 작업에 가깝다. 하지만 오직 나의 마음을 표현하기 위해 개인적으로 그리는 그림은 보다 감성적인 느낌으로 접근되는데, 최근에는 욕심을 내려놓고 편하게 그리기 시작했더니 그림 그리는 것이 무척이나 재미있어졌다. 매일 하던 일이 새삼 '재밌다!'라고 느껴지는 색다른 기쁨인 것이다.

한순간에 또 시큰둥해질 때가 올지도 모르므로 당분간은 이 특별함을 즐겨야겠다.

어렵디어려운 글은 접어 두고.

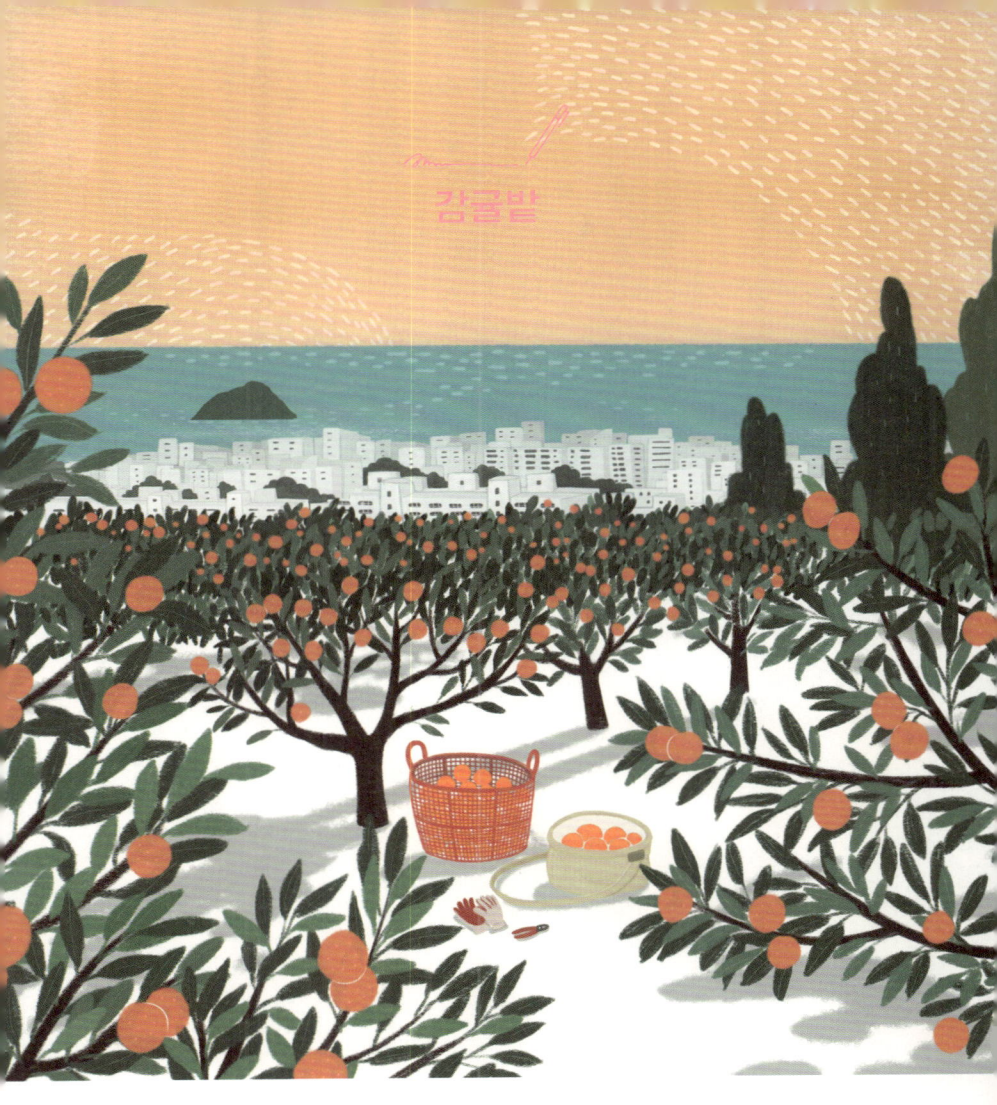

감귤밭

올해는 지면 위에 반사 포장을 덮는 작업을 했다.
덕분에 눈이 쌓인 것같이 새하얀 밭이 되었다.

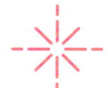

옛날에는 귤나무 몇 그루가 대학교 학비를 댈 만큼 귤 농사가 호황을 누려 '대학 나무'라 불리며 귀한 대접을 받던 감귤 나무라지만, 폭락하는 귤값에 그러한 영광의 시대는 지나간 지 오래다.

우리가 짓는 농사는 작은 평수로 소소하게 짓는 농사로, 가끔은 영수지타산이 안 맞는 일이 아닌가 생각하곤 한다.

우리 밭은 해거리가 심해서 풍작과 흉작을 한 해씩 반복하는데, 풍작일 때조차 어떤 해는 병충해로, 어떤 해는 냉해로 기쁜 상황을 맞이하기 힘들었다.

올해는 큰맘 먹고 지면 위에 반사 포장을 덮는 타이벡 작업을 했다. 덕분에 눈이 쌓인 것같이 새하얀 밭이 되었다.

다음 주면 수확이 시작된다.

햇볕아, 조금만 더 힘내서 귤을 더 달달하게 만들어주렴.

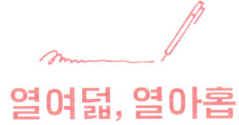

열여덟, 열아홉

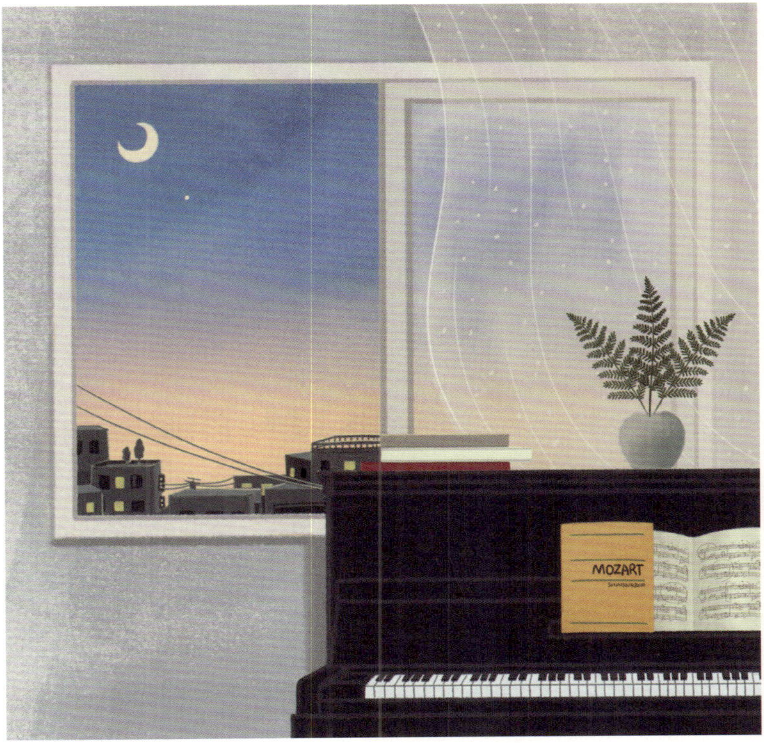

쌀쌀한 바람이 불기 시작하던 이 계절 즈음
학원에 도착하면 하늘은 아직 파랗고
초승달은 창의 가운데서 빛나고 있었다.

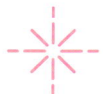

업라이트 피아노 한 대로 꽉 차는 학원 방에는 정면에 창이 하나 있었는데, 쌀쌀한 바람이 불기 시작하던 이 계절 즈음 학원에 도착하면 하늘은 아직 파랗고, 초승달은 창의 가운데서 빛나고 있었다.

나는 초가을의 냄새에 이끌려 창문을 넘고, 작은 베란다에서 아직 완전히 차갑지 않은 공기를 끌어 마셨다. 차 지나가는 소리, 시장에서 들리는 번잡한 소리, 놀이터에서 들리는 높은음의 소리들이 몇 층인가 되는 학원 방 창문으로 들어올 때 부드럽게 뭉개져 의미를 알 수 없는 하나의 덩어리가 되었다.

대학을 생각하기에는 학비가 걱정되었고, 장학금을 탈 만큼 공부를 잘하는 학생도 아니었다. 대개의 열여덟, 열아홉 살 아이들이 그렇듯이 구체적인 계획은 세우지 못한 채 막연한 희망과 회의를 함께 품던 날들이었다.

수업료가 비싼 화실은 나에게 사치였기에 지름길을 멀게 돌아 겨우 비슷한 지점까지 왔지만 같은 종착점은 아니다. 이 사실은 가끔 나를 의기소침하게 만드는데, 기본기가 없는 것이 내 그림의 문제가 되는 건 아닌지 의심하고 채찍질하게 되는 것이다.

　하지만 위로는 없어도 된다. 기본기가 없음이 그림에 자유를 주었을지도 모르니까.

　파란 하늘에 달이 뜨는 짧은 순간은 언제나 나를 그 창문으로 이끈다. 적당히 불안하고 적당히 낭만적인 십대 후반의 투명한 날로.

　'나는 그림이 그리고 싶다.'

　구체적인 방법은 알지 못했지만, 그랬다.

행복하게

행복하기 위해 나는 제주로 내려왔고,
친구는 그곳에 남았다.

중학교 때 만나서 고등학교를 같이 나오고, 타지역에 있는 대학까지 같이 가 일 년을 함께 산 친구. 모든 것에서 도망치듯 고3 말에 내가 건넨 대학원서 한 장을 받아들고 전혀 다른 세상으로 발을 디뎠다.

과가 달라서 학교생활이 겹치지 않아 만날 일이 뜸해졌던 어느 날, 친구는 졸업을 코앞에 두고 나를 찾아왔다.

창밖을 보고 서 있던 그날의 친구는 조금 슬퍼 보이기도 했고 조금 안도한 것 같기도 했다. 오랜 불화가 있던 두 분께서 다른 길을 가기로 했다는 이야기를 전해 왔다.

"그래서 너는 졸업하고 어떻게 할 거야?"

친구는 잠시 침묵하다 나를 돌아보며 말했다.

"나는 행복하게 살고 싶어."

어떤 말들은 겉만 훑고 지나가지 않고 깊게 스며든다. 그녀의 이 말은 발끝만 바라보며 아등바등하던 나를 고개를 들어 먼 곳을 바라보게 만들었다.

애써 결정한 선택의 결과가 별의 부스러기처럼 떨어져서 어둠 속에 녹아내릴까 봐 방향을 결정하지 못해 불안한 날이면, 맑게 희었던 그 말을 떠올린다.

고이는 시간들을 차곡차곡 모아 행복하기 위해 나는 제주로 내려왔고, 친구는 그곳에 남았다.

나의 행복이 유예되지 않았으면 좋겠다.

그녀의 행복도 유예되지 않았으면 좋겠다.

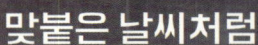

맞붙은 날씨처럼

분명 빛 속을 걷고 있었는데
어느새 비의 풍경에 갇혀버리는 제주의 맞붙은 날씨처럼,
계획대로만 흘러가는 일은 없다.

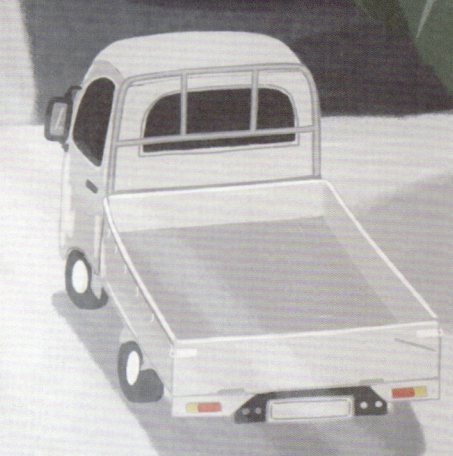

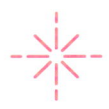

내가 관여한 책 중에는 잘 팔리는 책이 있는가 하면 그렇지 않은 책도 있다.

일러스트만 참여한 책이야 나의 비중이 작아 글 작가의 책이란 느낌이기 때문에 그렇다 치더라도, 온전히 나의 이름을 달고 나오는 집필서들은 책임을 느끼게 된다.

잘 팔리지 않는 책은 뭔가 집중력이 부족했나 싶은 자책의 마음이 드는데, 인세 보고를 받을 때마다 판매가 저조한 책들을 생각하면 해당 출판사에 더없이 미안한 마음이 든다.

나도 노력했고, 그들도 노력했지만, 그들은 자본을 투자하고 있으니 내가 더 미안한 느낌인 것이다.

오랜 인연으로 몇 권의 책을 쭉 내고 있는 출판사에 미팅을 하러 갔던 날, 대표님과 편집자님께서 출간하고 싶은 책에 대해 이야기를 나누는 것이 인상적이었다.

원래 다른 출판사에서 같이 일하던 분들이 모여 만든 출판사라는데 '만들고 싶은 책'을 만들기 위해서 출판사를 새로 꾸리셨다고 한다. 그러면서 "잘 팔리는 책을 만들어 돈을 벌고, 그 돈으로 잘 팔릴 거 같지는 않지만 만들고 싶은 책을 만들고 싶다." 하셨다.

그렇게 오랫동안 한 가지 일을 하다 보면 처음의 기억이 희미해질 것도 같은데 반짝이는 마음을 본 거 같아 두근거렸고, 잘 팔리는 책과 잘 안 팔리는 책을 모두 가지고 있는 작가로서 면죄부를 받은 것 같아 고마웠다.

분명 빛 속을 걷고 있었는데 어느새 비의 풍경에 갇혀버리는 제주의 맞물은 날씨처럼, 계획대로만 흘러가는 일은 없다.

그렇지만 또 날씨는 어떻게 바뀔지 모르니까 묵묵히 가던 길을 계속 걸어야지.

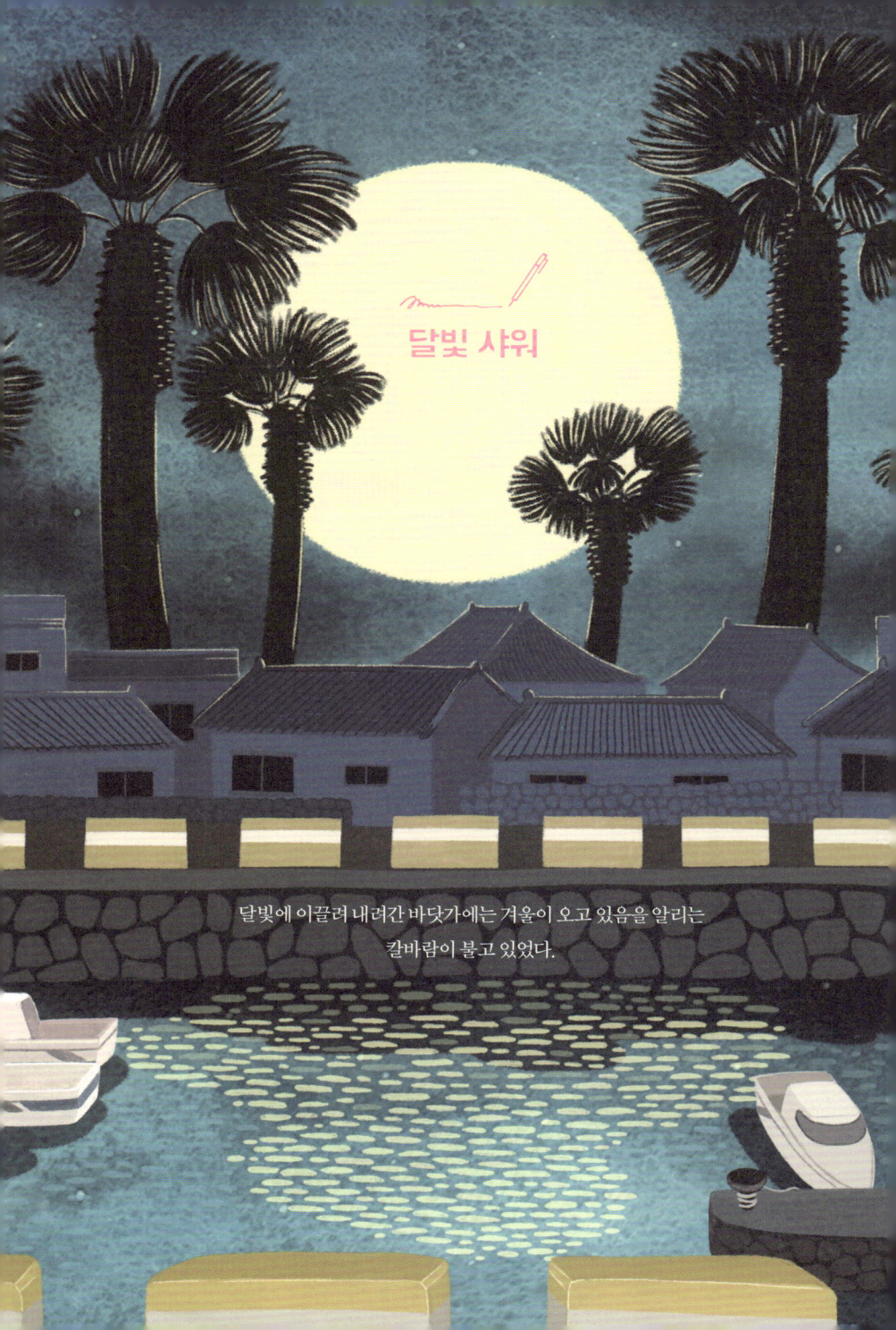

달빛 샤워

달빛에 이끌려 내려간 바닷가에는 겨울이 오고 있음을 알리는
칼바람이 불고 있었다.

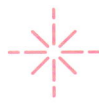

아이가 생긴 이후 저녁에 나갈 일이 거의 없었기에, 농사일을 끝낸 일손들의 귀가 차량을 운행하기 위해 외출했던 그날은 약간 기분이 상기되어 있었다.

댁이 멀었던 삼촌의 돗통시(돼지가 있는 화장실)에 얽힌 숨막히게 웃긴 이야기도 마음이 말랑해지는 데 한몫을 했던 거 같다. 당신 어릴 적만 하더라도 돗통시에서 볼일을 보셨는데 평소에는 멀리 있던 돼지가 사람만 올라가면 쏜살같이 달려와 바로 밑에서 킁킁거린단다. 평소에는 괜찮지만 배탈이 났을 때는 곤란한 일이 벌어지는데, 돼지가 머리 위로 떨어진 그것을 떨구겠다고 부르르 하고 터는 순간, 뒷말은 차마….

느린 템포의 음악을 들으며 커브를 돈 순간 눈앞에 커다란 달이 가득 찼고, 달빛에 이끌려 내려간 바닷가에는 겨울이 오고 있음을 알리는 칼바람이 불고 있었다.
뜨거운 커피를 손에 들고 한참 동안 온몸 구석구석 달빛을 받았다.
퍽 오랜만에 마음속에 씨앗 하나가 심어졌다.

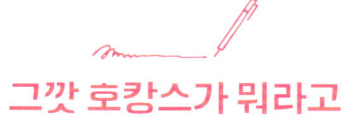

그깟 호캉스가 뭐라고

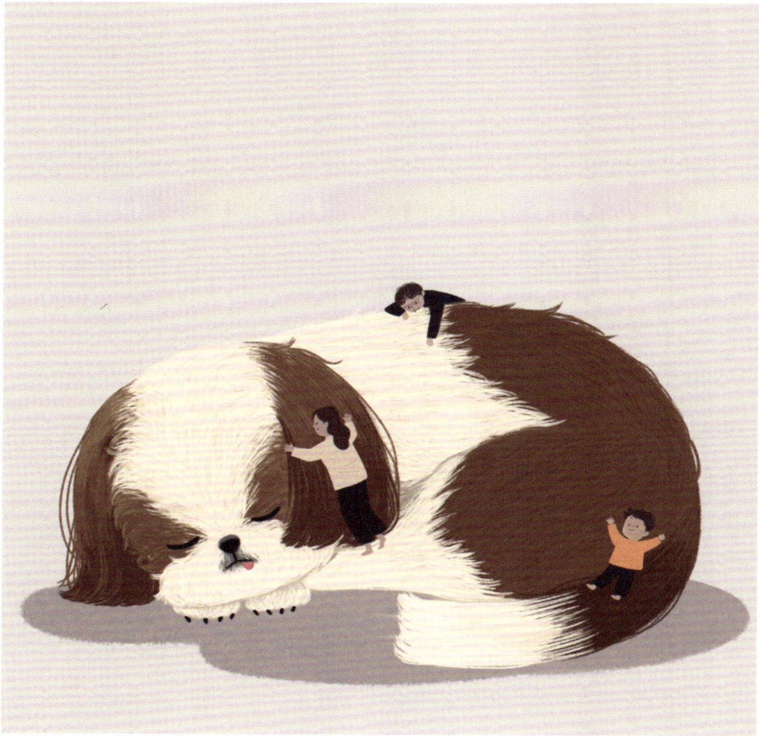

그깟 호캉스가 뭐라고, 코코를 집에 두고 다녀왔더니
심한 몸살감기에 걸려서 걷지도 못하고 있다.

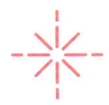

그깟 호캉스가 뭐라고, 오후에 나가서 다음 날 오전에 들어오는 짧은 일정이라 코코를 집에 두고 다녀왔더니, 코코가 심한 몸살감기에 걸려서 눈물 콧물에 걷지도 못하고 있다.

보일러도 틀어놓고 나갔는데, 집으로 사용하고 있는 코타츠를 끄고 갔던 게 화근이었을까.

몇 년 전에는 소파로 점프하다 비명을 지르더니 허리를 쓰지 못해 뒷다리를 끌고 다닌 적도 있다. 병원에서도 방법이 없다 하기에 그저 진통제를 먹이고 뜸을 뜨고 온찜질을 계속해주었더니, 근 반년 만에 걸을 수 있게 되었다.

제주의 길들을 앞서가다 뒤를 돌아오기를 4시간씩 하던 아이는 이제 열다섯 살. 잘 걷지도 못하고 눈도 거의 보이지 않고, 이는 몇 개 남지 않았다. 시간은 참 야속하지. 제 몫을 야무지게 빼어간다.

주식으로 먹던 생식을 혼자서는 못 먹게 된 지 오래되어 떠먹여 주고, 화장실도 혼자서 못 가게 되어 자다가도 일어나 화장실을 데려가야 하지만, 아이 때문에 한 시간에 한 번씩 깨는 습관이 생겨서 고생스럽다고 생각하지는 않는다.

유기견으로 짝꿍이 남자친구 시절 데리고 온 우리 코코. 하나님이 누나랑 형아한테 가서 사랑받아라 하고 보내준 아이. 누워만 있어도 좋고, 숨만 쉬어도 좋아. 계속, 건강하자.

PART 4
야자수와 눈보라

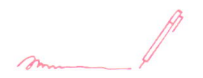

이불 밖은 위험해

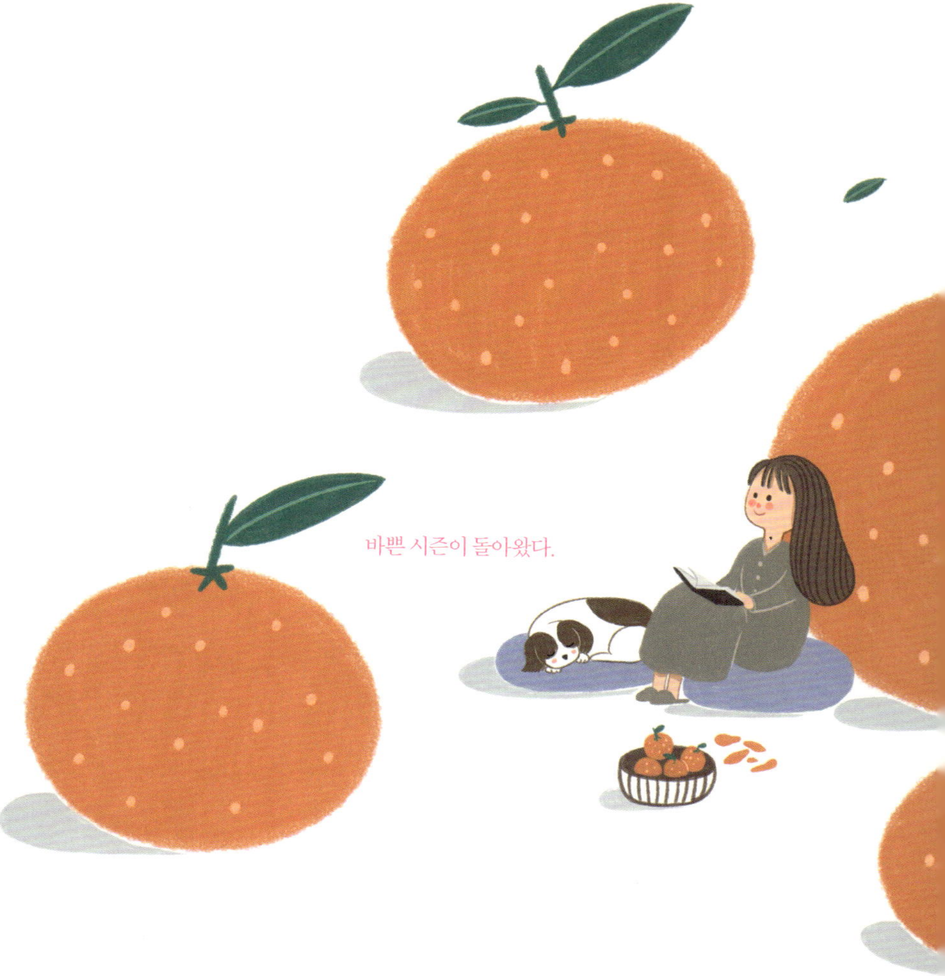

바쁜 시즌이 돌아왔다.

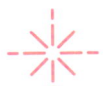

눈은 글을 읽느라 바쁘고,
손은 귤을 까느라 바쁘고,
입은 먹느라 바쁜 시즌이

돌/아/왔/다.

겨울 만나기

매끄럽고 하얀 눈을 뽀득뽀득 밟고 숲으로 들어가면
고요한 세상이 펼쳐진다.

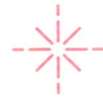

섬의 중심에 커다랗게 솟아 있는 한라산이 바람막이가 되어, 내가 사는 제주의 남쪽 서귀포는 영하로 떨어지는 날이 많지 않다. 그래도 바람은 사나워서 체감온도는 그보다 낮긴 하지만, 확실히 육지보다는 겨울이 따듯하다.

사는 동네에 눈이 덜 와서 섭섭한 마음이 들 때는 한라산 꼭대기 근처로 차를 몰고 간다. 해안가에 눈이 많이 쌓이지 않은 날에도 한라산 위쪽은 그야말로 눈밭이 되기 때문이다. 매끄럽고 하얀 눈을 뽀득뽀득 밟고 숲으로 들어가면 고요한 세상이 펼쳐진다.

사람의 발자국은 우리의 것이 처음이지만 운이 좋으면 먼저 지나간 숲 주인들의 발자국을 만날 수도 있다. 막대기로 휙 그어 놓은 듯한 선은 까마귀 같은 새의 것이고, 두 발굽으로 이루어진, 가운데가 끊어진 하트 모양의 발자국은 노루의 것이다. 우리 집 강아지 코코는 곰돌이 모양의 발자국을 만들었더랬다.

전에는 비료 포대를 가지고 올라갔었는데, 돌부리에 엉덩이를 자꾸 찧는 바람에 탄탄한 플라스틱 썰매를 마련했다.

신문물이란!

어찌나 매끄럽게 내달리는지 들고 들어갈 땐 귀찮지만 안 챙겨가면 또 서운한 것이다.

더불어 30cm 정도 되는 네모난 통도 필수품이 되었다. 눈 벽돌을 만들어 집을 짓거나 우리 집 작은 사람이 좋아하는 배를 만드는데, 손으로 뭉쳐서 만들 때와는 속도와 효율이 세발자전거와 사륜구동 자동차에 비할 만하다.

오늘은 동네에도 눈이 많이 쌓여 밤마실을 나갔다. 잠옷 위에 온갖 무장을 하고선 작은 사람을 태운 썰매를 끌고 낯설고 하얀 골목을 지나는 동안, 만나는 사람마다 응원의 메시지를 보냈다. 아이와 함께하면 사람들과의 거리가 가까워지는 느낌이다.

우리 동네 눈놀이 스폿은 100m 남짓한 거리에 있는 초등학교다. 가파른 경사면이 있어서 썰매를 탈 수도 있고 푹신한 잔디 위로 쌓이는 눈은 쉽게 녹지 않는다.

발 빠르게 도착한 몇몇 사람들은 이미 큰 눈사람을 만들어 놓았다. 우리도 아직 밟지 않은 보송보송한 눈 위에 겨울 기억을 하나 더 쌓아 올렸다.

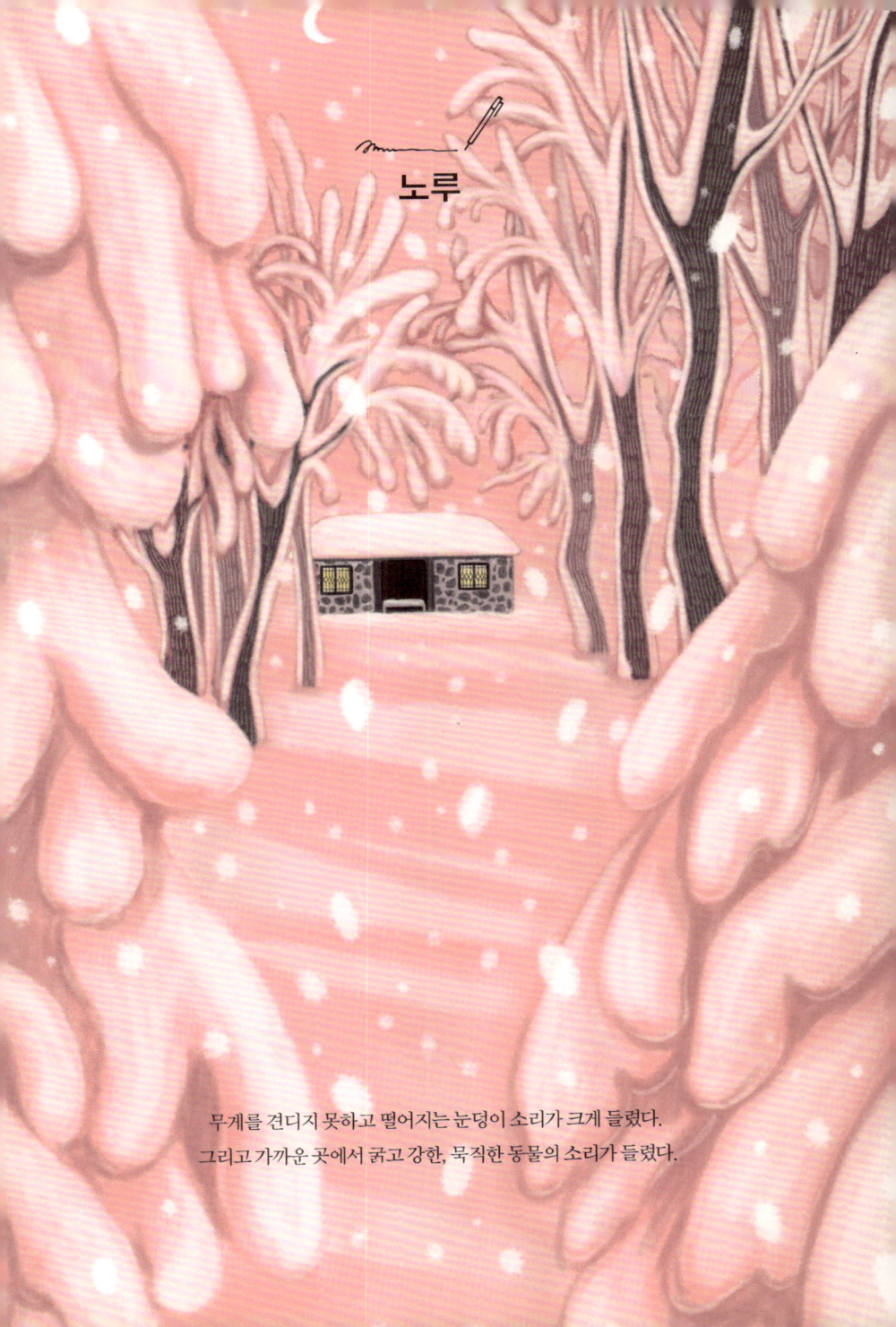

노루

무게를 견디지 못하고 떨어지는 눈덩이 소리가 크게 들렸다.
그리고 가까운 곳에서 굵고 강한, 묵직한 동물의 소리가 들렸다.

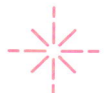

건물로 둘러싸인 소도시 중심가에 있는 우리 집은 오래된 주택이라 방음이 잘 안되어 각종 소음이 들린다. 건물 짓는 소리, 차 지나가는 소리, 술 마시고 소리치는 사람들 소리.

조용한 곳으로 이사 가고 싶지만, 오래되었을지언정 멀쩡한 집을 두고 이사를 하는 것도 간단한 일이 아니라 애써 욕망을 다스리고 있다.

그럴 때 대피하기 좋은 곳은 단연 휴양림이다. 찾아가는 길이 쉽고 산책로가 잘 조성되어 있으며, 무엇보다 조용하다. 휴양림 안에는 식당이나 편의점 같은 곳이 없기 때문에 준비를 잘해가야 한다.

느그적거리며 숙소에서 뒹굴다가 나가서 슬금슬금 느린 걸음으로 산책을 한다. 낮은 풀도 보고, 높은 나무도 보고, 이제껏 습득한 정보로 알아볼 수 있는 식물의 이름들을 기억해내보기도 한다. 물놀이장을 갖춘 휴양림도 있지만, 한여름이라도 숲속의 물은 너무 차가워서 감히 들어가볼 생각은 나지 않는다.

눈이 많이 쌓인 날 휴양림에서 하루를 보낸 적이 있다.

마주치는 사람도 없고 새들만이 머리 위를 떠다녔으며, 세상은 진공상태처럼 조용했다. 눈 밟는 소리와 나뭇잎에 올라앉았다가 무게를 견디지 못하고 떨어지는 눈덩이 소리가 실수로 높여 놓은 볼륨의 동영상 소리처럼 크게 들렸다.

그리고 가까운 곳에서 굵고 강한, 묵직한 동물의 소리가 들렸다. 처음 듣는 소리라 긴장한 우리들은 서둘러 그 자리를 떴는데, 멀리서 움직이는 동물의 정체를 확인한 순간 긴장이 풀렸다. 겁이 많고 순둥순둥한 노루의 소리였다.

이런, 반전 매력의 소유자 같으니.

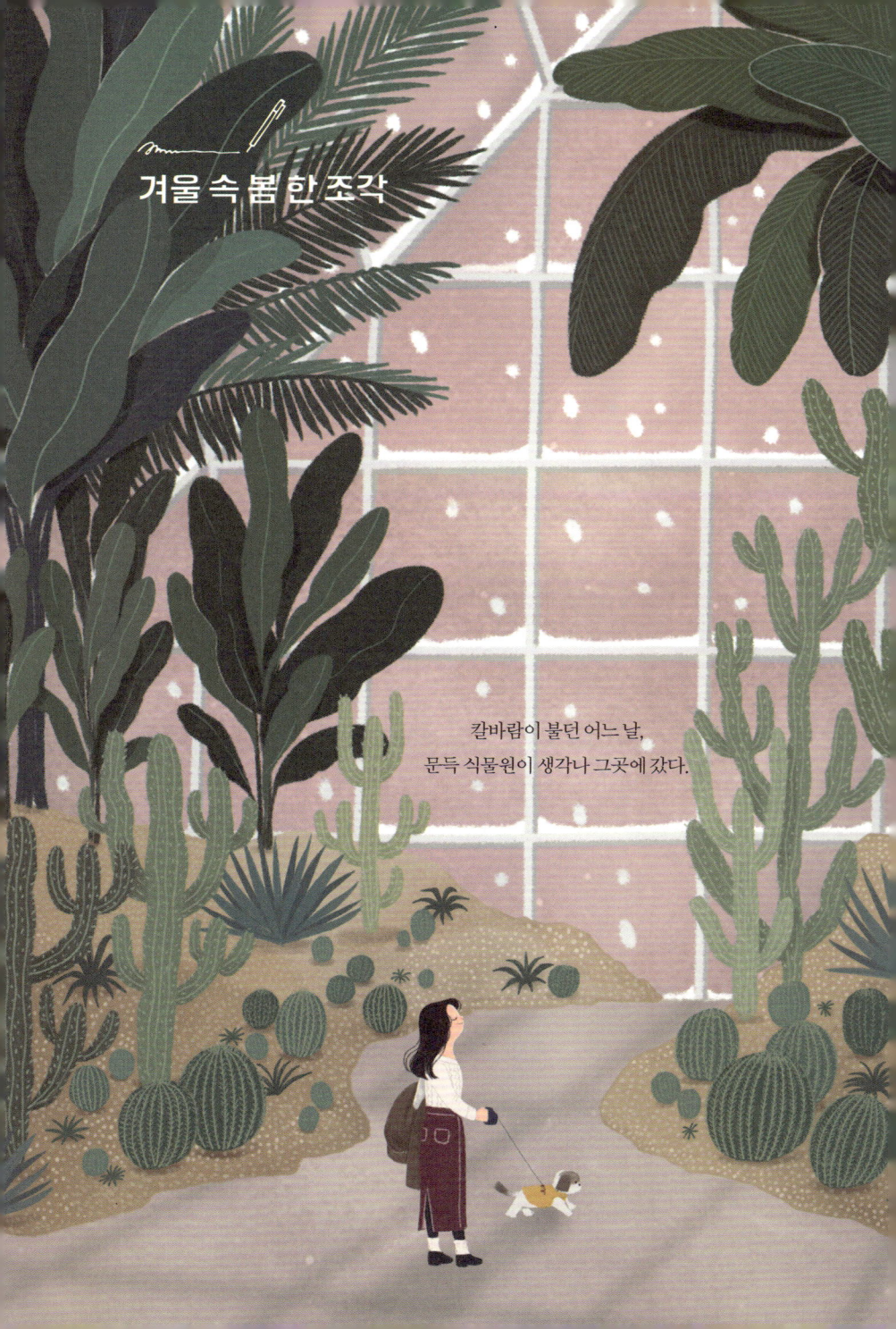

겨울 속 봄 한 조각

칼바람이 불던 어느 날,
문득 식물원이 생각나 그곳에 갔다.

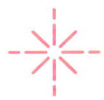

머리를 등껍질 속에 푹 파묻은 거북이 같은 모양새를 하게 만드는 칼바람이 불던 어느 날, 문득 식물원이 생각나 그곳에 갔다.

식물이 내뿜는 특유의 냄새와 마른 흙냄새가 뒤섞여 겨울 안의 봄 한 조각을 찾아낸 기분이었다.

제주에는 유리온실로 만들어진 크고 작은 식물원이 많다. 누군들 그러지 않을까마는, 나는 초록이 가득 찬 공간을 좋아한다. 자세히 보면 같은 초록이 없다. 어떤 건 노란빛이 섞이고, 어떤 건 파란빛이 섞였으며, 맑게 비치거나 두툼하게 진하거나 모두가 다르다.

언젠가 짝꿍이와 식물원에 나들이를 갔을 때(짝꿍이가 아직 '남자친구'이던 시절) 전 남자친구를 우연히 만나 짧은 대화를 나누었는데, 너무 당황한 나머지 내가 무슨 말을 했는지 기억도 안 나지만, 뒤돌아본 순간 눈에 들어온 짝꿍의 표정은 잊을 수가 없다.

그다음은 어쨌더라? 싸웠나? 즐겁게 놀았나?

미안하다. 그것도 기억나지 않는다.

오로지 짝꿍의 썩은 표정만 기억 가득 남았다.

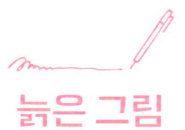

늙은 그림

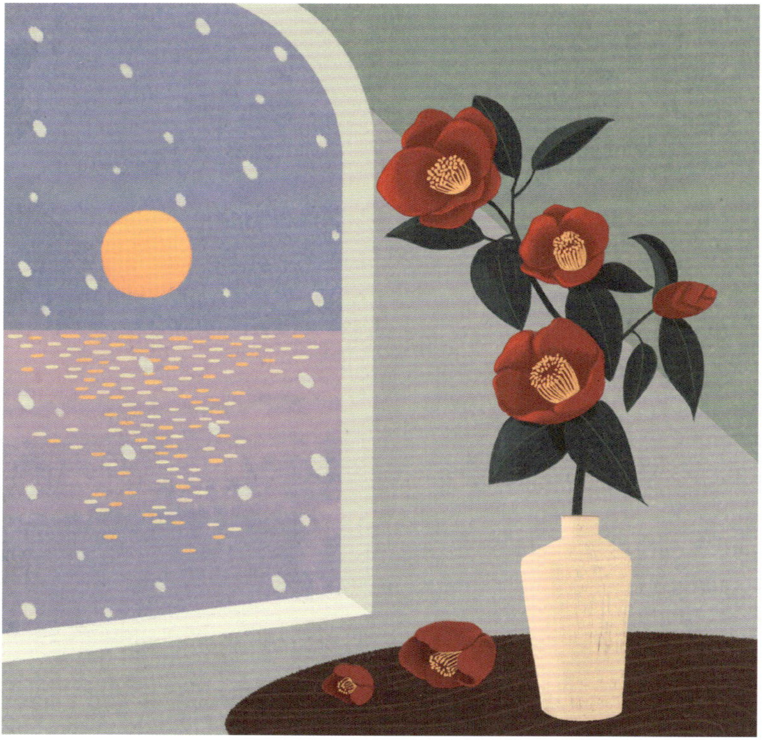

나이 드는 내 모습처럼 그림이 늙는 것도 멈출 수 없다면,
멋있게 늙고 싶다.

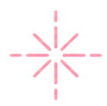

20년 전쯤 디지털 그래픽이 처음 나왔던 시절은 누가 봐도 '컴퓨터로 그린 그림' 티가 나는 화려한 브러쉬를 이용한 일러스트가 유행이었고, 반짝이는 효과와 쨍한 색감을 가진 그림들이 사랑받던 때였다.

인터넷이 한참 삶의 중심으로 파고들기 시작해서 각종 커뮤니티와 개인 사이트, 블로그와 같은 곳에 자신의 그림을 올리던 시절이었기에 사이즈가 크고 디테일한 그림이 주가 되었지만, 지금은 이미 낡은 것이 되었다. 요즘은 매체가 스마트폰으로 옮겨오면서 디테일이 생략되고 간결화된 그림이 사랑받는다.

최근 들어서는 비슷비슷한 그림이 너무 많아서, 스타일의 창시자는 알겠는데 그 하위 카테고리에 들어가는 수많은 작가들은 구분하기가 힘들다.

누군가의 의뢰를 받아 사용처가 있는 그림을 그리는 상업 일러스트레이터이기에 트렌드를 따라가는 것은 생존에 필요한 중요한 기술이다. 다만, 흐름을 읽으면서 동시에 본인의 것을 잃지 않아야 하는데 그게 참으로 어려운 일인 거 같다. 중심이 조금만 흐트러져도 내 것이 아닌 거 같은 어색한 그림이 되어버린다.

그림의 늙음에 대해 생각하곤 한다. 습관화된 방식으로 늙어버려 세련됨을 잃어버리는 순간을 말이다.

나이 드는 내 모습처럼 그림이 늙는 것도 멈출 수 없다면, 멋있게 늙고 싶다.

세련되고 품위 있게 늙은 나,

깊고 다정하게 늙은 내 그림.

참 괜찮다.

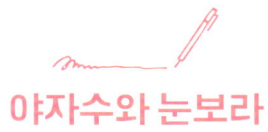

야자수와 눈보라

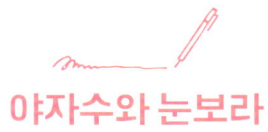

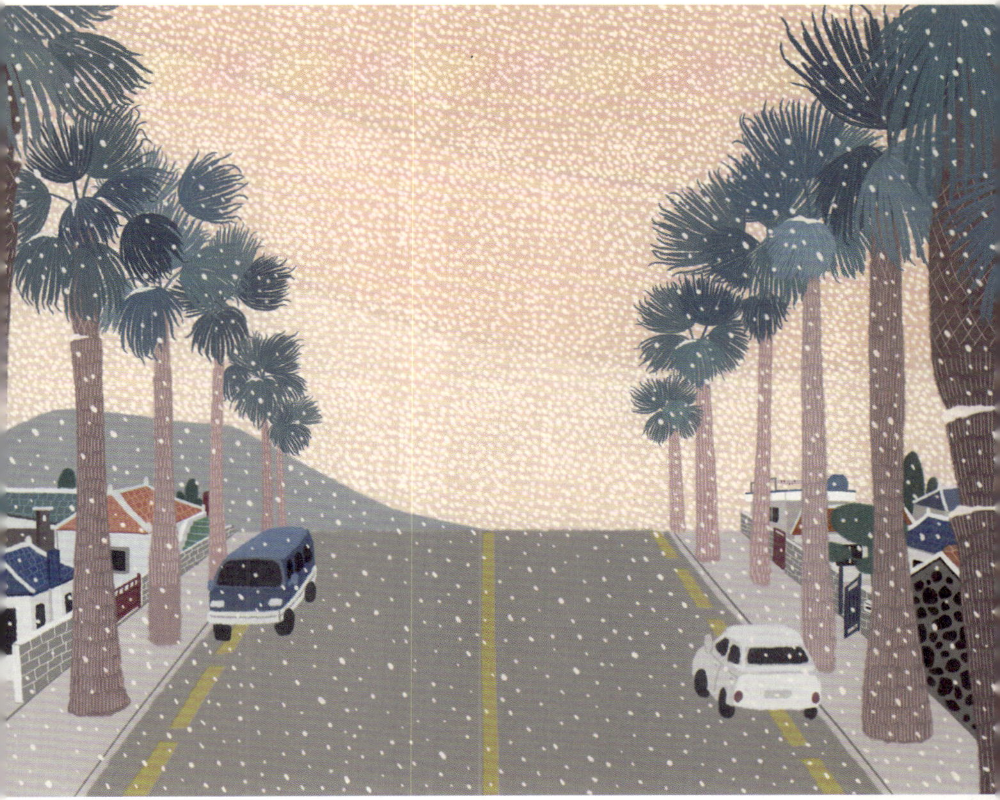

야자수가 하얀 눈으로 덮인 풍경을 마주하니
마음이 간질간질했다.

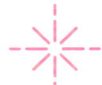

특별하다고 생각해본 적이 없었다.

늘 다니는 동네 길에도, 시청 건물에도, 다니던 초등학교에도 키가 큰 야자수가 있었다. 학교에 심어진 야자수 아래에는 친절하게도 '워싱턴야자'라는 이름표도 있어 자연스레 이름도 알게 되었다.

우리나라의 다른 지역에서는 볼 수 없는 야자수가 제주에는 있다는 것이 이상하다고 생각하지 못했다. 오히려 뭔가 다르다는 사실을 인지한 것은 동남아의 어느 나라를 다녀오고 나서다.

그곳에는 공기부터 한 톤 다른 더위와 어디서든 풍겨오는 낯선 향과 함께, 눈 돌리는 곳마다 처음 보는 나무들이 있었다. 그러고 나서 제주에 왔더니 야자수가 특별하게 보이는 것이다.

육지 사람들은 제주에 와서 동남아를 떠올린다지만, 나는 오히려 동남아에 갔다가 제주 식생이 다른 곳과 다르다고 느낀 것이다.

제주의 야자수, 워싱턴야자는 코코넛 열매가 달리지 않는다. 아주 작은 포도알 같은 열매가 주렁주렁 열리는 정도에 그치는데, 그마저도 자주 보기 어렵다. 그리고 바람에 강한 건지 태풍이 지나간 후에 잎이 떨어져 있는 경우는 보여도 기둥이 꺾이는 경우는 보기 드물다.

동남아와 다른 제주의 야자수만이 갖는 특별함은 눈 덮인 야자수의 풍경을 볼 수 있다는 점일 것이다. 눈이 많이 오던 날에 야자수가 즐비한 마을을 지났는데, 바람 없이 소복하게 내리는 눈에 야자수 위가 하얀 눈으로 덮인 풍경을 마주하니 어쩐지 비밀스러운 장면을 본 것 같아 마음이 간질간질했다.

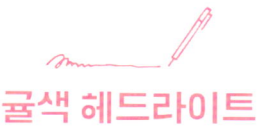

귤색 헤드라이트

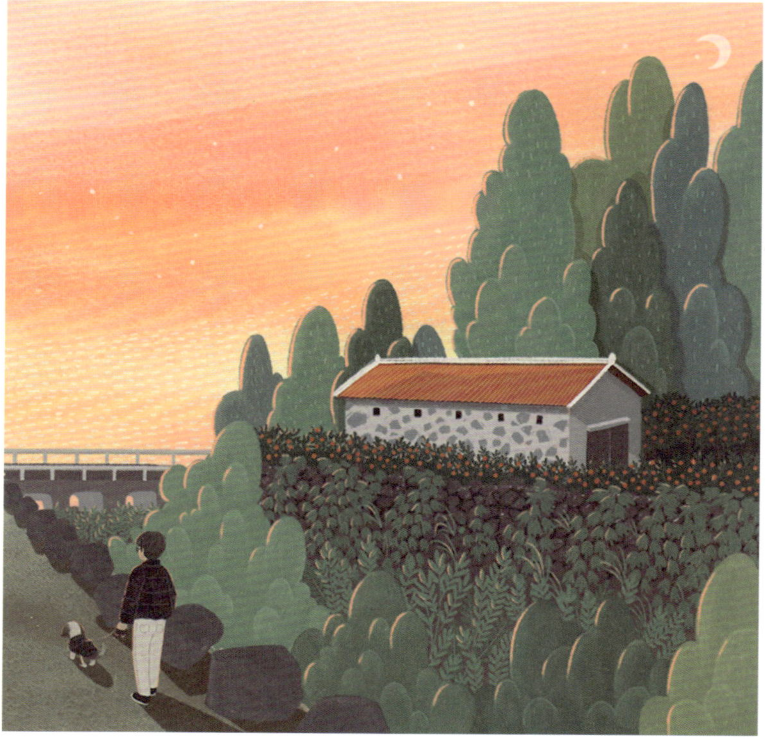

겨울 제주의 아침은
귤을 따러 가는 따뜻한 귤색의 헤드라이트로 빛난다.

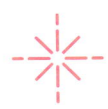

　겨울 제주의 하루는 해가 뜨기 전에 시작되며, 다른 계절과 다르게 소란스러운 새벽을 맞는다.

　아직 어둑한 새벽 5시쯤이 되면 동네 삼춘들이 삼삼오오 모여 귤밭으로 이동할 차를 기다린다. 대체로 6-80대의 어르신들이다.
　귤밭에 도착하면 먼저 불을 피운다. 대부분은 드럼통을 개조해서 만든 화로에 마른 나무를 넣고 언 몸을 녹인다.
　7시에 수확을 시작한다.
　10시에 오전 간식을 먹는다.
　1시에 점심을 먹고 잠시 휴식 시간을 갖고,
　3시에 오후 간식을 먹는다.
　5시에 일을 마무리한다.

　꼬박 10시간의 노동이다.
　바구니를 끌고 다니며 귤을 따는지라 생각보다 힘과 지구력이 필요하다. 높은 나무를 만나면 귤을 저장하는 컨테이너 박스를 밟고 올라가 수확해야 한다. 나무 하나에 앉았다, 일어났다가 수십 번이다.
　귤 수확 작업을 하는 사람은 대부분 나이가 지긋한 어르신들이다. 하지만, 나이가 많다고 효율이 떨어질 거라는 생각은 큰 오산. 번개같이 빠른 손으로 사정없이 귤을 딴다.

작업을 하는 동안에는 며칠만 같이 일해도 동네일을 다 알 수 있을 만큼 엄청난 양의 대화들이 오간다. 듣고 있노라면 세상 참 좁다 싶기도 하고, 재미있는 일도 많고, 어이없는 일도 있고 사람 사는 일들은 예전부터 지금까지 비슷하게 이어져 오고 있구나 싶다.

귤은 껍질이 얇아서 가위로 잘못 찌르면 썩기 시작하고, 그것은 상자 안의 다른 귤까지 썩게 하므로 주의를 요한다. 초보들은 찌를까 봐 조심스러워서 손이 느려지기 마련이지만, 몇십 년간 귤밭에서 차곡차곡 쌓아온 솜씨는 유감없이 발휘된다.

탁탁탁, 후드득! 한 바구니가 눈 깜짝할 새에 채워진다.

일손을 구하기가 어려울 때라 귤 농사를 짓는 삼촌들도 다른 밭에 가서 수확을 도와주고, 자기 밭을 수확할 때 도움을 받는다. 물론 품삯은 제대로 책정되며, 제주에서는 부모와 자식 간에도 결제는 정확하다. 집에 있자니 심심해서, 혹은 한 철 품삯 벌이를 하려고 일을 나오는 사람들도 있는데, 가볍게 생각하기에는 고된 일이다.

한 밭을 수확하는 기간 내에 공식적인 쉬는 날이 없고, 비가 오지 않으면 일주일, 열흘씩 저녁 5시까지 일을 하는데, 하루만 일해도 앓는 소리 하며 도망가는 나는 부끄럽지 않을 수 없다.

겨울 제주의 이른 아침은 귤을 따러 가는 따듯한 귤색의 헤드라이트로 빛난다.

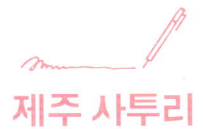

제주 사투리

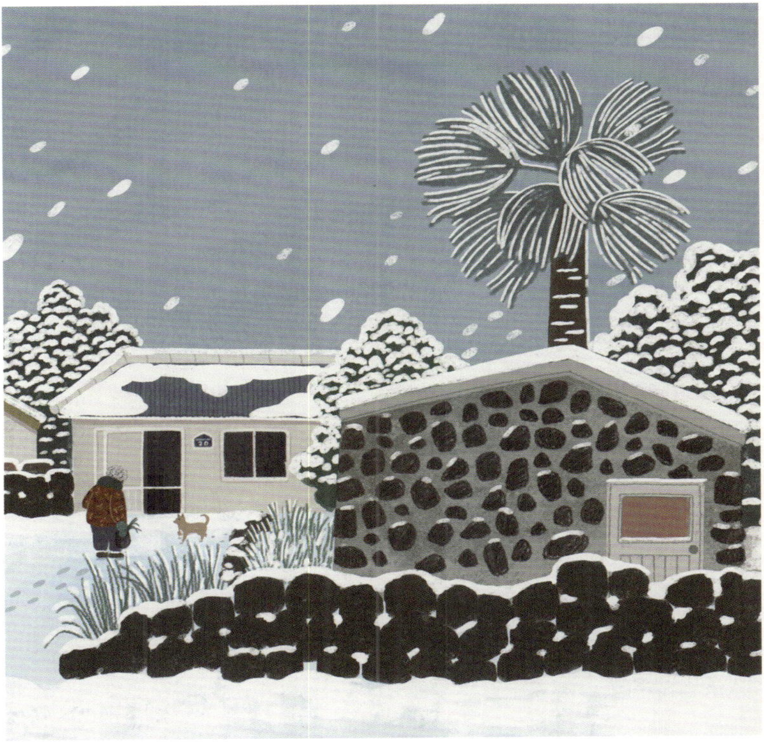

지금 뭐라고 했는지 알겠어요?

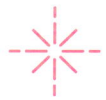

제주에서 나고 자랐지만, 부모님이 모두 육지 사람이기에 제주 사투리에 유창한 편이 못되었다.

그러나 서당개 3년이면 풍월을 읊는다고 했던가. 나도 나름 사람의 지능을 가진지라 3년의 10배가 넘는 시간 동안 살았더니 어엿한 제주 사투리를 구사할 수 있게 되었다.

"작가님 사투리 안 쓰시던데요?"
무슨 말씀. 못 알아들으니 안 쓰는 것뿐입니다.

게메양, 나가 사투리로 뭐랜뭐랜 고라가믄 무신 말인지 알앙 먹질 못하난 거 안 곧주게 마씀. 실은 예 완전 잘써 예. 여기서 살잰 하믄 제줏말 안쓰믄 어려우난게. 주민센터고 시장이고 사투리 써사 일도 더 잘 봐주매. 날 봄도록도 고라불주게. 뭐 겅 어려울거 이서. 다 사람 곧는 말이주. 잘 들으민 뭐랜 고람신지 알아질만도 햄수게. 겅하난 드렁청 있지 말앙 멩심해영 들읍써. 겐디, 고사 무시거랜 햄신지 알아지쿠과?

[그러게요. 내가 사투리로 뭐라고 이야기하면 무슨 말인지 알 아듣지 못하니 그렇게 말하지 않죠. 실은 엄청 잘 써요. 여기서 살려면 제주어 안 쓰면 어려워요. 주민센터고 시장이고 사투리를 써야 일도 더 잘 봐줘요. 날이 밝도록 말할 수도 있어요. 뭐 그렇게 어려울 게 있겠어요. 다 사람이 하는 말인데. 잘 들으면 뭐라고 이야기하는지 알 거예요. 그러니 멍하니 있지 말고 잘 들어보세요. 그런데, 지금 뭐라고 했는지 알겠어요?]

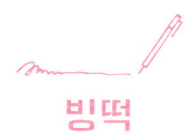

빙떡

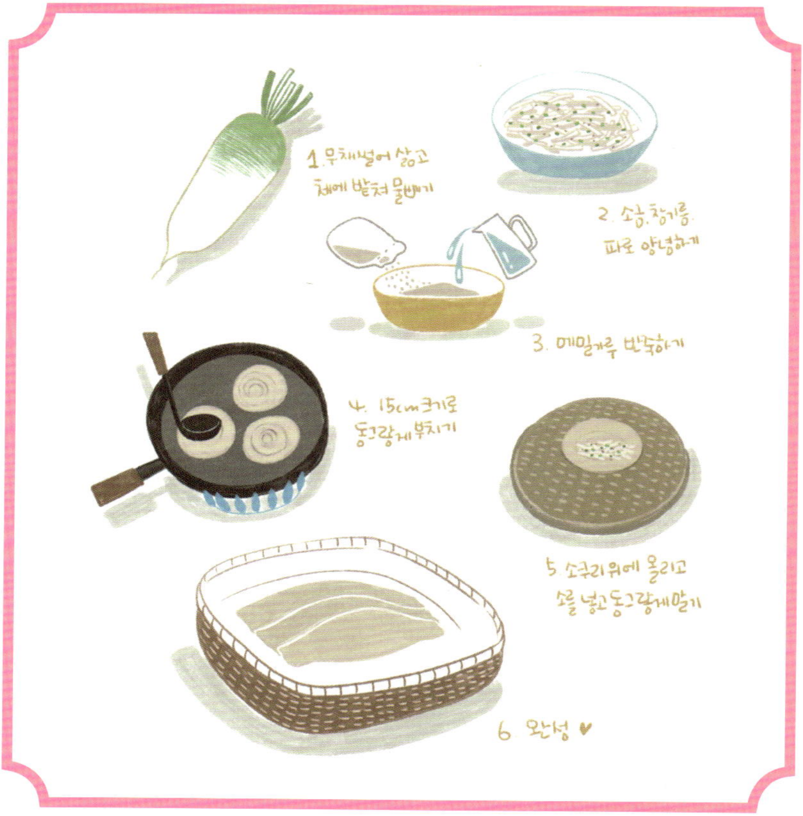

1. 무채썰어 삶고
   채에 받쳐 물빼기

2. 소금,참기름
   파로 양념하게

3. 메밀가루 반죽하기

4. 15cm크기로
   둥글게 부치기

5. 소쿠리위에 올리고
   속을 넣고 둥그랗게말기

6. 완성 ♥

제주에서 메밀로 만든 가장 흔한 음식은 '빙떡'이다.
국자로 빙빙 돌려서 만든다고 빙떡이라니 이름 한번 직설적이다.

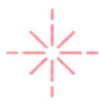

메밀은 제주에서 많이 나는 작물 중 하나로, 전국 메밀 생산량 1위가 제주라는 것은 의외로 많은 사람이 모르는 사실이다.

메밀은 늦여름에 파종해 초겨울에 수확하기에 가을 제주의 중산간은 억새 반, 흰색의 메밀꽃 반인, 부드러운 색감의 카펫을 펼쳐놓는다.

메밀에는 농경의 신 '자청비'라는 제주 여신의 신화가 얽혀 있다.

어느 날 글공부하러 내려온 옥황상제의 아들 문국형 도령을 보고 한눈에 반한 자청비는, 남장을 하고 문 도령과 함께 3년을 지내며 공부를 하였다. 문 도령이 하늘나라로 돌아갈 때가 되었을 때 두 사람은 개울가에서 목욕을 하였고, 이때 자청비는 자신이 여자라는 사실을 밝혔다. 두 사람은 서로의 마음을 확인하고 결혼을 약속한다.

하늘나라로 돌아간 문 도령이 1년이 지나도 돌아오지 않자 자청비는 문 도령을 찾아 나섰고, 우여곡절 끝에 하늘나라에 도착하여 옥황상제의 며느리가 되었지만, 문 도령이 변심하면서 자청비는 다시 땅으로 내려오게 된다.

이때, 옥황상제는 자청비에게 오곡의 씨앗을 선물했다고 하며, 자청비가 제주로 돌아와 씨앗을 심다가 종자 하나가 모자라는 것을 알고 하늘나라로 다시 올라가 씨앗을 받아오는데, 그것이 메밀이다.

씨앗을 잃어버리지 않으려고 손에 꽉 쥐고 내려온 탓에 지금의 각진 모양이 되었고, 하늘나라로 다시 가서 받아오는 바람에 다른 작물보다 파종이 늦어지게 되었다는 이야기다.

제주에서 메밀로 만든 가장 흔한 음식은 '빙떡'이다. 국자로 빙빙 돌려서 만든다고 빙떡이라니 이름 한번 직설적이다. (하긴 제사상에는 올리지 않는다고 '상애(외)떡'이라는 이름을 가진 떡도 있는 마당에 놀랍지는 않다.)

빙떡은 메밀가루를 반죽해서 부쳐낸 후, 같은 시기에 나오는 달달한 제주 무를 삶아 소를 만들어 싸 먹는 음식인데, 우리 집은 전라도 집안이라 빙떡을 먹을 기회도 별로 없었거니와 직접 만들어본 적은 더더욱 없었다. 그래서 만드는 과정을 눈으로 보고, 심지어 직접 만들기까지 해본 것은 결혼하고 나서였다.

메밀 반죽은 글루텐 함량이 적어 탄성이 없기에 찢어지지 않게 잘 부쳐내기가 쉽지 않다. 더군다나 소쿠리 위에 놓을 때 조금만 겹치면 들러붙어서 펴지지 않는다. 이것을 펴려고 억지로 떼면 구멍이 나버리고, 그대로 말면 주름이 잡혀 예쁘지 않은 빙떡이 만들어지는지라, 소쿠리 위에 놓을 때는 실수 없이 '탁!' 하고 올려놓는 데 정신을 집중해야 한다. 시어머니 앞에서라면 더욱더.

빙떡의 맛은 슴슴하고 담백하다. 약간 꺼끌거리는 메밀의 반죽과 부드러운 무의 식감도 좋지만, 소화가 더딘 메밀과 소화효소가 많은 무가 이루는 음식 궁합도 좋다.

요즘에는 전통시장에서 작은 규모로 빙떡을 만들어 팔기도 하니, 겨울 제주에 온다면 한 번쯤 맛보아도 좋을 것이다.

나는 요리를 잘하지 못하지만 손기술은 있는 편이라, 나의 첫 빙떡은 무려 시어머니께 '예술가답다.'라는 평가를 받았다는 후문이다.

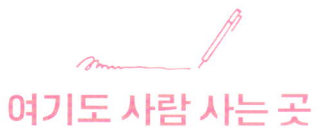

여기도 사람 사는 곳

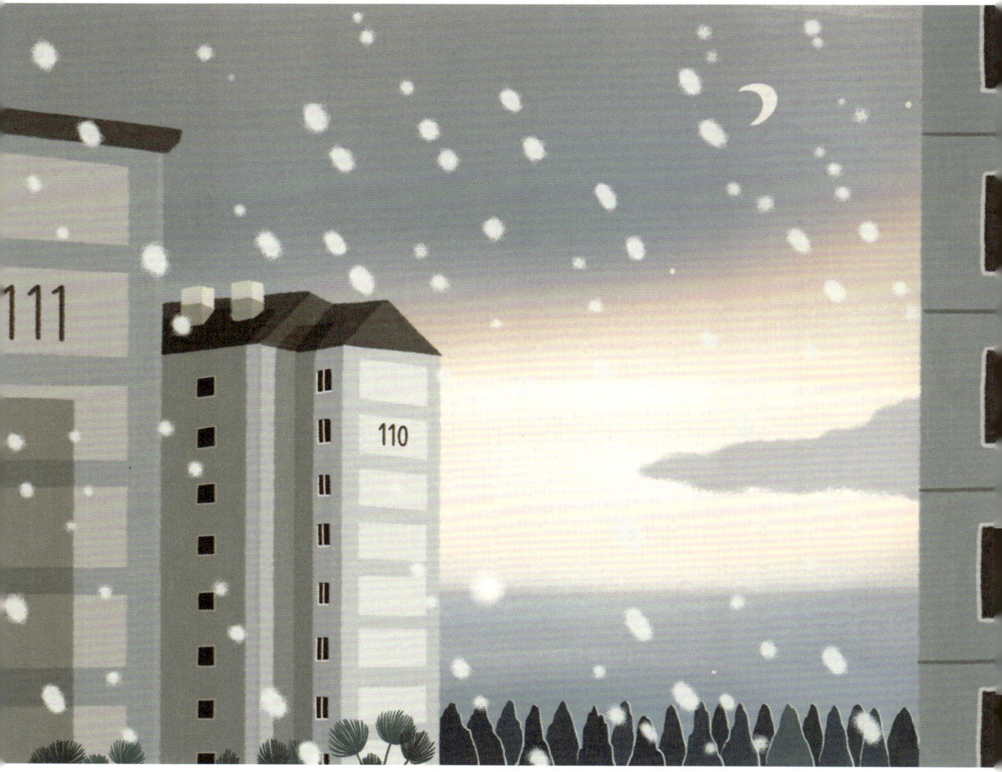

제주에서 자라는 아이라고 해서 산으로 들로,
자연만 벗 삼는 것은 아니다.

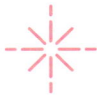

제주에서 자라는 아이라고 해서 산으로 들로, 자연만 벗 삼는
것은 아니다.

사실, 도시의 그것과 별반 다를 것이 없는 경우가 더 많다.

날은 춥고 특별히 어디를 찾아가기는 어려운 날.
동네 놀이방에 가자는 말에 온 세상을 다 가진 듯 들뜬 아이.
아, 여기는 이렇게 바다가 보였었구나.

엄마 껌딱지는 오늘, 엄마를 세 번밖에 찾지 않았다.

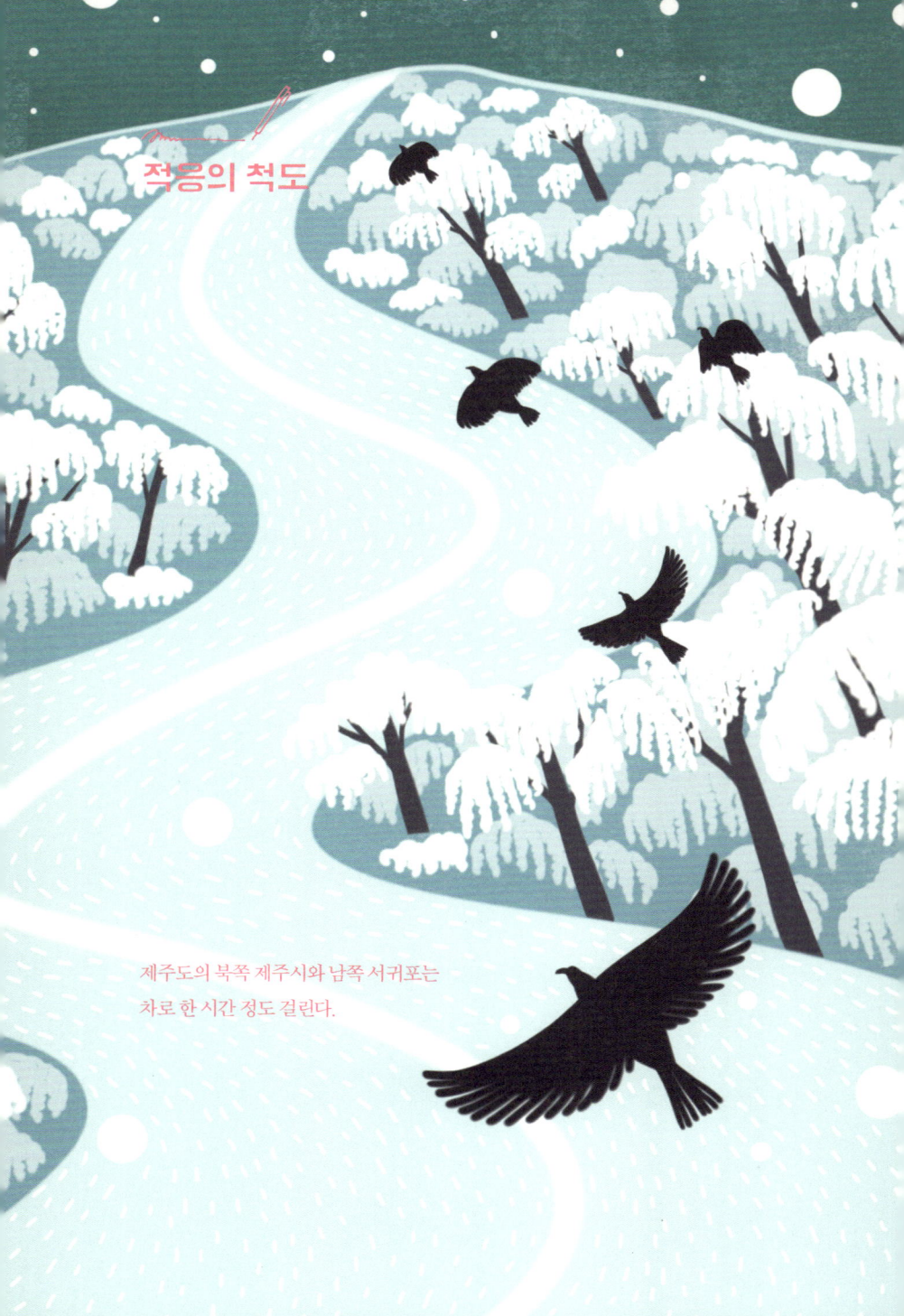

적응의 척도

제주도의 북쪽 제주시와 남쪽 서귀포는
차로 한 시간 정도 걸린다.

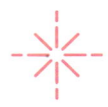

제주도의 북쪽 제주시와 남쪽 서귀포는 차로 한 시간 정도 걸린다. 대각선 방향으로 협재에서 남원, 혹은 모슬포에서 월정리까지의 거리가 가장 먼데, 그것도 한 시간 반이면 충분하다.

수도권에서는 조금만 이동해도 한 시간은 걸리기 때문에 체감 시간이 길지 않지만, 제주도에서는 문제가 다르다. 내가 사는 서귀포에서 제주에서 가장 큰 도시 제주시로 넘어가는 일은 왕왕 있지만, 제주시 사람이 서귀포로 넘어오는 일은 드물다. 한 시간이 오래 걸린다고 생각하는 이유도 있지만, 사실 산을 넘어간다는 것에 대한 심리적인 저항도 크게 작용하지 않나 싶다.

제주살이를 위해 내려오는 사람들은 부지런히 이곳저곳을 다닌다. 삶의 터를 옮긴다는 것이 쉽지 않은 선택인데, 그것을 실행해 이사를 올 만큼 제주의 매력을 느꼈을 테니 가보고 싶은 곳이 얼마나 많을까.

몇 년이 지나고 제주에 적응할 때쯤엔 그들의 마음에도 우뚝 산이 솟아오른다. 처음에는 한 시간 거리를 아무렇지 않게 다니던 사람들도 심적 부담을 느끼기 시작하는 것이다. '그 멀리까지 가야 하다니, 정말 귀찮군.'이라고 생각하는 때가 오는 것이 아주 흥미롭다.

인간은 정말 적응의 동물인 것이다.

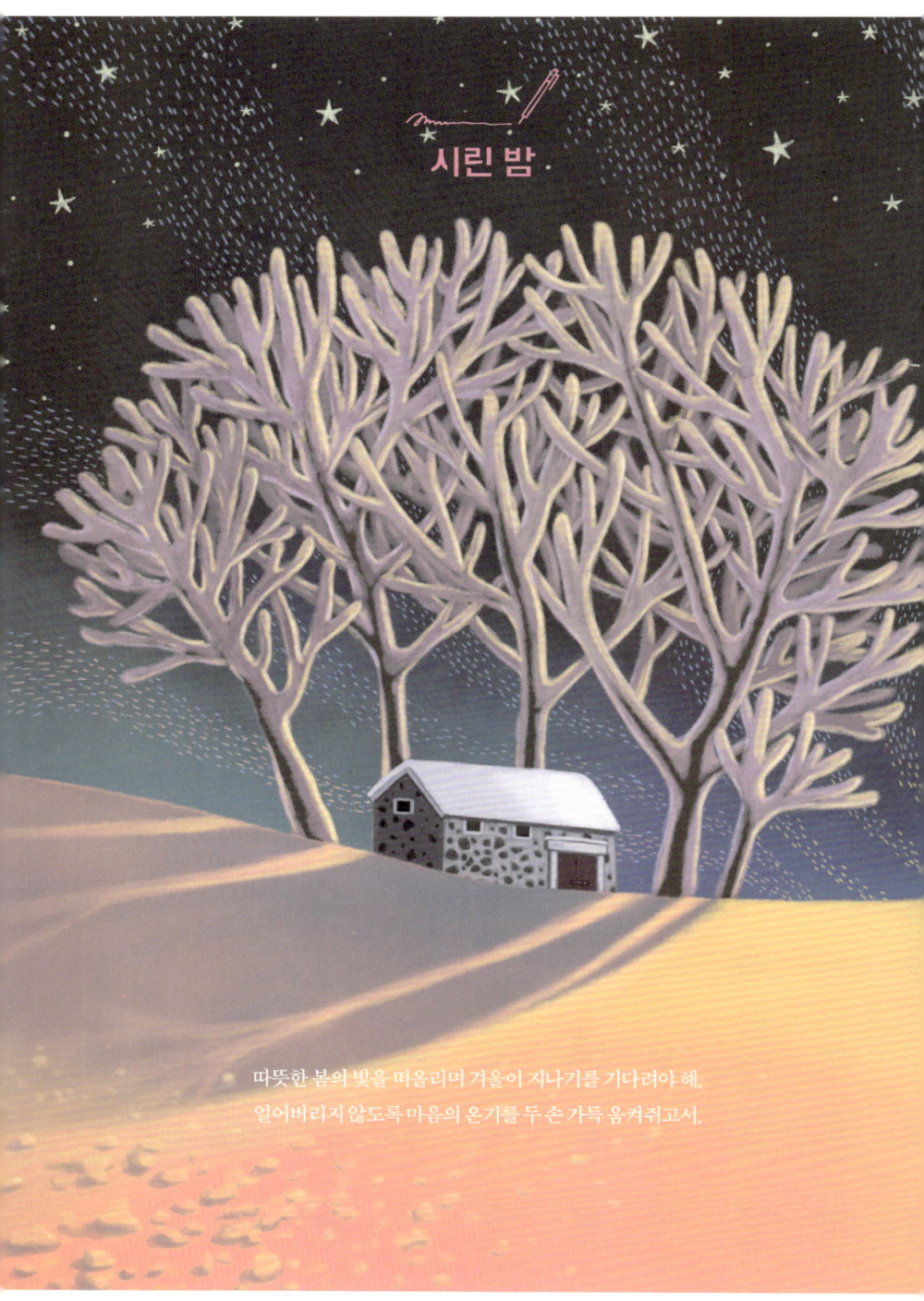

시린 밤

따뜻한 봄의 빛을 떠올리며 겨울이 지나기를 기다려야 해.
얼어버리지 않도록 마음의 온기를 두 손 가득 움켜쥐고서.

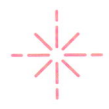

조금씩 늘어난 집안의 빚은 한 달의 쉼도 허용하지 않는 노동
의 날들을 끌어왔다.

할 수 있는 많은 일들을 했다. 20대 시절 가장 부러웠던 친구들은
자기 한 몸만 챙기면 되는 평범한 아이들이었다.

그런 일상의 차가운 겨울 어떤 날에, 고등학교 때 같이 그림을 그리
던 친구들을 만났다.

오가던 대화 중에 가볍게 나온 한마디.

"이제쯤이면 그림으로 뭐라도 하고 있어야 하는 거 아니야?"

마주앉은 식당의 희뿌연 공기와 눈을 마주치지 못한 나의 시선 끝
에 머물던 창밖으로 지나가는 사람들.

떠도는 음식 냄새에 섞인 경멸의 목소리가 마음을 쥐었다.

"아, 응. 그러게 말이야."

설명할 수 없었고 설명하기 싫었다.

이 겨울의 시린 밤이 언제까지나 이어지진 않을 거야.

봄은 반드시 올 거야. 별일 없을 거야. 괜찮을 거야.

따뜻한 봄의 빛을 떠올리며 겨울이 지나기를 기다려야 해.

얼어버리지 않도록 마음의 온기를 두 손 가득 움켜쥐고서.

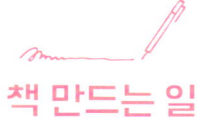

책 만드는 일

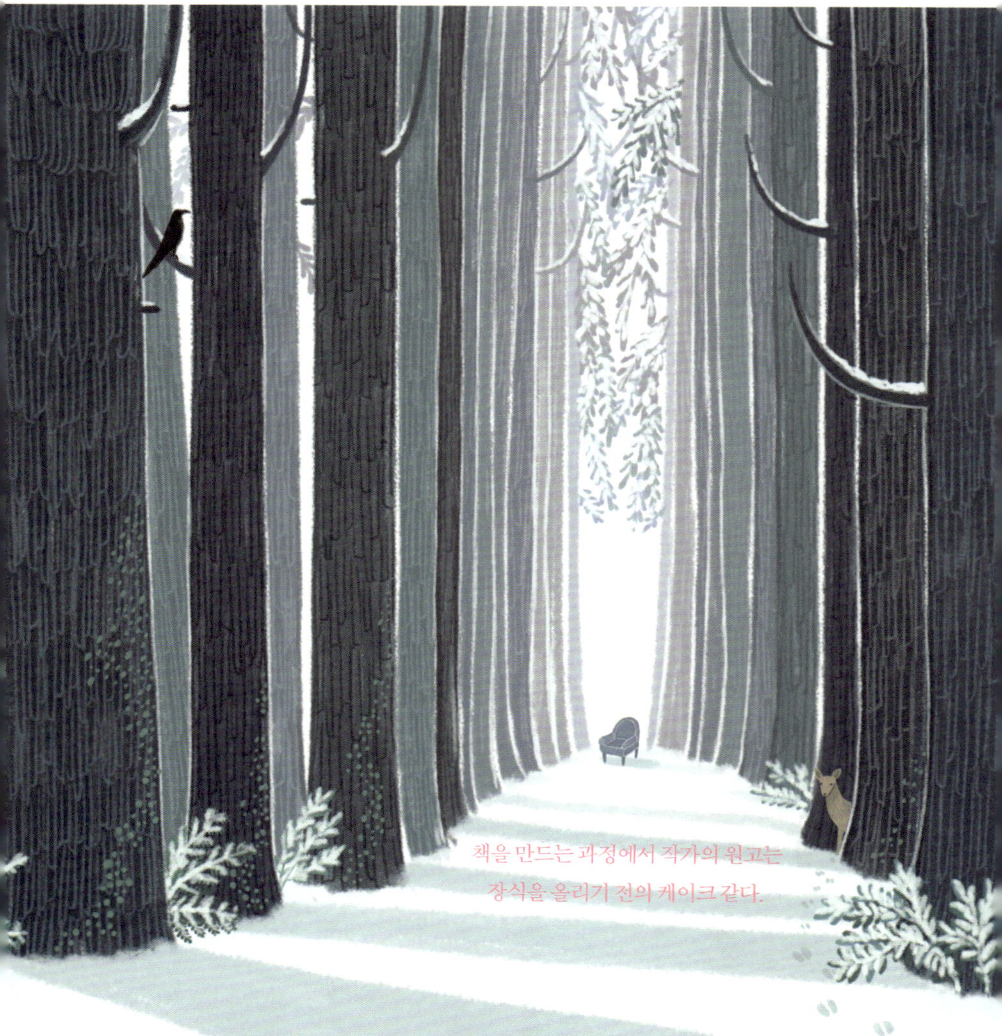

책을 만드는 과정에서 작가의 원고는
장식을 올리기 전의 케이크 같다.

꽤 많은 책을 냈지만, 나는 독립 출판을 해본 적이 없다.

이유는 간단하다. 출간에 필요한 여러 가지 일을 내가 다 알아서 할 만큼 능력이 많지 않기 때문이다.

책을 만드는 과정에서 작가의 원고는 이를테면 장식을 올리기 전의 케이크 같다. 작가는 케이크 본연의 내용물과 질감을 가지고 중심이 되는 맛을 만들어 놓을 뿐 그것에 장식을 더하고, 멋진 상자에 구성을 갖춰 넣고, 그것에 예쁜 리본을 달아 가게에 진열하는 것은 출판사의 몫이다. 그리고 이러한 작업들은 나의 능력을 벗어난 것이므로, 출판사의 편집자에게 기꺼이 모든 것을 맡긴다. 나는 중심만 만들고 편집자가 복잡한 많은 일을 해결해주는 것이다.

기획을 하고, 원고의 구성을 만져주고, 적절한 편집 순서를 잡아 편집 디자인을 맡기고, 디자인을 결정하고, 오탈자를 찾아내고 몇 번이고 교정을 보고, 인쇄를 맡기고, 감리를 보고, 이벤트를 만들고, 마케팅을 한다.

편집자의 일을 해본 것이 아니라서 나열한 것은 극히 일부분의 일일 것이다. 나는 도저히 저 모든 것을 혼자 해낼 자신이 없다.

거기다가 작가 입장에서 일하기 편한 편집자와 함께한다면 더할 나위 없이 매그러운 진행이 이뤄진다. 콘셉트를 논의할 때는 잦은 연락이 있어도 본 작업에 들어가게 되면 잠수 수준으로 연락이 없더라도 믿고 기다려주고, 제시하는 요청은 수용해주는 편집자. 전문가의 의견은 존중받아야 좋은 결과가 나온다고 생각하기 때문에 나 역시 요청이 들어오는 것은 적극적으로 검토한다. 책은 혼자 만드는 것이 아니기에 외부 피드백이 있을 때 더 정돈되고 내용도 풍부해진다.

원고만 완성하고 힘든 일들은 슬쩍 밀어 넘기면 되는 이 편안한 것을 당분간은 포기하기 어려울 거 같다.

편집자 이야기가 나와서 덧붙이자면, 성향이 맞지 않는 편집자도 물론 있다. 기획이 너무 허술하거나, 잘 된 다른 책을 그대로 가져와서 저자만 바꾸거나, 혹은 출판사만 바뀐 정도로 출간하고 싶어 하는 편집자도 있다. 이런 경우에는 같이 일하지 않는다. 양심과 상도덕의 문제랄까.

내 쪽에서 거절해도 아쉬움에 밤잠을 설치거나 하지 않는다는 점은 경력이 생겨서 좋은 점이라 하겠다.

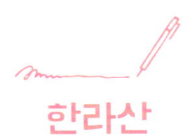

한라산

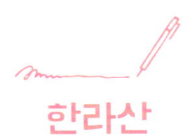

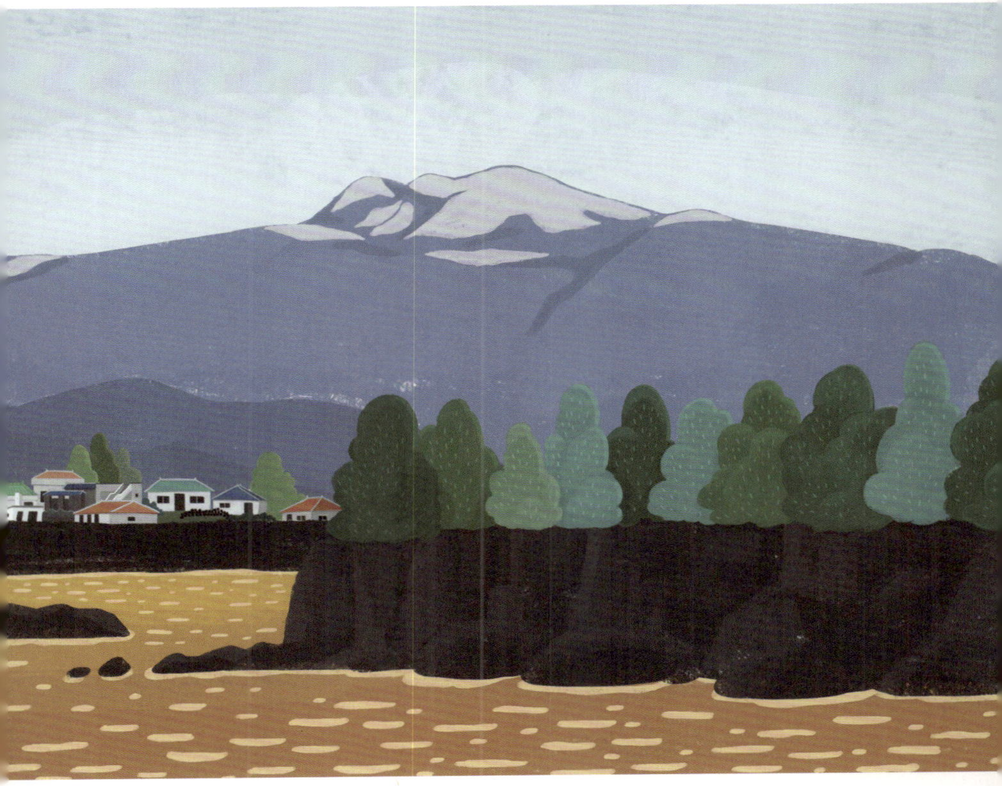

평생 한라산을 관찰하며 살아온 사람으로서 감히 말하건대,
한라산을 후지산처럼 좁고 높게 그려놓은 것을 받아들이지 못하겠다.

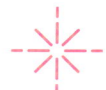

한락산.

어른들은 이렇게 발음하는 한라산.

그를 활용한 예문으로는 '빚이 한락산만 하다.'가 있겠다.
맙소사.

평생 한라산을 관찰하며 살아온 사람으로서 감히 말하건대, 한라산을 후지산처럼 좁고 높게 그려놓은 것을 받아들이지 못하겠다. 남한에서 가장 높은 산이기에 (초등학교 때 배운다. 1,950m. 와, 내 기억력) 제주어디에서든 보이는 한라산은 실제 마주하면 높다기보다는 넓은 느낌이 크다.

봄이면 엷은 녹색으로 바뀌고, 여름이면 짙음이 깊어진다. 가을이되면 산이 다가온 것처럼 가까워지고(공기가 맑아지는 탓인지, 비유가 아닌 실제로 가까이 다가온 느낌이다), 겨울에는 꼭대기에 대부분 눈이 쌓여 있다. 잠에서 깨면 바깥공기가 어떤지 문을 열어보고 마당의 온도를 확인하는데, 살에 닿는 공기가 차가워지니 나도 모르게 한라산 꼭대기를 확인하는 것을 깨달았다. 눈이 왔는지 확인하는 것이다.

한라산의 남쪽만 바라보고 살아온 터라 사실 북쪽과 동, 서에서 보는 한라산의 모양은 낯설다. 나도 모르게 탑재된 방향성 때문에 늘 산이 있는 쪽이 북쪽이라고 여기게 되어 제주시에서 한라산의 방향은 남쪽인데 북쪽으로 착각해서 방향을 헷갈릴 때가 부지기수다.

남쪽에서 보는 한라산의 모습은 여인의 옆모습이라고 배웠다. 그치만 내 눈에는 여인은 보이지 않고, 눈이 오는 날이면 거북이가 보인다. 이 사실은 아무리 알려줘도 볼 수 있는 이가 드문데, 평생 이해하지 못할 것 같던 짝꿍이 어느 날 북쪽으로 (그래, 서귀포에선 언제나 북쪽이 한라산이지!) 운전을 하다가 '아!! 거북이다!' 하고 눈이 뜨이게 되었다.

거북이, 보이실는지?

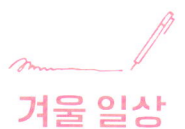

겨울 일상

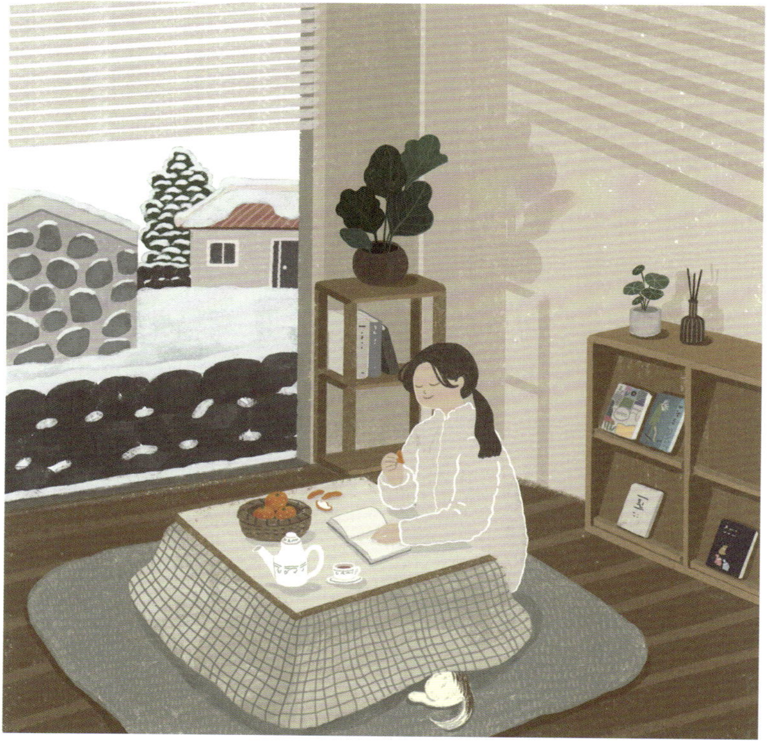

얼굴에는 차가운 공기가 스쳐가고 몸은 따뜻하다.
팥빙수와 함께 귤을 까먹으며 뜨거운 햇볕을 추억한다.

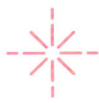

며칠 동안 내내 보일러를 틀어 두어 따뜻해진 바닥에 앉아, 코타츠 안에 다리를 넣고 스위치를 켰다.

살짝 열어둔 창문에서 맑은 푸른색 공기가 흘러들어온다. 얼굴에는 차가운 공기가 스쳐가고 몸은 따뜻하다. 팥빙수와 함께 귤을 까먹으며 여름에 관한 책으로 뜨거운 햇볕을 추억한다.

올겨울 들어 가장 춥다는 날에 '여름'이라는 단어는 먼 고대사를 떠올리는 것처럼 추상적인 것이 되었다. 이미지는 떠오르지만, 구체적으로 체감되지 못하는 것이다.

그렇지만 몽롱한 형태로 떠오르는 여름도 좋다. 부서지는 햇살과 매미 소리, 후텁지근한 공기와 시원한 에어컨 바람, 나무 그늘에 있어도 떨어지는 땀과 옥수수, 토마토, 여름 과일들. 이토록 눈부신 여름이라니.

겨울에는 겨울을 즐기는 법이 있지만, 오늘처럼 눈도 오지 않고 춥기만 한 날에는 잠시 다른 생각을 하는 것도 나쁘지 않다.

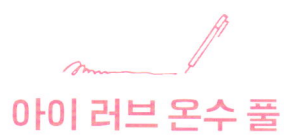

아이 러브 온수 풀

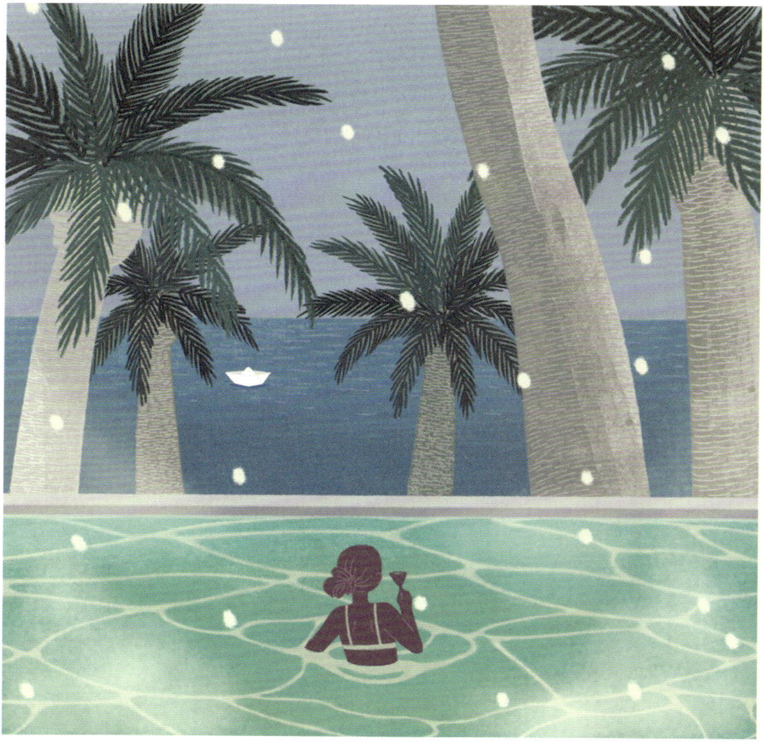

노곤노곤 말랑말랑 겨울의 온수 풀!

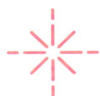

제주에는 훌륭한 수영장이 많이 있다.

마을 안의 용천수를 받아 만든 작은 수영장도 곳곳에 있고, 바닷가 근처 마을에서는 바닷물을 가둬 수영장을 만들기도 한다. 그 외에 크고 작은 호텔이나 리조트에서 운영하는 수영장도 있고, 수영장만 개별적으로 운영하는 워터파크도 몇 군데 있다.

바다로 둘러싸여 있으면서 수영장도 많아서 물놀이 하기에 완벽한 곳이 제주도인 것이다.

여름에는 선택지가 많다. 바닷물이 가장 따뜻하고, 바닷물로 만든 수영장도 좋다. 용천수로 만든 수영장은 매일 새 물이 흐르기에 수질이 매우 좋고 수온이 낮다. 동네에서 운영하는 수영장은 입장료가 없고, 파라솔 테이블이나 평상을 대여할 때만 요금이 붙는 경우가 많아 이용에 부담이 없다.

여름 외의 계절에도 물놀이는 이어진다. 봄부터 가을까지 많은 리조트, 호텔 들이 수영장을 미온수로 운영하고, 겨울철에는 실내 온수 풀로 운영된다.

특급호텔의 경우에는 한겨울에도 실외의 일부 구획을 온수 풀로 운영한다. 추위를 참고 몸을 잔뜩 웅크린 채 종종걸음으로 입수를 하면 몸은 따뜻하고 얼굴에는 찬바람이 닿는다. 아, 일본 노천온천 부럽지 않다. 더군다나 수영장이 아닌가! 넓디넓은 따뜻한 풀에서 이리저리 왔다 갔다 마음껏 놀아도 되는 것이다. 원래 그러라고 있는 곳이니까. 여름철보다 이용객 수가 현저히 적다는 점도 좋다.

너무 추운 날에는 물의 온도가 낮게 느껴지는데, 그럴 때는 물속에서 따뜻한 물이 나오는 지점을 찾아 헤맨다. 그리고 일단 스폿을 찾게 되면, 그 자리에서 지박령처럼 벗어날 수가 없다.

아, 노곤노곤 말랑말랑 겨울의 온수 풀!
올해도 그냥 지나갈 수 없을 거 같다.

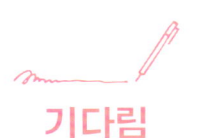

기다림

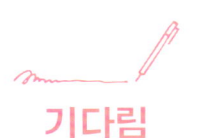

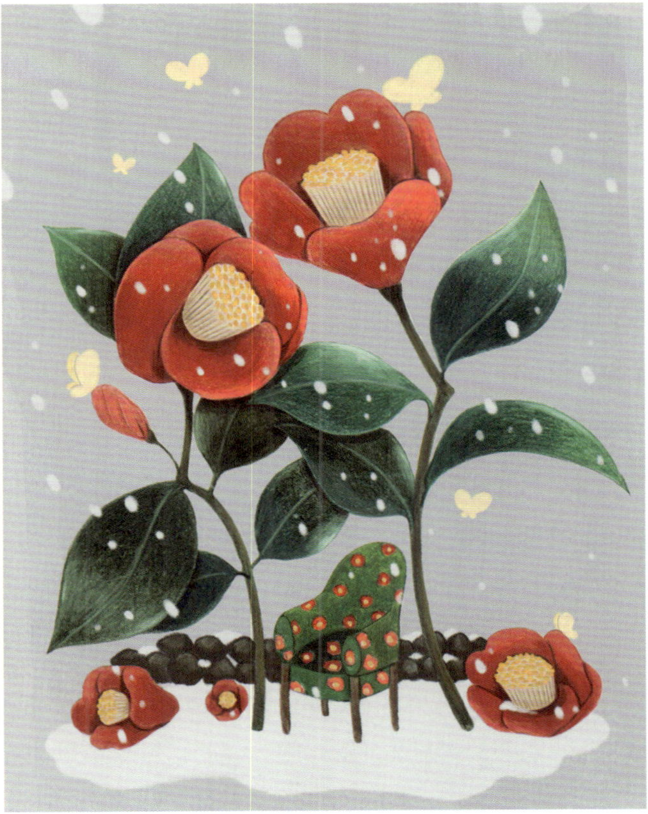

남들 다 피는 봄에 피지 못하고
추운 겨울이 와야 피는 꽃도 있는 법이다.

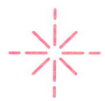

나를 처음 만난 사람들은 내가 무엇이든 똑 부러지게 잘할 거라는 오해를 한다. 그것은 정말로 '오해'로, 사실 나는 여기저기 구멍이 숭숭 난 그물과 같은 사람이다.

처음 도전하는 일은 남들이 처음 하는 일의 '반의반' 정도의 성과를 올린다. 아, 성과라고 하면 너무 있어 보이지만, 대체할 단어를 찾기가 어렵다.

재봉틀을 처음 배울 때는 원단이 박음질 되는 방향을 자꾸 헷갈려서 위에서 아래로 박음질해 내려오기를 몇 번이고 반복했다(원단은 아래에서 위로 올라오며 박음질 된다). 발로 버튼을 밟아 박자를 맞추는 게임인 '펌프'는 1단계를 넘기기가 어려웠고(단지 몸치였을까), 디지털 일러스트를 처음 그려봤을 때는 거의 발로 그린 그림이 되어 마음에 큰 상처를 받을 정도였다.

대신 나에겐 다른 장점이 있다는 것을 알게 됐다. 일단 마음에 차면, '반복'을 좋아한다는 점이다. 읽은 책을 몇 번이고 읽고, 같은 노래를 수없이 듣고, 봤던 영화를 또 본다. 한 번 해서 안 되면 그대로 안녕하고 이별하는 경우도 많지만, 그래도 또 해보고 싶을 만큼 관심 있는 일은 반복해서 한다.

어도비 포토샵과 코렐 페인터라는 프로그램으로 일러스트를 그릴 때는 나의 장점이 발휘되는 순간 중 하나였다. 당시에는 딱히 도움이 될 만한 책이나 강의가 없었기에 부딪혀보는 수밖에 없었는데, 그런 수없는 '맨땅에 헤딩'의 결과, 많은 메뉴의 활용법에 대해 알게 되었고, 일러스트레이터가 된 지 3년째 되던 해에 (지금은 출간된 지 십수 년이 되어 절판된) '페인터 홀릭'이라는 코렐 페인터 프로그램의 활용법을 알려주는 책을 쓰기에 이르렀다.

삶이 어떤 방향으로 흘러갈지는 정말 모르는 건가 보다.

기다림이 필요한 꽃도 있다.

남들 다 피는 봄에 피지 못하고 더운 여름, 쌀쌀한 가을을 지나고 추운 겨울이 와야 피는 꽃도 있는 법이다.

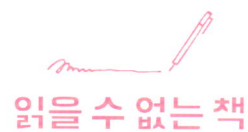

읽을 수 없는 책

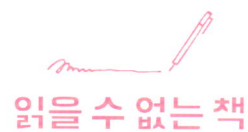

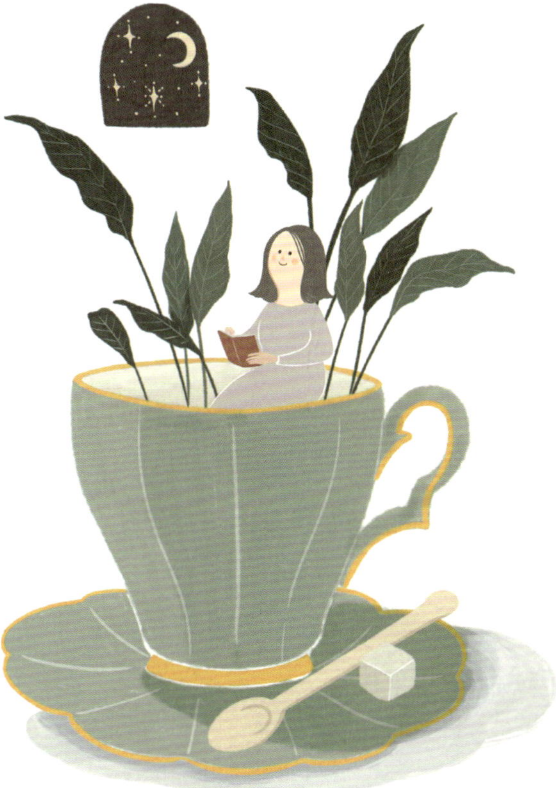

읽기 시작한 책은 대부분 읽는 편이지만,
봉인해둘 수밖에 없는 책도 있다.

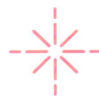

일단 읽기 시작한 책이면, 재미가 좀 없어도 대부분은 끝까지 읽는 편이다.

물론 중도 포기한 경우도 없다고 할 수 없는데, 대개는 지독히도 뭔가 맞지 않아서(문체가 이상하게 거슬린다거나, 보고서를 읽는 것처럼 설명만 나열된 책이라든지) 읽기를 중단한 책들이다.

그런 경우가 아닌데도 읽지 못한 책에는 '눈물이 멈추지 않아 읽을 수 없는 책'이 있다. 작가의 이름과 제목에 이끌려 골랐는데, 겨우 대여섯 살쯤 된 아이가 세상을 떠나는 이야기로부터 시작되는 책이었다. 내용을 알았더라면 구입하지 않았을 텐데, 이미 읽기 시작해서 내용이 궁금하면서도, 책장을 넘기는 것이 쉽지 않았다. 허구인 줄 알면서도 현실에서 얼마든지 일어날 수 있는 일이기에 감정을 분리하기 어려운 것이다.

나는 원래 아이를 썩 좋아하지 않는 사람이었다. 그런데 아이가 태어난 후로 호르몬의 영향인지 아이와 눈만 마주쳐도, 손만 맞대도 눈물 나게 감격하던 때가 있었다. 그런 감정은 내 아이에서 그치지 않고 다른 아이들을 대할 때도 전이되어 찡한 마음을 숨기기 어려웠다.

울고 있는 아이는 자그만 게 뭐가 그리 서러운지 감정을 표현하는 것이 기특했고, 시끄러운 아이는 세상이 다 신기하고 새로워 온몸으로 표현하는구나 대견했다.

우리 집 아이가 여섯, 일곱 살 되었을 때는 호르몬 효과가 끝이 났는지 이전 같은 감정을 느끼는 경우는 드물어졌다. 우는 아이와 소란스러운 아이는 그저 시끄러울 뿐이다. 그럴 때마다 '아~, 호르몬 효과가 끝났어.' 하고 말하곤 한다.

그렇다고 아이들에 대한 감정이 아이를 낳기 전과 같은 것은 아니다. 어린아이들이 불행한 일을 당하는, 사회 면을 도배하는 뉴스를 접할 때마다 마음속에 묵직한 돌이 들어가 휘저어지는 느낌으로 마음이 어지럽다.

만들어진 지 얼마 안 된 깨끗하고 말랑한 피부, 목 근처의 끈적이는 달큰한 냄새, 세게 잡으면 툭 부러져버릴 것 같은, 내 두 손가락으로 만든 고리에도 미처 차지 못하는 팔목, 그 굵기로도 제 기능을 하는 것이 신기한 가느다란 다리. 얼마든지 나열할 수 있는 아이의 사랑스러운 부분들이 하나도 남지 않고 사라져버린다니….

안 되겠다. 이 책은 그냥 봉인해야하겠다.

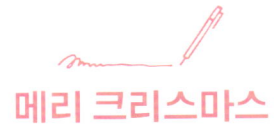

메리 크리스마스

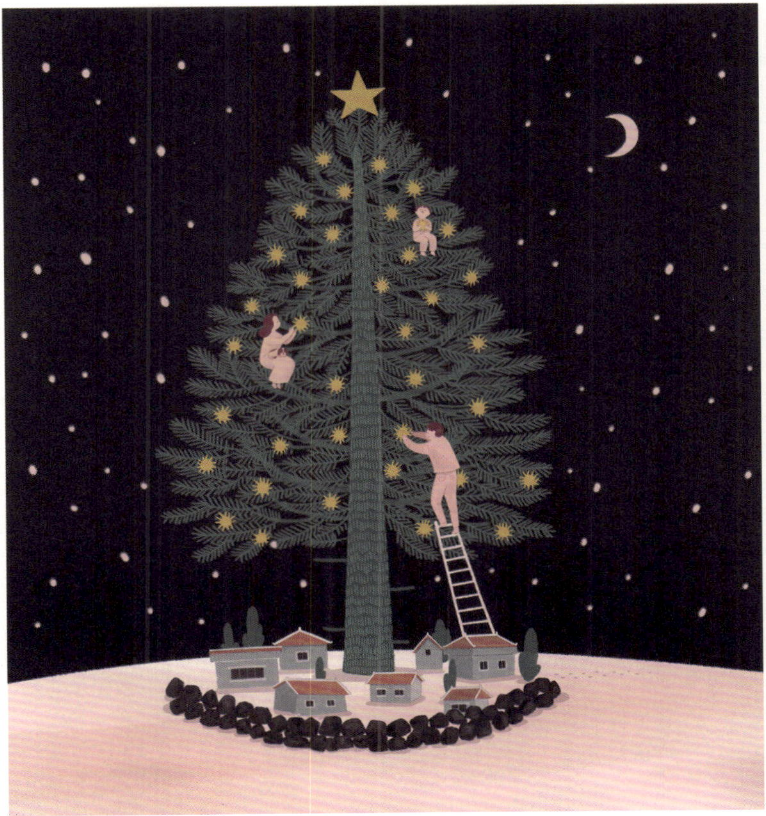

아직 따뜻한 제주의 연말 분위기를 억지로 끌어올리려 캐럴을 틀어놓고,
나의 두 번째 가족과 함께 장식을 걸었다.

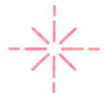

크리스마스 분위기가 무르익을 때쯤, 아빠는 매해 어딘가에서 나뭇가지(라고 하기에는 꽤 커서 나무줄기라고 해야 할 것 같다)를 구해 와서 화분에 단단히 심어 놓았다.

경박스러울 만큼 반짝거리는 기다란 끈을 빙 두르고, 탈지면을 조금씩 뜯어 적당한 간격으로 흰 눈을 만든 다음, 드문드문 색전구가 달린 전깃줄을 두른다. 그리고 왁자지껄하던 모두는 경건한 의식을 치르듯이 입을 다물고 두 손을 모은다.

탁.

와아~.

환성이 절로 나온다. 익숙한 공간이 새로운 것으로 바뀌었다. 지금은 흔한 조립식 크리스마스 나무가 없던 시절, 우리를 위한 아빠의 작은 연말 선물 같은 이벤트였다.

며칠 전, 창고에 넣어 두었던 조립식 트리를 꺼내 이제 잠을 깰 시간이라며 일 년간 움츠려 있던 줄기들을 하나씩 폈다. 아직 따뜻한 제주의 연말 분위기를 억지로 끌어올리려 캐럴을 틀어 놓고 나의 두 번째 가족과 함께 장식을 걸었다. 역시 가장 높은 곳은 반짝이는 별님.

우리 집 작은 사람은 요즘 장식을 모두 걷어 내고 처음부터 다시 장식을 하곤 한다. 그것도 꼭 크리스마스 캐럴을 BGM으로 요청하고선 말이다.

기억은 아빠에게서 나에게,
그리고 나의 아이에게 이어져간다.

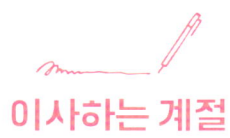

이사하는 계절

제주에는 대한 후 5일에서 입춘 전 3일 사이, 보통 일주일이 되는 이 기간에
이사를 해야 집안이 무탈하다는 믿음이 있다.

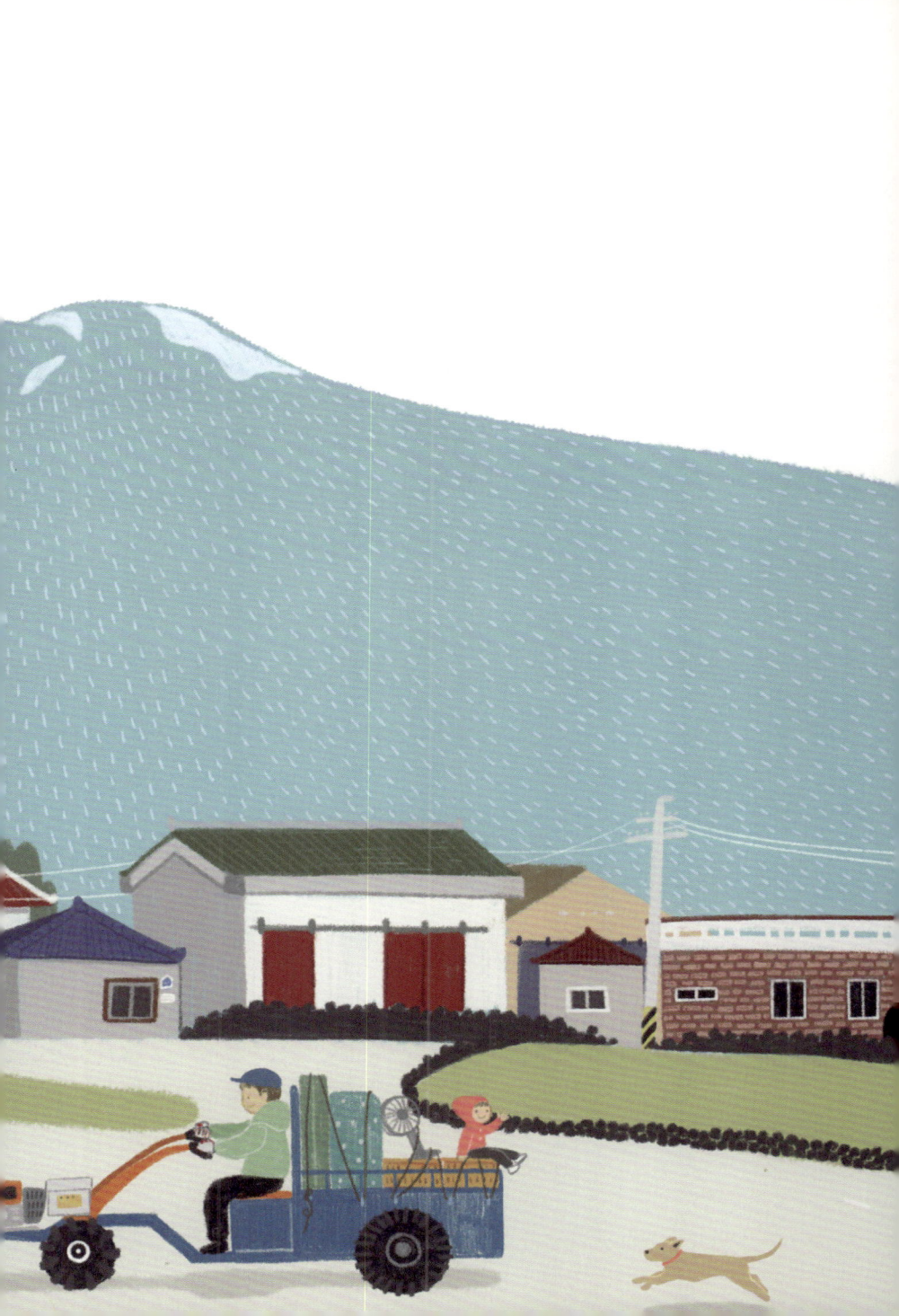

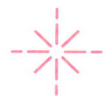

제주에는 신이 많다. 1만 8,000여 신이 있다고 하니 '많다'라고 단순히 표현하기에도 벅찰 지경이다.

제주의 땅을 만든 설문대할망, 농경의 신 자청비 같은 큰 신이 있으면, 아이를 관장하는 육지의 삼신할망과 비슷한 삼승할망도 있다. 집 터를 지키는 오방토신, 부엌의 신 조왕, 쌀독의 신 안칠성 같은 작은 신들도 있다.

이 모든 신들이 일 년에 한 번 지상을 떠나 옥황상제에게 일 년 동안의 업무보고를 하고 새로운 근무를 지시받아 내려오느라 제주를 비우는 기간이 있는데, 이때가 바로 '신구간(新舊間)'이다. 대한(大寒) 후 5일에서 입춘(立春) 전 3일 사이로, 보통 일주일이 되는 이 기간에 이사를 해야 집안이 무탈하다는 믿음이 있다.

제주 사람들은 평소 집 안을 함부로 고치거나 이사를 하면 신의 분노를 산다고 생각한다. 대신 신들이 없는 기간에 이사를 하면 새로 부임한 신들이 용납해주기 때문에 괜찮다고 한다. 어딘지 모르게 인간적이고 귀여운 믿음이다.

요즘은 도심 인구가 늘어나고 제주로 들어오는 이주민이 많아져 신구간을 벗어난 시기에도 이사를 하는 경우가 많이 생겨났지만, 여전히 신구간에 집을 구하기가 더 쉽고 이사하는 집도 많다. 계약도 신구간을 기준으로 하는 곳이 많으니 확인해봐야 한다.

신구간이 속해 있는 계절 때문인지 이사를 생각하면 뺨에 닿는 쌀쌀한 공기가 떠오른다.

이사하는 날은 역시 짜장면이라지만, 무질서하게 온갖 것을 쌓아놓은 공간에서 먹는 음식은 솜먼지 같은 맛이 났다. 정리가 덜 된 방, 어색해진 잠자리도 정이 붙으려면 또 한참 시간이 지나야하겠구나 싶은 마음은 언제나 '이사 첫날'이라는 이름표를 붙인 채 변하지 않는다.

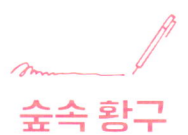

숲속 황구

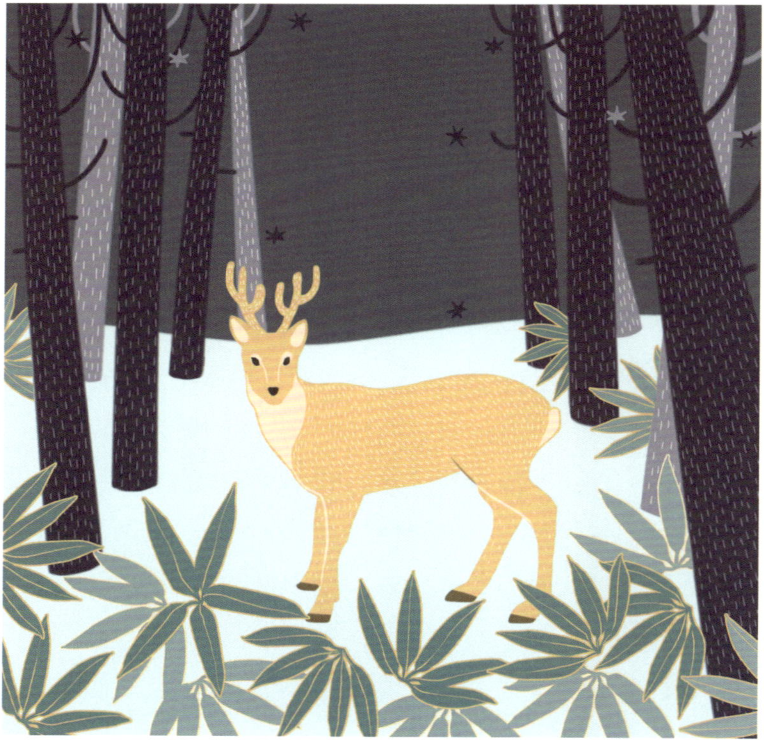

나무가 무성한 오름을 오르는데,
나무 기둥 뒤로 큰 개가 얼굴을 쑥 내밀었다.

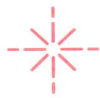

사슴과에 속하는 노루는 사슴보다 꼬리가 짧고 엉덩이가 희며 무늬가 없다. 수노루는 뿔이 있지만, 암노루는 없다.

흑돼지와 함께 제주의 상징과 같은 지위를 갖는 노루는 보호종이 되었다 유해 종이 되기를 반복하고 있다. 개체 수가 적을 때는 보호종이 되었다가, 수가 늘어나 작물에 피해를 주면 다시 유해 종으로 지정되어 포획이 허용되는 것이다. 그러면 다시 수가 급감해 보호종으로 돌아온다.

노루는 지대가 높은 숲이나 들판에 살기에 실제로 보기는 쉽지 않다. 하지만 날이 추워지면 먹을 것을 찾아 아래로 내려오는 경우가 왕왕 있다.

나무가 무성한 오름을 오르는데, 나무 기둥 뒤로 큰 개가 얼굴을 쑥 내밀었다. '어머. 산속에 웬 황구가 있나?' 하면서 한참 눈을 마주치다 내가 한 걸음을 떼자, 황구는 위로 크게 펄쩍 튀어 올라 달아났다.

아이고 깜짝이야.

노루면 노루라고 말을 하지! 개답지 않은 낯선 몸짓에 얼마나 놀랐는지 아니?

이 녀석들은 겁이 많아서 사람과 마주치면 도망가는데, 그 와중에 호기심은 있는지 꼭 한참을 마주보다가 갑자기 튀어 달아나는 바람에 마주치는 사람이 더 놀라는 것이다. 아니지, 노루의 의견은 들어보지 않았으니 마주치는 사람도 같이 놀랐다고 표현하는 게 맞을 수도 있겠다.

숲이나 오름에서 황구를 만난다면 단언하건대 황구가 아니다(설마 나만 오해하는 건 아니겠지). 그러니 크게 놀라지 않으려면, 그에 이어지는 동작에 대한 마음의 준비를 하는 것이 좋다.

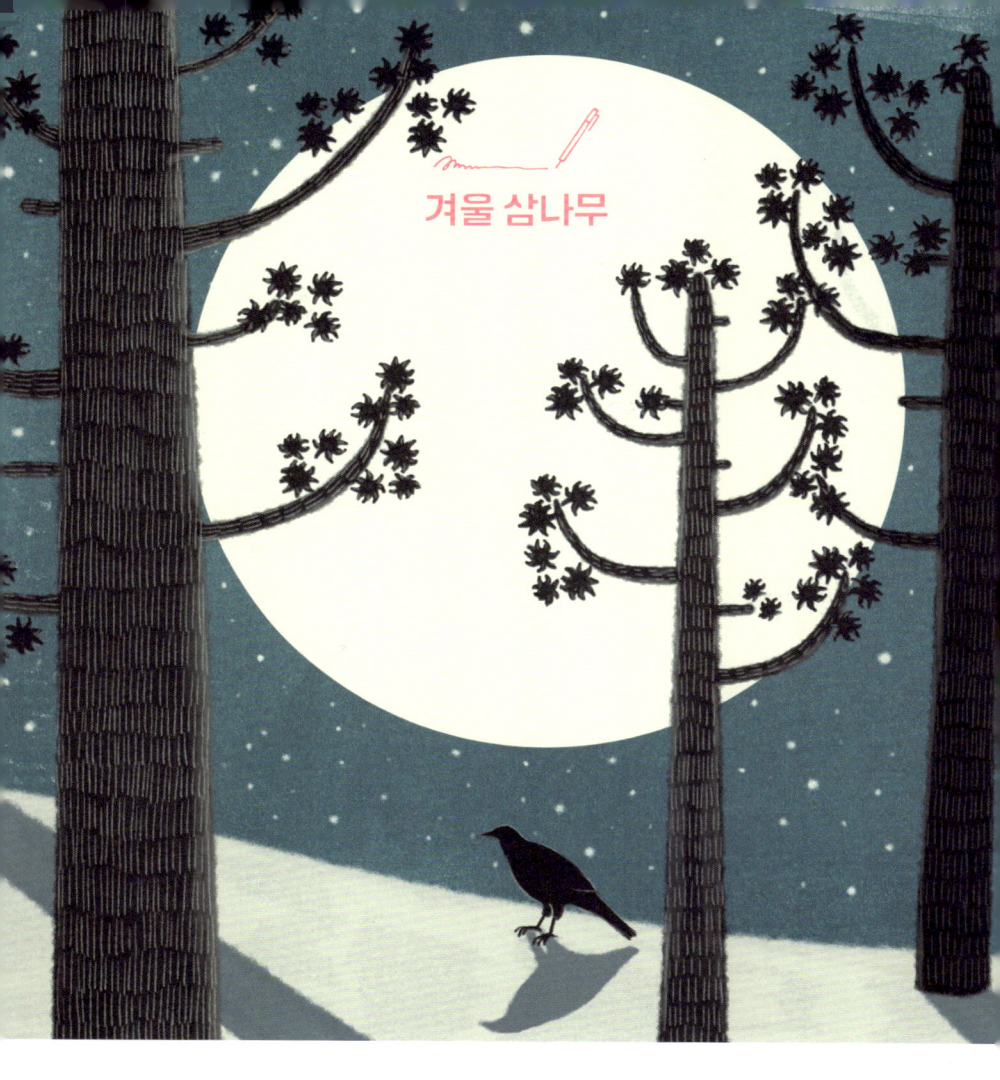

겨울 삼나무

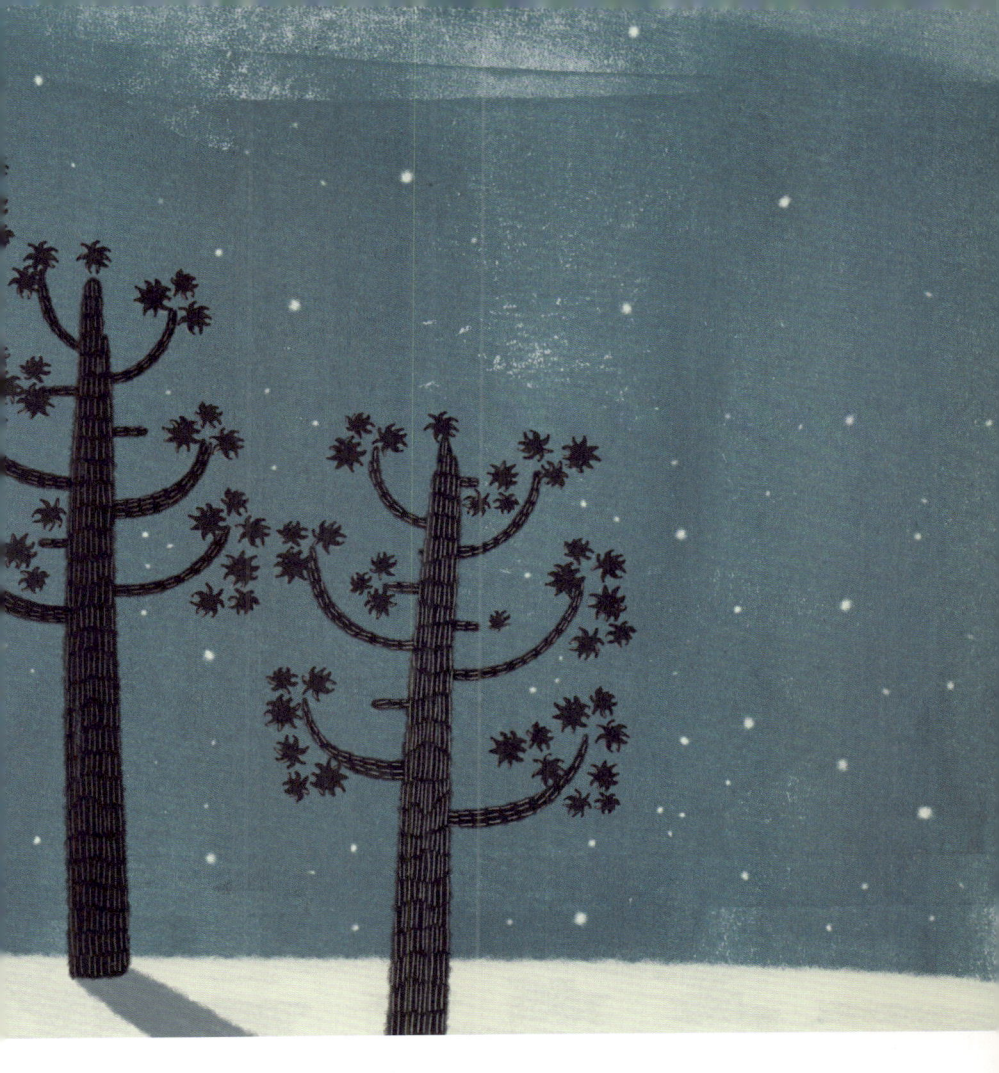

열매만 달린 삼나무는 멀리서 보면
별을 달고 있는 크리스마스트리처럼 보인다.

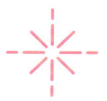

하늘을 향해 일자로 뻗은 곧고 굵은 기둥, 그리고 거기서 조금 뻗어 나온 잔가지에 뾰족한 잎을 달고 있는 삼나무.

성장이 빠르기 때문에 제주에서는 밭 둘레에 심어 바람으로부터 작물을 보호하는 '방풍낭(나무)'으로 사랑을 받아 왔다.

상록 침엽수이기에 겨울에도 초록의 잎을 자랑하지만, 간혹 잎이 다 떨어져 열매가 잘 보일 때가 있는데, 겨울에야 볼 수 있는 삼나무의 열매는 작고, 동그랗고, 뾰족뾰족하다.

별을 닮은 삼나무 열매를 주워 와 스프레이 라카로 반짝반짝 색을 입혀 크리스마스트리 장식을 만든다. 지름이 500원짜리 동전만 한 크기라 꽤 많이 만들어야 풍성한 장식을 기대할 수 있다. 나무에 달려 있는 상태의 열매를 따는 것은 불가능하고 떨어진 것을 줍는데, 대부분 바싹 말라서 떨어지는 터라 따로 건조하지 않아도 몇 년이고 곰팡이 없이 보관할 수 있다.

열매만 달린 삼나무는 멀리서 보면 꼭 별을 달고 있는 크리스마스트리처럼 보여서, 특별한 밤이 생각나 괜스레 기분이 좋아진다.

초등학생일 때 내가 사는 시골은 아직 크리스마스 새벽송이 허용되던 분위기였다. 해가 뜨지 않은 까만 새벽에 바깥을 나가볼 일 없는 어린이이던 나는, 일 년에 한 번 있는 이 특별한 행사에 작은 마음이 꽉 차게 두근거렸다. 초등학생부터 고등학생까지 열 명 정도의 아이들이 모여, 새벽 5시쯤 약속된 교인의 집 앞을 찾아가 조용히 마음을 다해 노래를 불렀다. 차가운 공기 때문에 입김이 연기처럼 보이던 새벽이었다.

그렇게 '고요한 밤 거룩한 밤'이나 '저 들 밖에 한밤중에' 같이 느린 노래를 자장가처럼 부르고 돌아 나오는 길에, 이제껏 본 것 중에 가장 화려한, 밤하늘 가득 빼곡하게 박혀 있던 별 무리를 보았다.

어린아이의 마음으로 아기 예수의 탄생을 알리며 부른 축복의 노래에 대한 큰 선물을 받은 밤이었다.

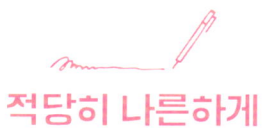

적당히 나른하게

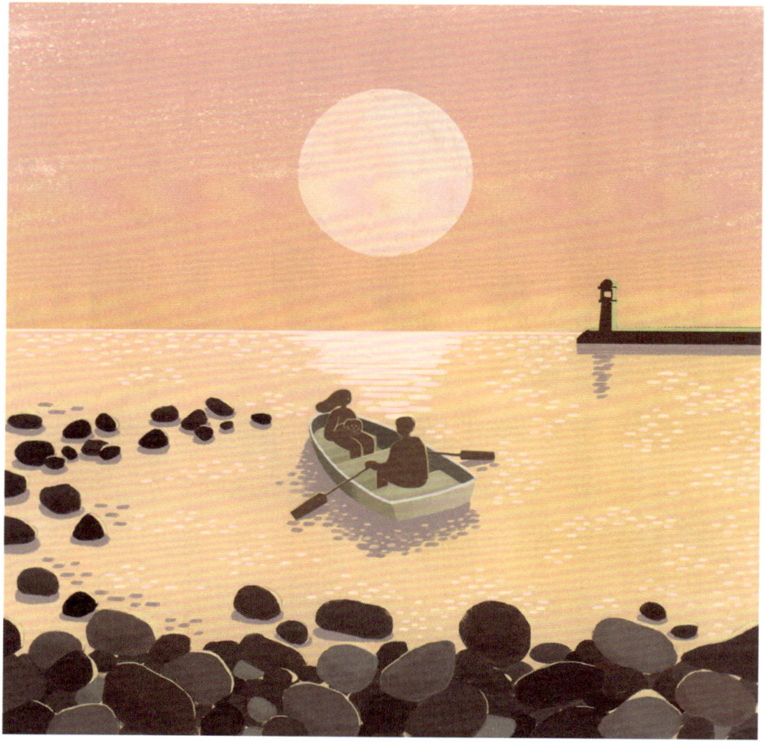

내게 주어진 행복의 크기만큼
적당히 나른하게, 살고 있다.

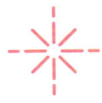

때로는 많은 생각이 발목을 잡기도 하지. 하지만, 일단 한 발을 내디디면 눈앞의 풍경이 바뀔 때도 있다.

너무 애쓰지 말자. 지금껏도 잘해왔다.
가끔은 의미 없음이 의미가 되는 선택도 필요하다.

내게 주어진 행복의 크기만큼
오늘도 적당히 나른하게,
살고 있다.

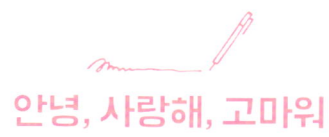

안녕, 사랑해, 고마워

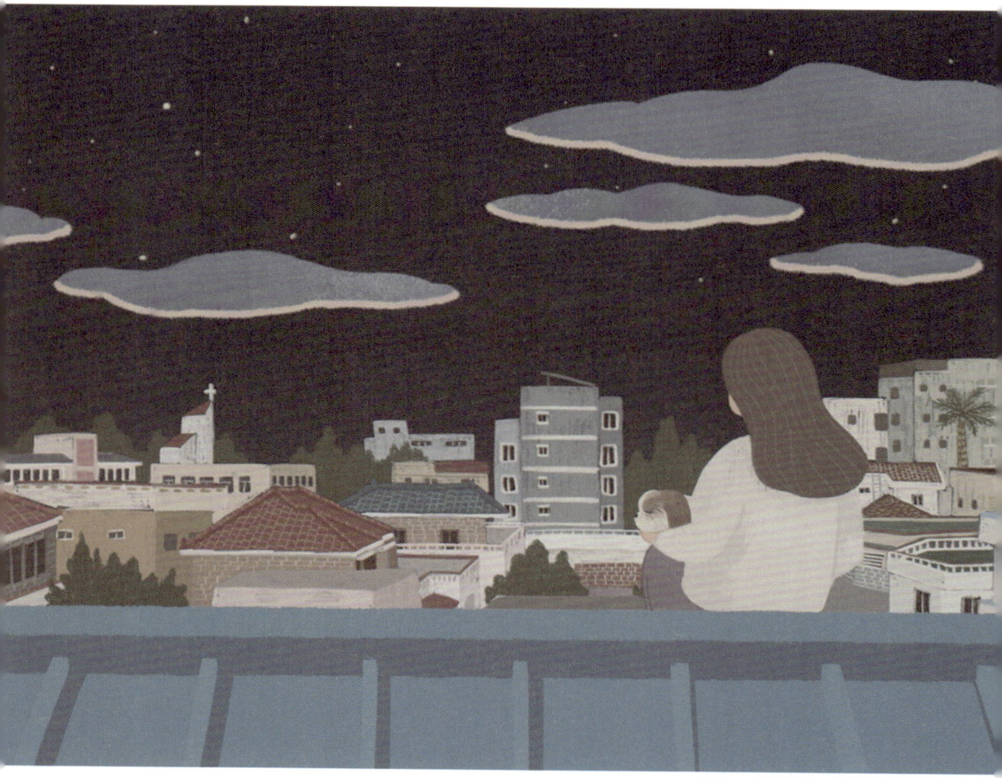

네가 들은 마지막 말이
'사랑해,', '고마워,'라서 다행이야.

입 밖으로 꺼내 놓기까지 충분한 시간이 지나길 기다려야 하는 말들이 있는 것 같다.

우리 코코가 떠난 지 두 달 하고도 반이 지났다.

16년 삶 동안 손가락 한 번 물지 않았던 그 착한 아이는, 마지막까지 엄마가 바쁘지 않을 때를 골라 열흘을 누워 있다가 품 안에서 잠들었다. 함께 지내다 10년 전 먼 길을 떠난 나나와 같은 날에.

외출했다 돌아오면 코가 있던 자리를 먼저 살핀다. 몸이 시간을 기억하듯이 코 밥 먹일 시간을 체크하고, 잠결에 무슨 소리가 들리면 코코가 불편한가 싶어 깬다.

아무 데서나 자던 코.

드렁드렁 코를 골던 코.

작게 잘라줘야 먹던 코.

큰 곰 인형을 끌고 다니던 코.

창문 턱에서 잠들던 코.

외출이 길어지면 끙 울며 반기던 코.

자동차 창문을 직접 열던 코.

먹여줘야 밥을 먹을 수 있던 코.

이가 몇 개 남지 않은 코.

기저귀를 차게 된 코.

움직일 수 없게 되어 밤새 울던 코.

차갑게 식어버린 코.

모든 게 사랑스러운 나의 코.

네가 들은 마지막 말이

'사랑해.', '고마워.'라서 다행이야.

우리 즐거웠다, 그지.

나쁘지 않았어. 응, 정말. 나쁘지 않았어.

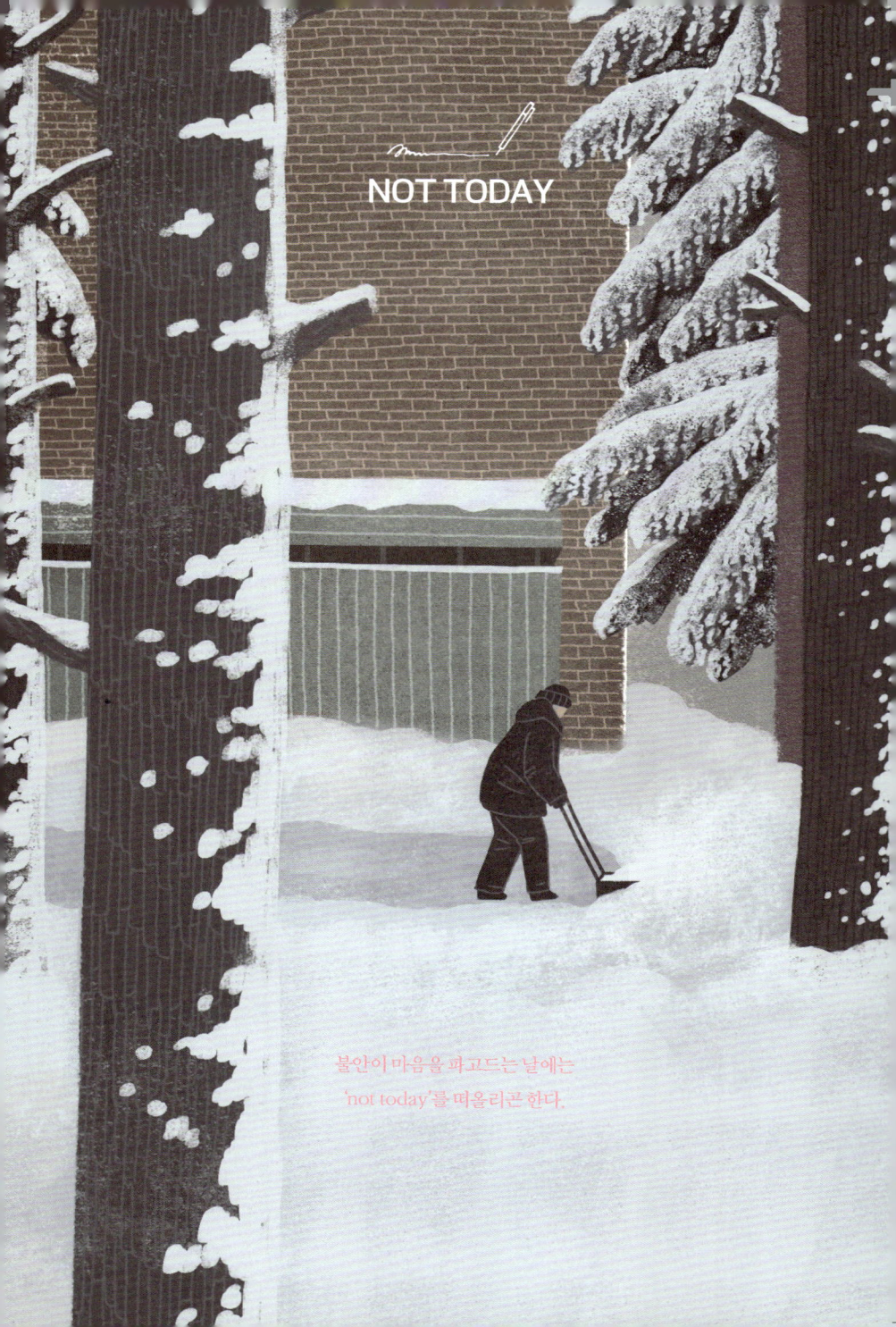

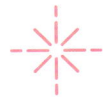

나는 욕심이 많지 않은 편이다. 쓸 만큼만 벌면 된다고 생각하고, 엄청나게 유명한 작가가 되고 싶은 마음도 없다.

그럼에도 불구하고 종종 앞날에 대한 불안한 마음에 빠져드는데, 언제까지 이 일을 할 수 있을지, 지금보다 더 열심히 해야 하는 것은 아닌지, 물 들어올 때 노가 꺾일 만큼 힘차게 저어야 하는 것은 아닌지 꼬리에 꼬리를 물고 길게 늘어선 불안은 어느새 뱀처럼 스르륵 다가와 있다.

걱정이라는 것은 한다고 해서 없어지는 것이 아니고, 하나의 걱정이 끝나면 다른 것이 그 자리를 채우는 것이라는 걸 알고는 있지만, 걱정을 멈추는 데는 많은 연습이 필요하다.

외국 영화에서 주인공이나 그와 비슷한 비중의 인물이 위험한 상황에 처하면 "언젠가는 죽지. 하지만 오늘은 아니야."라는 대사가 나올 때가 있다. 아니, 대체 그걸 어떻게 장담할 수 있는가 싶지만 듣다 보니 저 말도 안 되는 낙천적인 발언이 웃기기도 하고, 포근하기도 해서 불안이 마음을 파고드는 날에는 'not today'를 떠올리곤 한다.

올해도 고민하며 안 풀렸던 그림, 즐겁게 한 번에 그렸던 그림, 좀 더 표현하지 못해 아쉬웠던 그림 등 많은 그림을 그리고, 일하며 즐겼고, 입금되어 뿌듯했다.

내년에도 같은 고민과 불안에 긴 밤을 보내는 날이 있을 테지만, 단언하건대 그림을 그릴 수 있음에 감사하는 날이 더 많을 거다.

모두 행복한 한 해가 되었기를,
맞는 새해에는 주어진 행복의 조각을 찾기를.

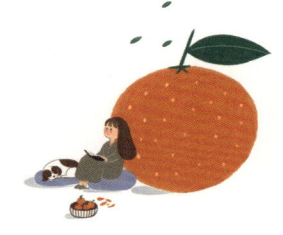